COWBOY

支持
電書
朝代
文學獨立
出版自由

目錄

《Cowboy》

　　叔叔一直低著頭默不作聲，神色灰木的，慢慢地將一口一口白飯用筷子撥進嘴裡，用牙齦，用力地，凝重地嚼咽著。眼睛呆然地望著那碟佐飯的鹹豆，提起筷子，夾起一顆豆子遞升放到唇邊，兩眼無神地望著那發出有條不紊，煩悶滴答滴答聲的座鐘。他的心情十分沉重，好像等待死神來臨般似的，那筷子原本夾著那粒黃豆，滑然跌落他面前那碗飯面上依然不覺，目光依然盯著那置放在食桌上搖擺不定的古老座鐘，茫然地若有所思。

　　時間一分一秒的過去，突然那座鐘，「噹、噹、噹……」地響了七下，已經是傍晚七時正了。嬸嬸走進來輕聲地說：「多吃一點吧。」企在旁側，也不再多出一聲。「唉！」叔叔仰天歎了一口氣，慢慢地用手按在檯角站起來，腳步緩慢地走進房間裡面。一刻鐘左右，然後由房間再轉出來，上身換上一件淺灰藍色，舊而未爛、整潔的橫扣鈕子唐裝棉襖，下身穿著一截不同料子，深藍色的，質地結實的呢絨西裝褲子，腳穿上一對黑色的，半新不舊薄底布鞋，對著掛在側牆邊的小鏡子，將金屬幼框眼鏡扶正一下，挺起脖子，左右伸搖了兩下，兩手將頸上的鈕扣端正地扣好，然後緩緩地返回剛才吃飯用的八仙桌旁邊的座椅上，登直腰板，一對眼簾垂合，兩手叉胸端端正正的坐著。

　　突然，隔壁人家看門的狗，「旺旺、旺旺」，振聲地吠起來，接著聽似有好幾個人的腳步聲及人聲漸漸接近，清晰可聽。沒多久，五、六個大漢由門口大步跨入，叔叔「嗯」一聲，然後由喉頭中哼出「來了」兩個字。其中一人大聲地叫道：「今晚，我們要將不法地主押往公審大會上去。」帶頭的一個揹負長槍，看似是民兵隊長樣子的人，和幾個村中年輕力壯的積極小伙子們，不由分說，將叔叔來個五花大綁得結結實實，呼嘯著簇擁出門而去。

　　時值初冬，北風正呼呼聲颳著，一個年僅七、八歲的少年，眼看著剛才的一幕，心中感覺起伏不定，就在房中衣櫃裡「嗖」一聲，扯出一件舊棉襖，披在身上，赤著腳竄了出去。「不要去啊！你不該，你不應去呀！回來呀……」嬸嬸一邊追出，一邊聲音略帶嘶啞地叫喊著。這個少年遠遠尾隨押著叔叔的那幫人，只見他們把叔叔推入一大群人圈中，就在祖宗祠堂門前，一塊約三百多平方米，珠沙灰磨，平滑寬大的地塘上，平時這裡是給鄉人們用來晾曬夏冬兩季收割禾穀用的。今晚他們在地塘四角用竹竿豎起四盞氣壓煤油大光燈，燈光白亮，照得通明，人聲鼎沸，加上那幾盞氣壓煤油光燈滋滋作響，聲尖刺耳欲聾，阿志不敢趨前看個實況，只是在遠遠的另一間相連祠堂的包台上石柱邊，不時探頭出去窺看一下究竟。

「打倒不法地主藍偉文，誓要剷除地主剝削階級！」場內一個中年外鄉人幹部舉起拳頭，叉著腰高聲喊道！隨之，全場「打倒不法地主藍偉文」的叫聲彼起此落，圍在圈中比趁墟時更熱鬧。「藍偉文，平時你在鄉中魚肉欺壓鄉人，你是否知罪？」叔叔一直低著頭，默不出聲，兩手被綁在背後，動彈不得。

「你說！老老實實交代！」那帶頭幹部狠狠地指著他叫嚷。

叔叔微微抬起頭來，環視了一趟，驟然用力把頭向上一仰，老花眼鏡向鼻樑上邊自動一拋，然後不徐不疾，低聲答道：「我不明白你們的意思。」「你還狡辯？放老實一點，人民的眼睛是雪亮的，好好交代，坦白從寬，抗拒從嚴，清楚沒有？」那幹部聲色俱厲地說道。

「我想你們搞錯了，大家都清楚知道：我在鄉中，上無片瓦下無尺土，到目前依然是租賃他人物業居住，每個月營營役役籌措租銀予屋主，何德何能去剝削欺壓他人？」叔叔淡淡地回答。

「狡辯！對面河邊張氏兄弟及西邊程氏佃農每年租賃的田地是誰收取年租的？是不是你？快講！老實回答！」

「啊！」叔叔深深地抽了一口氣，然後說道：「是！張氏程氏佃農租賃的田地，的確是由我手將太公宗祠田產分撥租出去，但絕不是我私人擁有，是太公祠堂的產業，我這教書先生身無分文是千真萬確的，村中兄弟都知道的。清明時節祭祖，亦需用錢打點購買燈油、香燭寶鏹等類雜項，宰生分豬肉給予族中男丁，每年須將部份收入抽出分發予族中各戶，絕對不是我個人的事！」

「誰站出來作證？」那幹部嚴聲喝問。全場鴉雀無聲，也無人回答……

「囉！那你認了！是剝削，還要抵賴！哼！即使不是你的田產，亦可說是與地主剝削一路，既是剝削，就是二路地主！」全場依然無人出聲，靜默一片。「你狡辯，真狡猾！低頭！接受人民群眾公審！」那幹部命令式般的喝叫道。「在座各位鄉親父老兄弟們，其中有否曾遭這不法地主欺負的，請站出來申訴指控。不要害怕，現在是人民當家做主了，要理直氣壯，將冤屈的事說出來，我們會為你做主，懲辦這些壞份子。打倒不法地主藍偉文！」那幹部手握拳頭高舉地，振奮地叫喊！

一位年約七十歲開外，滿面皺紋，皮膚曬得通紅黝黑的務農老者，緩步地從人群中戰戰競競地走了出來，樣子看來很是激動，提起手走到叔叔面前，用食指戟指著他問道：「偉文，你我同姓叔侄一場，無仇無怨，為何你在學校用誡尺將我七歲孫兒阿信手背及小腿打得瘀腫鱗傷，害得孫兒發燒了幾日不退，差點致死！今我等窮苦人家到處籌措錢銀為孩子療醫診治，你也真夠狠，人心肉造，你講，因何究竟如此手辣？」

「我……」叔叔支吾地解釋道：「因為，因為信仔調皮，上課不留心，又不交功課，我……我欲想懲戒他一下，給其他同學一個榜樣，不可懶性馬虎敷衍了事。也許我……出手重了一點，以致效果嚴重如你所說的那樣亦不知道，懇請叔台您原諒原諒……其實我也是為所有學子們的課業好著想呢。」

「呸！打人這麼狠，還說為人家好，真是狼心狗肺的……」那幹部邊說邊轉過頭去，老人家已走回人群中去了。

「喂！還有沒有人指控這殘暴不仁的地主教師？」那幹部環視圍繞在批鬥會的人群，高聲地問。

「有！」人群中一位身材瘦削，個子不高，身穿一件破舊綴補的棉襖，年約四、五十歲的中年人，大踏步地跨了出來，走向低著頭的叔叔，大聲喝道：「哼！你這個附近左右六條村，沒人不知曉的教務主任總管，持勢專橫跋扈，我問你，前兩年你把我兒子在學期中段時間辭退！我們已經交了六元一學期的學費也不退回一半，你居心何在，是否獨吞放落自己口袋裡？老實交代！」

「呀！你是……？」叔叔向這個人低聲地問。

「無錯！你不認識我，我是你們西北邊辛莊村曾天海的老子，你說，那半期學費三元應否退還給我？」

「這位曾老兄……你的兒子天海，一星期沒有一兩天上學，故功課追不上，班主任報告說你兒子需要幫補家計，家中孩子年長最大的是他，十五、六歲了，耕田種地都需要他協助才行，故長時間曠課不上學，我曾經要求班主任轉告你兒子，如沒有空，可於下個學期繼續，就是擔心他年紀較同班同學大而程度有參差。還有，學校中是沒有退回學費的先例，如家庭負擔有困難，可向農民協會協助寫證明，申請免費或半費上學，我們這間小學，本抱著培訓鄉中莘莘學子為目的，故冠名為『培育小學』，本村連同四周邊，東面康樂西村，北面舊鳳凰東西兩翼，西北面你們的辛莊，西南面的沙溪東約，南面瑞寶總共六條村，對它們的子弟都一視同仁，沒有歧視分別的。」

「胡說，全都只是爲了你們自己村中大族藍姓，我們其他幾條小村莊得什麼益處，還不是受你們欺壓？哼！簡直是擾亂視聽，混淆是非！」他高舉拳頭大聲叫著：「鬥倒不法地主藍偉文！」人群中也有好幾把聲音附和，疏疏落落地叫喊著。

「嘿嘿，藍偉文，你也有今天，被人公審揪鬥，天開眼呀！好好好！」一個站立圈內前沿的高大漢子，一邊拍著手地說道：「好……好……讓我也說說你的昭彰惡劣罪行，哈哈！」

「請問這位老哥是……？」叔叔慢慢抬起頭來，輕聲地向他詢問。

「哼！你當然不認識我，我姓黃，排行第七，養牛賣奶的人，人們都叫我揸（擠）奶七，我的兒子在你的『培育小學』讀書！」

「哦……你就是黃添光阿爹……」叔叔喃喃自語地說。

「哈哈，你記性還好，我問你，我的兒子連續兩年留班，你們是怎樣教學生的？累我多付兩年學費，人又學不到東西，浪費米飯、時間、金錢。我等小本經營鮮奶業務，日賣日產，只有一棚兩三隻母牛家當，數量不多，每天下午開始、放草、晚上餵料，清早擠奶、去脂，接著又要送貨上門到戶，日日忙得疲於奔命。招請閒幫工，成本又增，負擔自然加重。假若不能教子成才，不如抽回孩子這個勞動力，回家放牛務雜，幫輕負擔，總能省回些許支出，減輕我們一些勞累，較為上算。你們這些只會動腦門子的人，既收了人家的學費，總得想個辦法，使學生們多學點學識，好讓他們大有前途，不要像我們只幹粗活生涯，天天如此勞苦極甚。還有……你告誡我兒子，叫他不要放牛踐踏你們村後左右那五座山崗上你們族人的山墳。滋擾你們先祖安寧，真是豈有此理，現今是人民政府時代，人民當家做主，所有山頭土地都是歸於人民政府的，那裡再有你們家族祖宗的資產存在。嘿嘿！你這人頑愚，一本天書看到老，食古不化。」黃七帶有嘲諷味道地，用手指著叔叔額頭笑著說。

「黃七大哥，你誤會啦。那天我是對學生們說掌故，算是鄉土誌吧！闡述附近地方民情風俗，人文互動的來源，包括氏族戚鄰關係。我知道，你兒子有空時便代你放牛覓青，讓牛娘們舒展筋骨，活動活動，多產些牛奶！牛群多是見青草即趨食不捨，不論是墳頭穴側，腳踏舌捲的勁吃不停。戰後大局新定，鄉人死後築建新墳多是土堆，有些甚至沒有碑石的，疊幾個土墩在墳頂就算是記認的了，若讓牛隻踏平推到，很容易將記認也給毀滅了，日後其後人拜山祭祖，也尋覓不易，這些事情，我也曾親眼見過，故對你兒子多說了兩句，叫他注意，注意……罷了。」

「跪下！」後邊一個年約二十歲的青年高聲喝道，然後狠很地用力向低頭站著的叔叔後邊上下腿中凹處（膕窩）一腳踹下去。噗的一聲，叔叔猝然跪下，頭碰在地上，老花眼鏡也拋出兩三尺以外，震碎爛了。

「啊！」阿志突然一怔，氣血迸湧，阿志本能地將兩拳緊緊握住，憤怒地看向喝聲來處，想看看究竟是誰這樣做？恰巧那個青年正瞧著阿志這邊轉過面來。「怎會是他？不可能……不可能……不應該是……他怎麼可以……恩將仇報……」阿志認得清楚，這個青年，竟然是族中一位叔父綽號叫鬼頭堅的兒子，故村人們暱稱他叫「鬼頭仔」，他的爸爸也逃跑到香港去了。以前是跟著阿志父親出出入入大城市鄉間之中，外衣裡腰間經常佩押著一支短小左輪槍，經常為父親打點些雜事，父親對他的家庭也十分照顧，是在鄉中最備受信任的其中一個左右手。

良久，叔叔前額淌著一點血，跪仆在地上，因為手被綁在背後，只慢慢地提起腰來，然後抬起頭，引頸轉向後邊那個青年人，狠狠地、怨憤地掃了他一眼。那個青年戰慄地後退了兩步，口吃地說：「你你你……幹嘛看著我……我……我……我們今天要……公……公審你，你老老……實實地交代一切，否則……否則要你跪在碎玻璃上也……也不一定！打……打倒不法地主藍偉文……」他舉著拳頭壯膽似的叫著。

「好！我再審問你，藍偉文，你匿藏槍械一事，人民政府是絕不寬恕的。」那幹部吆喝道。叔叔把頭低垂，默不作聲。「喂，抬起頭來回答我，我問你有沒有藏槍一事，老實交代，快答！」那幹部狠狠瞪著叔叔喝問。

「呀……我……我是有過一支小曲尺手槍，是國民黨軍官用的，兄長臨走時交給我保管，你們土改隊伍入村時，已勒令我繳交了，你們是知道的。」

「嘿……你持著你大佬勢力欺壓鄉人，還不承認，你真是頑固惡劣……人民是不會饒恕你的！認真地交代：有無殺傷過鄉民！快講！」

「無！無！無！無！無……」叔叔侷促地連忙回答。「我只是在鄉中小學校教書，一介書生，絕不會做出兇暴之事。」

「藍偉文，我們再問你，你大佬（哥）究竟交落多少支槍由你匿藏尚未繳交出來？快講！坦白從寬，抗拒從嚴。」那幹部狠巴巴地大聲喝問！

「無！無無。絕對再沒有了。」

「那我們收繳那另外六支『七九』步槍及一挺輕機槍的來源究竟是

從哪裡來的，現在尚欠缺一支步槍未繳獲，你知道的，快講，否則對你不客氣，哼！」幹部高聲喝道。

「我！我！我真的不知道，聽說先前是上下番禺（解放前）七十二鄉聯防大隊的大隊長李大同處或是李福林軍長處調撥過來的也不定，我的確不知曉。李大同前一段時間不是已經被人民政府槍決伏法了？相信你們也查得一清二楚的。」

「能夠調動這麼多支槍械，究竟你大佬是做什麼職位，老實交代！」那幹部狠狠的盯著叔叔問。

「這個……他的實際職務，我從不敢問他，故不大清楚，他是職業軍人，行蹤不定，這個我知道的真是不多。」

「我們問的是他的職務，講！」

「這，這……其實你們比我更清楚，你們土改隊不是早已列明身世是『中校軍銜』，陳濟棠主政粵省時代的文化廳副廳長，算是文職吧！又是中統局人員，相信是處理國民黨內務的軍職吧！實際是什麼職務，我確實不知道，你再多問我幾次也答不出來。」

「哼，這些特務反革命壞份子，那麼霸道，怎會是好人？即使家無產業，必是惡霸無異。嗱，你要清楚地交代，他遁逃去香港前，有沒有吩咐你怎樣顛覆我們新中國人民政權。講！」

「除了託管一柄他自己用的手槍外，並無其他囑咐，他只希望我這個文弱書生，能盡力將小學辦好，繼續為鄉村培養多一些人才，無論對誰都好。這小學也是他引頭連同鄉紳們，有錢出錢，有力出力，一手籌募建立起來的，故命名為『培育小學』，是不牟利的教育，以報鄉人為夙願。」

「呸，放屁，沒有你們這些壞份子，難道我們共產黨人辦不好教育嗎？哼！低頭！打倒不法地主藍偉文，我們要懲辦這些壞份子！」那幹部激昂地舉起拳頭高叫！人群中也有人，斷斷續續地高舉拳頭叫喊著，附和著。

阿志看到這裡，眼中兩行眼淚，源源滲下，鼻水盈腔，不由然地抽噎起來。

「還在抵賴耍滑頭，此人不打不識趣，打他！打他！打他！」人群中有人兇狠地叫罵。那個民兵隊長樣子的人，將掛在肩膀上的長槍卸下，用槍托猛力地向叔叔背後一撞，「啪哃」一聲，叔叔頭顱再次碰在地上，身體也向前伏倒，不再動彈。

阿志兩眼充血通紅，上下牙齒緊咬，兩唇緊閉地震動著，腦海裡一片空白，只閃現出「將來我一定要報仇！」這一個意念。跟著用衫袖往兩眼打橫一抹，嘭一聲，跳下祠堂包台，也不理會有沒有人看見，赤著腳，氣呼呼地跑回家去。

第二天早上起來，看不到叔叔在家，好像是昨晚被扣押了。阿志匆忙洗好臉，把當天課堂上要用的書本往布包裡一塞，掛上肩膊就回學校去了。直至中午下課，往教務室裡看過一遍，仍沒看到叔叔的蹤影，落寞無可奈何之餘，也就轉回家吃飯去了。一腳踏入大廳門口時，見到嬸嬸一邊為叔叔用內衣撕成布條裹紮背上傷處，一邊嘮叨說道：「唉！這些倒霉的擔心日子，不知何時了結⋯⋯」

「不要歎氣了。現在剛剛只是個開頭，遲些還會陸續有來。我們就引頸企望吧。是福不是禍，是禍躲不過。」叔叔淡淡地說。

看著叔叔前額一大片瘀黑，黑中帶紅仍留著絲絲血跡。左右手臂顯現出繩子捆紮的深痕，恐怕得須四、五天時間才可完全消退。他用兩隻手指拈起平時佩戴、已經碎爛的老花眼鏡，神情顯得頗為痛惜，轉過頭來，對著阿志說：「無論情況怎樣變化，你按照平常一樣返回學校上課，學業要緊，切記切要。」

一個星期過去了，叔叔留在家裡養傷，仍未返回校務處復職，阿志依稀聽到人們竊竊私語道：「藍偉文已被革退學校的一切職務了。」雖是懷疑，但阿志也只是悶在心裡，不敢詢問。

有一天，看到陳十二姑來找嬸嬸，推測準是半年一次來催交屋租了。一進門來，就聽到十二姑對叔叔說：「偉文四哥，我想和你商量一件事。你們的租約原本是明年六月到期的，你能否將就一下，提早在今年年底前搬出，將屋宇交還予屋主？你知啦，我只是代言代行之人，你我交往多年，從未有過任何齟齬芥蒂，假如今次你能成全我今次來的使命，小妹真的感激不已，四哥你認為如何？」

「唔……」叔叔再沒有出聲一句。

「這怎可以？……」嬸嬸忍不住出聲。「現在十一月底，到十二月底只剩下短短一個月時間，叫我們何能急促地找到其他地方遷去，如妳早半年前通知，就不會令我們驟然束手無策，妳說是不是？」嬸嬸理直氣壯地反問。

雙方都沉默了一陣子，十二姑然後緩緩地說：「今年春天，民兵為了追尋你兄長一支尚未繳交的步槍，把前後園每寸土地都挖掘翻轉，場地毀壞不堪，我兄長與你大哥是朋友多年，故忍留面子，緘默不言，現今共產黨人已經拿你祭旗開刀，反天乏術了。以蘇維埃區土改經驗去衡量，事態只會愈演愈烈。四哥，你見識廣、學識豐博，絕對不會無預感的吧。我六哥亦擔心你藍家的事，或否有所牽連？故違著良心出此下策，希望四哥你們見諒。」

「唉！這樣吧。」叔叔終於出聲，和氣地說：「十二姑，請轉告妳家六兄長，多給我一點時間張羅，明年四月底前鐵定搬離，可以嗎？」

「這也是個好答覆，在情在理，我回去問準後再來覆示，如何？」說完，十二姑就道別出門去了。

自批鬥會之後，村中同姓族人隔遠見到叔叔，唯恐趨避不及，如見到鬼魅一樣，遑論要求他們能伸出援手，租借騰移出些許地方與他作為棲身之便。嘿，還算走運！陳姓的十二姑也知道村中情形，好歹也算是既為神功，也為弟子，輾轉介紹另一位陳姓戶主，騰出一房半廳來租予叔叔暫住一段時間，日後再圖打算。

「『鄭伯克段於鄢：初，鄭武公娶於中。曰武姜……詩曰：孝子不匱，永錫爾類。』其是之謂乎！真的好沉悶，每天都要死記硬背這些繃緊字眼與意義，乏味之極，無精打采之餘，口中念念其詞，茫然不求甚解，聊以搪塞課務而已。念至：『物華天寶，龍光射牛斗之虛……人傑地靈』……嘻嘻！這類文章字眼頗見生色。『大江東去浪淘盡……談笑間強虜灰飛煙滅』……這才是氣魄恢弘的表述。」叔叔不厭其煩地迫著阿志，重覆地默念這些文行字句，也許算是盤紮打下了淺薄的國粹文化根基吧！每年年關在即，附近村落都知道叔叔寫得一手好字，總有多多少少的鄉人，走來要求叔叔代寫應年揮春對聯什麼的，條幅、橫披、壓鏡、中堂等等之類。阿志也會協助磨墨、裁紙、拉紙，折紙等各種格式及所有案上的功夫都學得嫻熟。這也是從小對筆墨、文房四寶、紙藝等、能有些點接觸便自此開始。

　　春初沍寒，天氣尚未完全解凍，時近清明穀雨二節，陰霾籠罩著大地，毛毛細雨混著刺骨寒風，依然使人哆嗦顫凜不已。高聳的木棉樹枝佈滿了剛出的嫩葉及未綻開的萼蕾，顯得生機盎然有緻，正迎待怒放燦爛的時刻來臨。三五成群，振翼欲翔的小鳥，無憂地在樹枝上吱喳跳唱個不停。農人們正忙於整犁備鋤的迎接春耕。俗語謂：「一年之計在於春」，事事打點準備好，祈求風調雨順，冀望一個豐盛的夏收就心滿意足，笑逐顏開了。農會也正式通知撥分了一畝八分左右，位於村尾與鄰村沙頭小崗邊交界處，由兩條小溪河流沖積成的一塊瘠鹹沙多的水田予叔叔嬸嬸耕種，就這樣，他們兩人，就正正式式由共產黨分田予他們，變成有土地的農耕戶了。

　　春耕夏耘的學識，對鄉村教師來說是絕不陌生的。課本上都經常有所教示學生們，唯是實際活兒是怎樣幹，對這位出生於省城廣府中學畢業的高材生來講，頗感難以應付。清末民初，尚未有嶺南大學，算是最高級的學府了。一些與他同期的同學，考進入黃埔軍校第一、二期者，大都升遷成為中將或上將了。而今自己被受規整務農，那能不氣短？除了歎氣之外，只好低頭於他人簷下了。一時間百感湧上心頭，自身也難以釋懷。命運既定，聽任上天安排罷了。嬸母心中也頗存怨氣，責怪自己丈夫無辜地揹上了兄長留下來的政治禍根大包袱。在她腦子裡，自己兩老膝下猶虛，三個侄兒當中，最大的聰明剔透，樣俊貌美，唇薄言甜，自小皆為長者寵愛，唯嫌耳骨外露，如今已結了婚且外遷，已無所他念。

老二體格魁梧，聰憨兩端，謙遜得體，能由他過繼為子嗣，最為合意，而今隨父滯留香港，也無可他想。留下老么阿志，生母尚在身邊，既劣無學養，也野性難馴，調皮難教。長幼相比，正如俗語有云：「無瓜摘茄子」，兩味別不同！

屋子是搬了，總算又熬過一關，唯是在搬遷之前，已遭一隊民兵清算抄家了，搬的搬，拿的拿，剩下的家當已經不多了。雕木屏風後的一間約八平方米左右的板間房，只能安放嫲嫲睡的實木大床。床頭擺放一張古式連鏡的兩截式梳粧檯，對面置放著一座企立式的有上鎖門下抽屜的大衣櫃。餘下的地方只可以擺放一個米缸及零用雜物等。屏風前中央放置一張吃飯用的舊八仙方角台，台上依然停放那滴答恆然的扭鏈古老座鐘，台側左右兩邊排放著兩張損缺些少的舊酸枝靠背木椅。原本四張與八仙方桌檯面同是一套的，幸運的是這兩張尚未被拿去。還有，倖存一套四集精裝的《資治通鑑》和一本《本草綱目》尚未被充公抄去，雖然部份已被蠹蟲蛀食毀壞不堪，叔叔仍然頗感老懷欣慰。廳前牆側臨時設置一張兩端是橋板凳支撐的兩塊木板大床，是阿志與叔叔一同睡覺的地方。屋旁原住著兩家人，連同大廳另一邊總共是四伙人住在一起。後園連同廚房，一口水井都是公用的了。

好了，住的問題安頓下來了，吃的問題又怎麼辦呢？叔叔輾轉思量，應該怎樣做？剛剛失去教師這一份穩定的職務，又再沒有其他收入，即使現在開始，鋤田翻土，也需要等待一個月的時間，讓水浸潤翻土後壓住的廢草變成肥料，才可以插秧。插秧後還要需要兩三個月，或者更多的時間，才有收成，那麼，這五、六個月的時間延伸，營生從何而來，真是費煞心思。但無論怎樣，還是需要做的。首先先去買一個鋤頭，是用來掘土的，得多費氣力，是實際的功夫，懶散不得。就這樣吧！啊！有辦法了！不如請其他農民用耕牛幫我們翻土，豈不是半畫功夫就可以完成了嗎？省掉不少時間。唉，不！找人是需要花費工錢的，現在自己沒有錢怎可以？還是死馬當活馬騎，自己幹吧！

這塊水田有一種特色，就是每天潮水漲退兩次，到水漲靜定下來的時候，河水已經是蓋過田面一、二尺的高度。等水潮退去過後，水田又逐漸露出，直至水退乾盡為止。初時不大懂這個道理，叔叔潑糞施肥，水潮一過，就什麼都漂走沒有了，結果是白費功夫，絕無作用。後來逐漸掌握了這個要訣，乾脆就直接插下秧苗，不管它了。潮漲潮落，因為自然微生物及有機垃圾留落田面上，日久積聚，就會變成肥料。但雜草不能讓它橫生，須要定時清除，確保禾苗生長。除此之外，找一些產量高且好的種子種下去，產量就會提高。經過各方面的探討，叔叔決定依照他人的經驗去做，秧苗種下後，任它自生自長算了。剩下來的時間要做些什麼？村內有一種臨時加工的工作，就是手織漁網，好歹求人分發多少這樣的散工，帶回家給嬸嬸做，也算是幫補家計。

經過幾個月的勞力鍛煉和折騰，叔叔這個個子不大，孱弱的人，反而覺得步履穩健了一些。是否磨練的結果，不得而知，唯是前額的皺紋深了很多，顯得有些蒼老，當然他的年齡也不小，差不多到六十歲了，是好還是不好？也無由可說。由於沒有其他收入的緣故，好幾個月下來，手中存有的錢都花得八八九九了。但是，飯還是要吃，必須節儉一點，醃些鹹菜、買些腐乳之類，做菜佐飯，就這樣熬了下來。終於，收割的時間到了，雖然望著田上一片黃金色的穀穗搖搖欲墜，滿心欣喜，但心裡沒有底，不知道收成的結果、數量如何，心中依然拿捏不準。還有到最後，如何借用他人的工具來割禾打穀，運回到地塘上晾曬風乾，之後，再經過風櫃機吹去穀殼等輕浮雜物，然後才知道結果自己收成有多幾？

由於是頭一次農耕，經驗不足，收成實際量不多。無論如何，也怨不得人，總算有了第一次收種。叔叔自己清楚知道：這樣微薄的耕田利潤，是不夠營生的，倘若沒有額外的開源收入，還是不足夠支持下去。因此他也向農會小組要求，撥一些土地當作自留地，間種一些蔬菜或其他農作物，能賣錢也好，自己吃也好，當做額外的收入，幫補生計。農會也答應了，撥了較為寬闊的田埂上面，讓叔叔自己去開荒耕種。從此，叔叔也開始了一些種菜的計活。不過是自食自賣為主的。

有一點，特別奇怪的是，每逢有什麼「三反、五反」名目的活動，幹部與鄉人們都會抓著叔叔，拉去陪伴鬥爭一番，用叔叔「交功課」，但未必每次都是五花大綁的，總算是心寬了一點。

通常，一般鄉下人家，大都是下午六時左右就吃晚飯的了，這天阿志食完晚飯，按慣例總得完成學校交下來的課業，尤其是今天的算術題，心中正在犯難、發怔、心神彷彿不定，心想不如去找隔鄰不遠的同班一位同學，商量研究推敲一下功課。主意既定，攜帶著書本、作業簿等走向阿勝家串門子去。阿勝不在家，他的婆婆說大既要七時左右始能回來，她老人家已煮好了飯，正等待外孫他回來一起用膳。「就坐一坐等一下他回來吧！」阿勝婆婆熱情地說。

阿勝不是本鄉人氏，父母須在城中謀生，故在村中租賃一間小屋與婆婆相依生活在一起，以便讓阿勝安心讀書，單是阿志同班中已有兩三個同學是類似家庭狀況的，家長們留下孩子寄宿村舍就讀這間小學，因為這間小學在叔叔嚴厲執教下，名聲頗噪於附近鄉村地區。叔叔是屬於老一輩私塾教學方法，打學生是容許的，的確是「惡名」遠播，家長們怨懟，敢怒而不敢言。學校設有連貫性一至六年級班別，約有二百多名學生，解放前或後初時段，應算是難能可貴的了。師資多是高中學歷，甚至已經畢業了的都有。校長是阿志族中一位叔父，是大學科班，本土出生。土改前一些時候就返回北京姨太太家去了。阿志父親也是掛名的執行校董。學校中大大小小實際事務安排都是叔叔一手處理執行的。

1949 年十月十四日海珠橋爆炸，十五日解放軍由中華路（現名解放路）入城後，所有學生都被教曉歌唱「義勇軍進行曲」、「二郎山」、「五星紅旗迎風飄揚」之類鏗鏘激昂的愛國歌曲。阿志當然也不例外，絕對算是新中國調教出來的新一代。恰巧是經歷著國民政府童子軍與新中國紅領巾年代。阿志較為特別，因父親關係，將年齡報大，故亦可六歲不足就提前入學一年級了，同班有些最大的已經是十歲開外的了。其實這間小學一早已被共產黨員滲了沙子。阿志父親與叔叔都心中清楚知道。唯其來的師資大都以高委下，為鄉中子弟培養人材又有何不好呢？日本侵華期間，東江縱隊屬下，俗稱鬼仔隊之年輕游擊隊偶爾借道村中時，阿志父親也謹慎著人打點開膳招待。正因為裔源同仇敵愾故……既相互矛盾亦相互包容。

阿志坐著，邊等邊與阿勝外婆閒聊學校的雜事。只聽見大門「吱」一聲慢慢打開，阿勝側身閃進入屋，手中攜著一有蓋的小竹籃，見到阿志坐在廳內，不禁一怔，面帶遲疑地說：「你怎麼會在這裡？」

「是呀，阿志在這裡等你很久了，是等你回來一起與他溫習功課，研究解答一些什麼問題似的，來來來，先吃了飯再算。」外婆一邊說一邊走向廚房爐灶中端回飯煲擺放在檯面墊板上，再從阿勝手中拿過竹籃並將蓋子打開，從籃中提出一個薄薄，殘舊鋅造的軍用飯盒，掀起蓋子將盛在裡面的東西倒在預先放上檯面的碟子上。阿志「啊」地一聲，擺在眼前的是一些煮熟了的青菜和些少肉片連汁，是現成佐飯剩菜。「阿志，你也來吃一點吧！」她說。「不了，你們自己食用吧。」阿志一本正經地回答。

阿勝和阿志將書本與習作簿子攤放開在一張中間方長而窄，兩邊半圓可折合的檯面上。檯面上點燃著一盞短筒煤油燈，燈光淡黃如豆，掩掩漾漾，不太明亮的。

「喂，阿勝，能不能轉換一盞較為光亮一點的長筒燈，會較易看得清楚？」

「沒有啦！那盞長筒燈平時放在牆角，前幾天給貓逐老鼠時打爛了。除了食糧充裕可渡月給之外，暫時手中並無餘錢購置，要等爹媽下月初寄匯回來，才作打算。你知啦！空閒時外出拾荒，撿些爛銅爛鐵，斷碎塑膠及破碎玻璃等，貯藏亦不多，也賣不了幾個錢。」

「那你剛攜回的外賣小菜，不也是要錢買的嗎？」阿志細聲地問。

「你錯了，剛才帶回來的是……從北面隔鄰舊鳳凰村，榮譽軍人營房那裡倒集回來的，是他們吃剩的殘羹餘剩。」

「你認識他們免費分配予你？」

「不，他們有好幾百近千人數，我一個都不認識，有一天傍晚，我從廣州市區回來，路經軍營時，看見兩三個不同級別的同學，都相熟的，是隔離村的，拿著提籃，壺盒的在軍營裡面守候。我也好奇想看個究竟，因而知曉他們為了添充營養，那我也依樣畫葫蘆這樣做了，過程就是這樣。」說完面上頗露得意之色。

「啊！那不就是前兩年發動全民、各行各業、特別是工商界人士，踴躍地購買公債，捐獻資金予國家購置飛機大炮武器等去支援中國人民志願軍，赴朝鮮對抗美帝國主義侵略者，保家衛國，受了傷回來的榮譽軍人們？」

「正是他們！還有誰？」

「聽說死傷有好多……多……萬數？不只如你說這麼少！」

「那我不清楚……你問得真幼稚？哼！」

「喂，你帶我也去試一試，可不可以？」

「可以，無問題，你又不是吃我的，反正是人家棄捨的東西，有何不可以？不過，你不可以再告訴其他的本村人。」

「那好，我就明天傍晚跟你去覓食，一言為定。」

兩個不知天高地厚的小傢伙，做完了功課，收拾了東西，阿志就回家睡覺去了。

第二天，傍晚時分，阿勝領著阿志提早一點抵達軍營，營分兩邊便是宿舍，中間隔開一條馬路，沒有遮攔，兩邊宿舍前都是一片大草地，故不能禁阻那些頑童穿插其間。阿勝頗有經驗，指點著何處是最好位置去預先佔據，然後自己跑到草坪另一邊去了。

「噹、噹、噹噹……」一個半截的巨型銅炮彈殼，連續被敲響四次，響徹兩邊草地廣場：「好嘢！好啦！開飯啦！」約有六、七個像阿勝的小童雀躍地拍手叫著。瞬眼間，陸陸續續，那些受傷由朝鮮戰場歸來療養的軍人們，由各個宿舍門口出來，都是受輕傷的，有秩序地魚貫走向兩邊草地，坐滿了人。大多數依然穿著舊的解放軍衣服，六人一組，自動根據號數安排，或蹲或坐地圍在一起，中間騰出一小片空地，留置分剩用的，跟著，有好幾組炊事兵將剩菜抬出來，按照號碼擺放下一盤菜，菜面上都舖滿薄薄一層豬肉片。有時是魚、牛肉、雞肉或油炸其他什麼類的佳餚亦不一定。邊角或四周的地方，疏落地，且有距離間隔的，放置著大的木飯桶及盛湯水用的手挽水鐵桶，都任由軍人們自己舀載取用，沒有限制。後面乃一間大禮堂，有舞台設計，供大會召開或表演時用。平時則給予坐輪椅的，手拄單雙拐杖，較為嚴重傷殘軍人作為用膳的地方，算是特別照顧，有檯凳配套，不對外開放，禁止閒雜人等內進。若遇上風雨，外邊兩草坪的普通或較輕傷殘軍人，全都遷進大禮堂中去。坐在草坪兩邊受輕傷的軍人，大都行動自如，沒有什麼大礙似的。待剩菜分派到位後，就先後走向盛載湯飯處，用自己帶備的鋅鐵或搪瓷碗砵之類，為自己或順便為伙伴們盛載湯或飯然後走回位去。

通常軍旅中人行動迅速，連吃飯也不例外。好歹不論，妨似犁庭掃穴，飯剩都不需十數分鐘便一掃而光，然後抱肚子揚長而去！有的卻也好整以暇，慢吞細嚼，飯後，依然仰天或低頭呆坐，若有所思。有些則開懷細細哼唱幾句鄉曲，南腔北調都有，自得其樂。有些則攤敷紙板，抽出樸克牌來，三五成群，打起百分或拍烏龜之類的牌中遊戲，不亦樂乎！當然，擺起棋陣對奕者，全神貫注、凝重，不亞於軍旅攻防廝殺。

這邊的孩子們，也顯得十分緊張，金睛火眼般，兩眼環繞掃望著，看看何處那一組人吃完飯離去，則「嗖」一聲，如箭般飛，動若脫兔似的竄過去，將菜盤向自己帶來的盒罐中倒過精光，也不理會菜盤中有東西剩下沒有。軍人們也習以為常，見怪不怪，或者他們也是窮等人家出身的，頗有同情心，有時更有個別的招手孩子前去，叫他們拿走剩下的剩菜。偶有士兵添飯回來時，菜盆中已空無一物了，真是哭笑不得，只得頓足自叫倒霉是了。這樣的個例實是不多。不過，有一鐵律，頑童們也不敢越次，就是所有木桶內剩下的飯，必須回繳，也許是國家勵行之糧票分配制度使然。阿志因為是第一次初來，只採取蹲位方法，待探清實際情形才敢採取行動。故只站在二十尺半徑視野範圍內，用足精神，來回留意掃視，不眨一眼。

在回家路上，阿勝邊走邊問：「噯，今天收獲如何？」阿志頗感面紅，聳一聳兩肩，將籃中的盅蓋揭開讓阿勝看，裡面空空如也，什麼都沒有。「你站駐的地方，完全沒有剩菜，連剩汁都沒有？」阿勝氣急地問。「不是。」阿志低聲回答：「是我不夠其他小孩眼明手快，都給他們搶先一步拿去了。」

「你真蠢鈍！」阿勝有點被氣壞了的樣子。跟著說：「那你回去怎樣對你嬸嬸交代？」「實情直說吧。」阿志低著頭，沒精打采地走著。

「嗱，這樣吧！今天我的成績不錯。」阿勝邊說邊將飯盒打開，把裡面盛載的剩菜，倒了一半進入阿志飯盅內。繼續頗表得意地說：「以後記住，準、狠、快、就是致勝法寶。」哈哈！兩人相視一笑，加快腳步地走回村裡去。

晚飯時，嬸嬸將餘剩置放在碟上，看上去，除了些許半肥瘦豬肉外，青菜的顏色，也油亮亮的。嬸嬸望了阿志一眼，嘴角略帶微笑，似是頗為嘉許認可的，連同一小碟鹹蘿蔔，今天晚餐，真算是豐富的了。平常每人每月分發二兩肉票，差不多整一個月，才知曉肉類的滋味。叔叔提起筷子，頗為遲疑地夾起一片較肥的豬肉，細聲喃喃語道：「嗟來之食！想不到我藍家貧落如此，唉！奈之何？」說完，慢慢地把夾在筷子中那片肉，放阿志碗裡去。

一星期過去了，秉持著阿勝那「狠、準、快」三字要訣，阿志頗覺得心應手，即是稍遺良心，出軌的做法也敢為了，俗語說：「人不為己，天誅地滅」，那些下三流心態也萌現出來。只要就手，又無人見證時，順手牽羊的事也膽敢做。如是一個多月之後，走向營門乞食的劣童，越來越多，往往為了獲取些微棄剩剩菜，爭執、口角，動武事件，層出不窮。軍營中管理當局初時，只眼開閉，裝做不見，頗有憐憫之心。唯是事件頻繁出現，那能次次，時時跟這些年稚，少不更事，思想不成熟而教育程度不高的少年們，吃力地去勸說，解釋，教育連連？因此立下決定，乾脆將馬路兩旁草地，用乾長竹枝豎起欄柵圍住，立個木牌標明：「閒雜人等不可亂進」。至此以後，即使是本地居民及外人等，也不得擅自闖入軍營。阿勝、阿志等小童們的如意課業就壽終正寢了。

時光荏苒如白駒過隙，六年小學時間，好像一剎眼般匆匆地過去。

阿志預感到，即將要離開這裡。偌大的一處連同三幢同樣規格大小坐北向南祠堂，其後園中端，作為操場及籃球場兼用，西端建置一個跳遠用的沙池，高低雙槓各一。東端即蓋起一座男女學生分隔用的廁所，餘地則分豎兩架鞦韆，以供學生們玩耍。算是因陋就簡，仍也綽綽有餘。

後堂中央貼牆是一座高大傳統式神龕，供奉著列祖列先神位。九層如金字塔式，下寬上尖的，最上一層單只供奉一個較大的祖先靈牌，下面第二、三層，靈牌略小一點，再下由四至五層，全用較小的靈牌，按先後次序排列，有條不紊。龕兩側及前額頂，全是鎏金通雕木屏障，璀璨輝煌，金光耀眼，人物剔透栩栩如生，花卉玲瓏浮突，華麗與肅穆兼備。龕下前面一張高大長方形厚而重的木案檯，擺置著爐盤燭台等器皿，以供香火鎚寶蠟燭祭祀之用。堂上四條石座墊底的巨型楠木圓柱，支撐著中間兩邊同樣是楠木支架，撐托著所有橫樑，以及舖敷桁木蓋排屋頂瓦面的全部重荷。東西兩牆，每邊懸掛著兩副長長的木刻楹聯，大部份學生，相信是只識讀其文而不曉其義。遺憾的是東北屋角，已顯一條較長的裂縫，且露光線滲射入堂內。事實上年日歷久超過百年的建築物，維修葺建也是應該的。聽說新接任的校長，向教育當局報告申請拆卸重建，因藍氏族人極力反對而暫緩按下，畢竟，這不是共產黨人建置的物業！

三級石階以下的中堂建築，格式大約如是，唯中間峙立一座大屏風，擋住人們窺視後堂龕座神牌的視線。最近，以四條中柱，兩側分間出兩個新課室，準備作擴充班員之用。必要時，後堂也可多間格出兩個班室來，再應付充班增員。連同隔鄰另一房系的藍氏祠堂，日本侵華時被炸毀多年，和平後將其重建六間大班人數用的平房。目前擬定十二班為額的教學計劃，遊刃有餘。假若生員繼續增多，再起用隔壁，同樣面積大的陳氏大祠堂，添增六班，總共十八班四十二人額之小學，仍然綽綽應付無礙。可想而知，為鄉梓籌謀福祉的先驅者們，的確是有一定遠見。

再下三級石階，就是前堂了。西邊走廊圍間起作為教務處用，供老師們辦公。東邊依然空留，有一側門出去外面一間備有水井的大廚房，前面一大片空地由青磚牆四周圍住，屋蓋未圮塌時是私塾教書的地方。暫時讓學生們種菜自給自用，將來仍可重建而供四班員生使用，如果需要的話。臨出大前門處，左右仍有兩個大知客室，目前暫作單身教師宿舍，每邊居住兩人。

　　阿志怔怔的望著自己系屬的宗族祠堂，一棟三疊前中後，典型長方形南方傳統式建築物。六十三塊瓦面寬的前簷，黏築著兩三窩向南，冬去春回的祥瑞燕子。前堂屋脊上中嵌鑲著二龍爭珠及兩邊躍鯉的廣彩磁雕，兩邊磚牆鍋耳高聳對峙，氣派非凡。正門一對沉甸甸重實的吊腳大木門，彩繪著文丞武尉兩位守護門神，威風凜凜。門腳下閘放著一塊厚重木板，高及上半腿作為門檻用作阻止牲畜竄進，門口外左右兩側翼是石砌的包台，由兩條雕飾立中的方形石柱，支撐著橫跨至兩邊牆及伸入前堂的橫樑架，內堂和包台牆上端兩邊都畫滿了著色的傳統中國畫，神仙人物、傳奇故事、及花卉都有，十分美奐標緻。

　　花崗巖石砌的門口平台以下三級石階，就是一塊約三、四百平方米闊大，沿河而建，寬廣的灰沙平磨大地塘。河邊對面特深挖了一面月牙半圓形凹處，表顯水鄉大族祠堂的風水及氣勢特徵。且在凹處地面上，豎立了很多對石板旗杆夾，銘刻著先祖們在朝廷獲取的功名及賜授誥命等。長近八百米，兩岸砌石傍河齊整，擁有六個月牙半圓凹處，即是說：有六間大祠堂。四個屬於藍氏家族，兩個屬於陳氏，足見此鄉往昔人口眾多並兼富裕。東南西北每邊都建有兩個出入村口的門樓，總共是八個，更顯威勢，故條件足堪稱為鄉，故村名冠稱五鳳鄉。村中央設立一座鄉公所，接待、商籌、和處理鄉內各村落鄰睦關係及諸事等。村中擁有父母子，兩大一小三條龍船。村內每條大街小巷，全都用石板舖砌而成，通至村口各門樓，並直達到附近六條小村前。藍陳二姓宗氏田產遍及各村外廓或更深遠處。尤其是藍氏，丁財更為興盛，分別在村外西、北、南三面，每面用大石整齊地圍砌三口大小不一，相隔又相連，總共九口面積相當大的方形或長方形的，疏種蓮藕之水塘（俗稱九子連塘），貴顯藍氏先祖九子騰達仕途，發揚光大之宗脈。

　　同學們正紛紛接耳交論，今天這一堂課應差不多是最後，僅有的一兩次聚面，此後必然各散東西。適齡的仍會升中學去，超齡或家境欠佳的，多會是回家，務農或者另找生計，成為社會勞動生力軍中一員。六年呆坐在這裡應是一個極限，天下無不散的畢業班。各奔前程是必然的結果。

　　「同學們好！」短髮瘦削矮小，兩眼精光閃爍的女校長踏進班房，和顏悅色地說：「今天我只是代課性質，順此我也在此僅代表學校，衷心祝願各位應屆畢業生們，亦是我們新中國未來的主人翁，前程無可限量！還有，新中國成立後，教育事業進展勢頭穩好，國務院及有關當局有意促成全民較為高一點的普及教育程度。遵照國務院的指示，凡是學齡兒童都應該有享受教育的權利，我們『五鳳小學』（舊名培育小學改稱）決定擴大招生，尤其是小學一年級，讓更多適齡兒童進入常規教育範疇。你們都是今年應屆畢業生，現今在我手上的是一疊報考初中的申請表格，格中有三個志願地方及校名可以選擇填報，表格填好後即交回給我，以便統一上遞辦理。同學們若有什麼不明之處，可舉手發問？」

　　「校長！我們班中有幾個都超齡許多了，可以不可以如常填表報考？」其中一位較年長的同學發問。

　　「這……這樣吧！你們也先填表報名，待有關你們所報第一志願的中學，回覆可否接受再決定就較為穩妥一些，我也希望我的學生們全部繼續升學，多增高一點知識程度。」校長和顏悅色對著學生說道。

　　每人手中拿取一張申請表，各自回位填寫去了。全場鴉雀靜寂，沙沙隱約的書寫聲都可以聽到。阿志把志願學校及其他欄目填好了，剩下的只有家庭成份這一欄，雙眼凝視著表格，怔怔發呆，持筆不動。眼尾斜睨，驚覺一幢人影立在身旁似的，慢慢抬起頭來仰視一看，「呀！」站在書桌旁邊的正是姓呂這位新來不久的女校長：「阿志，你都填好了嗎？」「哦……尚欠些少。」阿志聲線微弱的回答。「咦！你家庭成份這一欄，好像尚未填上去？」「嗯！」阿志亦沒有再出聲。

　　校長緩緩地走回教台上，「咯咯」用手指節背敲了講台兩下，接著說：「請注意，同學們！你們都是新中國培養出來的接班人，要絕對忠誠於祖國，即是一言一行，都必須對得起國家與人民，不可捫著良心，欺上瞞下，做事不誠實，在填報投考資料時，必須實實在在填寫申報，不可舞弊作假。」校長說了這麼多話，似乎都只是對阿志一個人說的。阿志那裡會用心聽進去，腦子裡正呼嘭作響。我應該怎樣填寫這個「成份」？成份、成份？這兩個字恰如一具鐵鑄的大枷鎖，沉甸甸地羈壓在腦海裡面。

父親驟然出離別處，母親只能緊咬牙關，攜帶阿志的一姐一妹，撿些女紅針黹工作，代人洗漿燙，給同族兄弟開設的公私合營茶樓剝揀蝦殼，撿拔乾淨已宰好的雞鵝鴨毛，並為早市賣粥與腸粉的小店磨米漿或熬粥等雜活，有時會代人擔挑已發泡好的芽菜往墟市，幫補多賺一點微碎零錢，負力的活兒也得去做。鄉村中人見者有嘖嘖搖頭惋惜的，也有幸災樂禍詛罵的，不一而言。故申報登錄戶口職業時為小手工業者，而確也如此。自揪鬥會後，阿志叔叔被劃為地主而父親則被稱為惡霸，由農會一槌定音，定案如鐵，不可抗辯與推翻。唯一慶幸的是，父親將阿志以六歲尚未足夠的年齡已推進了小學一年級，託由叔叔暫時教育維護，日後有機會回來再作打算。他自己則帶同排行第二的兒子奔赴香港去了。大兒子於解放轉政初期剛剛成婚，轉了戶籍依附在廣州市城中岳父家中似乎無甚牽連。

「同學們，請將所有手中的申報表，由班長收集轉交回我處。」當阿志聽到校長說話時，霍然在怔想中醒覺，眼看著同學們陸續繳交各自填好的申請表時，急忙在表中填上了幾個字，然後將表格遞交到班長手中，下課回家去了。

第二朝早上第一節課剛開始不久，班主任教師匆匆忙忙走進班房，招手叫阿志出去說校長有要事召見，並迅速陪同阿志走進教務室。適值所有老師都上課堂去了，只看見女校長單一個人坐在她自己辦公桌下的椅子上，神色肅穆繃緊。「校長，我已將阿志帶來，如無其他要事，我先出去好嗎？」班主任教師恭謹地說。「吖！妳是班主任，也坐下來聊聊吧！」

　　校長轉而望向站立的阿志，繼續聲音不高地說道：「阿志，昨天我站在你桌子旁邊注視你很久，而且在講台上向全班同學提示了幾句意義深長的話，要求你們做新中國誠實的好孩子，你看你自己表格上填寫的家庭成份是什麼？你是否寫錯了？」「我……我不是已經寫進去了嗎？」阿志低著頭細聲回答。「你知道你寫的是什麼？」校長面有怒色地問。「是……是『小手工業者』。」阿志稍抬起頭望著校長回答。

　　「你的家庭成份是『小手工業者』？」校長咬一咬牙，狠狠地問。

　　「我母親的職業是小手工業者。」阿志坦然地回答：「村中所有人都知道她是靠做些微碎雜活去維持我們一家人生活的，間中有時也會為校長妳洗漿燙妳的中山套裝外衣連褲，妳也是知道的。」

　　「胡說，我問你的是家庭成份？不是你母親的職業。附近各鄉村人都知道你的家庭成份是惡霸，是農會核定的。」校長的聲音激昂地說：「想不到你小小年紀，也敢來狡辯，混淆視聽！」

　　「我沒有！」阿志理直氣壯大聲的說：「戶口簿是這樣寫的！」

　　「什麼？哈！如果是這樣，我立刻叫農會及派出所繳回你的戶口簿更正，無論怎樣，今次你改寫你的成份，我們也不會代你將表格呈交上考中委員會去，哼！真氣人，你年紀輕輕就這樣壞！」校長氣急揮臂高聲指責道。

　　當阿志聽到要繳回戶口簿一詞時，心中一怔，並即時暗自忖思：不可，使不得，家中戶口簿是母親故意隱藏的，不可揚露出去，否則，給人家繳回，涉及糧票、油票、布票、肉票及日用等雜項，有些東西農民戶口是沒有優待的，豈不是更糟糕。使不得，使不得，心中實也發慌得很。於是阿志深深吸一口氣，細聲問道：「校長，妳想我怎麼樣做？」

　　「嗱。」校長拈起那張報考初中表格，擺向阿志面前並說：「將表格中寫錯的成份改正過來，我才會為你轉交上去。」兩眼望著阿志，嘴角微微一翹，似笑非笑地說。

　　阿志接過那張表格，眉頭緊皺，心中忖度著：今次我若是不按照校長所說的去做，報考只有擾攘而沒有結果，不但報考機會失去，連戶口簿的簀子也捅了出來。若按照校長的說話去做，相信結果絕不會好到哪裡去！橫也是死，豎也是死路一條，就賭命運去罷！冀望上天有好報，途遇貴人拯救罷了！主意既定，阿志緊咬嘴唇，提出筆來，就在表格中家庭成份這一欄內填改了「惡霸」兩個字，默不出聲地交回校長手中。校長看了一看，對著阿志揮了一揮手，接著說：「事完了，你走吧。」

　　阿志拖著疲乏的腿，像鬥敗公雞似的，垂頭喪氣，緩緩地踏出教務處，隱隱約約聽到班主任教師說：「校長，阿志年紀畢竟是少，但功課在班中是極好的，尤其是算術課，犯了些錯誤，原諒他罷！」「嘿！妳呀！我的好同志，對待階級敵人，是絕不能手軟的，而且我們更不應該犯下原則上的大錯誤。我不是批妳，妳也得反省一下，溫情主義就是我們共產黨最大的內部敵人，凡事該慎重一點，哼！」阿志也懶得再聽下去他們說些什麼。悻悻然之餘，加快腳步地離去。

　　1956 年，全國縣、鎮、鄉、村經過了農業生產合作組和初級合作社的實踐歷練期之後，進入了農村高級合作社階段，叔叔這個三等勞動力的人被編入村中小隊，掌管兩隻母水牛，因為他是年老，勞動力荏弱的人，從此便開始了另外一種生涯。以公分制度計算收入，依據按勞取酬制度，看管兩隻母牛的收入不高，一個月的收入大概是十一至十二元人民幣左右，當然，嬸嬸也須編入生產隊之中，做一些輕巧的田間工作。公分賺得也不多，總共兩個人的收入，十分緊絀。但沒有辦法，既然生產隊派發了這工種下來，還得遵循，不可有異議。

　　這兩頭牛是母女親緣關係，大的母牛，頭兩邊伸出長長兩隻角，名叫「大廣」，牛女叫「彎角妹」，因為牠頭上兩隻角細小而內彎向上。農忙的時候，兩頭牛都需要翻土耙田，閒暇時，就得由人牽帶著「放青」。叔叔每天早上，必要對著天空揣度一下，今天是否會下雨，大風、或是陽光燦爛，所以，一頂竹帽子永遠掛戴在身背後。有時，會預測到下大雨，就會多披一件蓑衣，然後去到羈綁兩頭牛的場所，將牠們牽引出來。有時會帶到禾田邊或是埂陌上吃青草，有時或會牽帶牠們往村後、東西、左右兩邊的五個小山崗上，那邊會有很多青草可供牛兒食用，特別是春夏天。將牛放到山崗上則較為自在一點，把牠牽到青草處，將牛繩搭放在牛背上就由牠自找草源吃個夠飽，離遠只需用眼看管就不礙事了。平常在冬天，山崗上的草都乾枯了，只有一些墳頭穴側的陰暗處，依然有些少茂盛的青草延伸出來，那牛自然會挑選而食，不用太多掛慮。如果是牽牛在田埂邊，就得加倍小心，牛見到青綠的禾苗，牠就不理三十二十一，將舌頭一捲，一下子就將兩三棵禾苗給吃掉了。尤其是沒人看管，牠可以跑進禾田，整一大片禾苗苗頂部份，都捲食精光。另外，假如田埂邊是菜地，牠也會跑下其壟中，選擇青綠的菜葉吞食到牠的胃肚裡，並且踐踏毀壞菜地，這樣的損失，的確是相當嚴重。如果按公分算要賠償，那一天甚至整個月放的牛的工錢，都會貼賠進去，所以得小心地看掌這些牛兒們。

這一年，不知為什麼，嬸嬸與那些貧下中農爭執、鬥嘴，而又倔不低頭認錯。故被以「永不悔改的階級敵人」這條罪名，抓進勞改所，並判處兩年勞動改造。叔叔家中只剩下一個脆弱的勞動力，恰巧阿志剛剛考完了升中試，正在放暑假，賦閒在家，也沒有什麼工作可做，故此，協助叔叔掌管這兩頭耕牛，而叔叔則另要求生產小隊分派其餘輕巧的工作去做，賺取額外的公分，寄望工錢可以增加一些幫補家計。就這樣，阿志開始了「放牛生涯」，不過，這不是正式的，因為阿志的戶口是依附親生母親屬系的，並非在叔叔這邊。無論怎樣都好，阿志也就踏進了這樣一種新的生活。如叔叔吩咐一樣，阿志揹掛竹帽，每天從牛房裡牽出兩頭牛，自己獨自去找自己希望或喜歡放牛的地方去放青，有時要到什麼地方，自己心中也不靠譜，雖是職責，但也茫然無所目的。

夏日炎炎，驕陽似火。牛隻喘氣連連，太陽曬得人背脊也冒煙不舒服，阿志本能地吆喝著兩頭牛加緊腳步向池塘邊跑去，到了池塘邊，揮揚繩尾，用力鞭打落牛屁股上，「蓬蓬」兩聲，兩頭牛都跳進了種著蓮藕的池塘裡，一頭牛在池塘邊游走，並在池塘邊淺水的地方，背向塘底牛肚向上，左右兩邊翻來覆去，前後四蹄揮上踏下地濺水，十分舒暢。

另外一頭則游向水塘中心，因為深水處比較清涼一些。阿志，將上衣一脫，掛在塘邊石榴樹枝上，「噗通」一聲，也跳進池塘，游向荷葉叢中處。突然，頭沒入水，潛到水底深處，用手挖掘出一株剛出芽的爽嫩蓮藕，在水中清洗乾淨，放進嘴裡，人卻躲在蓮葉底下，大快朵頤。有時，中午時分的熱天，恰巧是水潮漲定的時候，阿志也會將牛趕進小河水中，騎在牛背上沿河邀遊。或轉至基圍凹處，將牛繩拴在低垂水邊的樹枝上，自己卻攀上基堤上邊，到處尋找、看看有什麼荔枝、楊桃、石榴、香蕉、甘蔗等類生果可以吃的，若無人見時，便通吃個飽。之後，施施然將牛趕回岸上去，這種景趣，應該普通人是沒有的吧。

有一次，阿志放牛在村邊漱珠崗之「純陽觀」側的斜坡上。時值仲夏，突然間，烏雲密佈洶湧，澍雨滂沱，閃電裂劃長空破背，雷聲隆隆嚦啪迎頭劈面。眼前突然星光激射，聲爆如轟頂，驚駭中木然瞑目暗暗喃道：「今次雷擊，險無避處，我命休矣……」須臾雷聲過後，山崗之上，山石崩圮而未傷山骨。枯木焚燃而未毀嘉土，日後仍將沃潤萬物，滋生不息，慨謂「劈山雷」者，來時雷霆萬鈞，摧枯拉朽，難以預測，真的不可思議！

隨著升中試放榜日期的迫近到臨，阿志更為憂心忡忡，忐忑不安。回想自己在語文及算術兩科答卷中，語文科成績取捨於考官個人批閱評論難知結果。算術科是最關重要的，比分通常是有據可尋的，數題答案對與否，考生自己也會心中有數。根據當日考試現場填答的試題，阿志十分有把握，百分之九十五都能答對正確。兩個較為年長，已經入讀中學的同村兄弟聽到阿志如此相告，都認為十拿九穩，會被校方取錄而無意外，並預先恭祝阿志成功，如願地考進中學。阿志內心也沾沾自喜，頗以為然，但一想到填報家庭成份時就仿如當頭棒喝及凍水淋頭似的！

仲夏的早晨，太陽一早便從水平線上冒出頭來，似個火輪向上騰升。空氣清新，晨曦中鳥兒吱喳唱個不停，十分悅耳動聽，令人心曠神怡。昨天晚上，阿志無法入睡半刻，整晚也惦念著今天是放榜的日子，判決自己命運的時刻即將來臨。匆匆忙忙地漱口洗面後，換上一件較為整潔的唐裝上衣，赤著雙腳（因為沒有錢買鞋子）就走了出去。

　　在取錄高初中學生的壁報板前，密密麻麻圍滿了好幾層人，都是來看放榜的。被錄取入學學生的名字一排排一列列寫在報告板上。阿志站在遠處實在看不清楚，唯有費力一點像木尖子般插進一層又挺進一層地逼向前面。好不容易才能佔一位置站立在壁報面前，抬頭兩眼用神掃視，由上至下看遍一行行列出的名字，不放過半個字眼，然後身貼著壁報向邊橫移出去後，深深地倒吸了一口氣！良久，圍看的學生稀疏了一些，阿志再逼進去報板前，由甲至丁四班列出初中一被錄取新生的名字，仔細地逐個慢慢地瀏覽一遍，然後一聲不響地離開校門，沿著來此的路，走回村去。

　　晚飯時叔叔拿起筷子，遲疑了一下，又將筷子放下，細聲地問：「阿志！今早去看放榜結果怎樣？」「看不到我的名字，或者……等最後通知才知道。」「哦。」叔叔亦再沒出聲了。

　　眼看九月初也將到來，各中小學正忙著新季開課，阿志再沒有接到通知，心中卻坦然自若，自己亦明曉其中緣由，實也別無他法，暫時繼續為叔叔掌看兩頭牛隻。不知怎的「彎角妹」這隻年輕牛女已經懷孕，日漸腹大便便，行動也較前緩慢。適值秋耕犁田翻土的時候，整個生產隊大小共有四頭牛，一隻小公牛，長得肥嘟嘟的，兩角寬厚蹺上如彎刀尖，唯尚未被受訓練肩牽犁耙耕作，實在只得三頭能有勞動力的牛，牲口勞力絕對不足。另一頭已經年老而且孱弱的公牛，耐力不強，若全部驅使致用的話，牲口中任何一頭稍有病疾或什麼差池，應付就更加顯得捉襟見肘了。

　　幾經村中幹部們商議後，採取兩條腿走路的辦法，一方面冒險抵力運用現有生產能力，耕墾植禾完成國家交糧任務。另一方面稍將種菜面積擴大，品種可先後選擇間種，於是翻壠培畦，就可以略分先後進行，牛隻勞力也可先後緩緊延調一下，算是一個不好辦法之中的辦法。雖然是縮小了植禾面積，但也得準時在季節插秧前把所有禾田犁耙妥定才可以。若有特別調整計劃，依然是死馬當作活馬騎，結果還是拼命地催谷三條牛的勞動力於極限使用。

　　託賴得很，差不多所有耕地的十之八九種稻米的都差不多翻耙完成。照這樣看來，年中按計劃繳交糧食任務，預料得以保證，抓生產計劃的幹部們似可以鬆舒一口氣。唯是那隻年邁而且骨瘦嶙峋的老公牛，難堪耐勞，體力真的十分衰弱，走路也顯得東歪西倒的，喘氣吃力，日前連營養較好的麩糠也不願吃，看管飼理的人就堆放了一把新割下來的甘蔗尾葉，擺在羈拴牠的大樹旁邊而回家了。第二天清早，人們見到這條老牛口吐白沫，背靠地面，前腿向上，緩慢地舞動，後腿橫伸向外，眼睛反白向天，引頸搖動，哞！哞！哀聲喘叫延連，聽者頗感悱惻憐憫，目不忍睹。幹部們迅速趕來，欲牽其鼻繩將其拉起試其反應，唯其牛身沉重，毫無氣力曲起前蹄支撐地面，更遑論轉身跪地起立了。幹部們也知道，實在無法可施……瞬眼間，只見老牛四蹄亂蹬幾下，兀然垂下，動也不動了。幹部們咬耳傾談了幾句，隨即決定將其屠宰按人口分肉與社員配食。日後翻土築壟種菜的重擔，就放在「大廣」與「彎角妹」這兩母女雌性牛隻應役了。

　　時近仲秋，天氣日漸添涼，寒流日勁。翻土堆壟砌堰培渠刻不容緩，合作社除按國家計劃繳糧外，更需種菜自給，大部份供應市區賺取現金來兌付工分與各社員應付日常生活需要。故此類產業對生產隊來說是更為重要。可憐的是，大廣兩母女則須不停的以日繼日地竭力應付而筋疲力盡。生產隊也不吝惜，配備上等麩料餵飼及美嫩青草作為給養，如或可說為獎勵，未知牛兒懂悟或是不懂？

　　寒風有信，依照農人經驗在秋霖到達之前，菜畦瓜壟都得培砌好下種或插苗，為冬天蔬菜生長而準備一切，當然收成也須看老天爺脾氣所眷顧。冷熱風雨的變化也至關重要。

　　昨夜一場滂沱大雨，將所有樹葉洗滌得青翠無塵，空氣也清新煥發，小鳥兒也格外賣力唱得婉娓動聽，通常未到隆冬，大都不會將牛栓留在場屋內。如平常一樣，阿志早上準備牽牛出去，在栓縛牛隻的大樹底下一看：嘩！不得了……只見彎角妹側臥在地下，脹大的肚子和胸部起落不停，鼻聲呼呼，喘氣急促，兩脾中的生殖器官腫脹通紅，似有奶白色爛破的胎盤外露，且見淫水漣漣，絲絲紅血依連黏著一起。彎角妹，咿唔欲吼，兩隻後腳一上一下連連抖動，似是用力將胎盤逼出，看來真的是痛苦萬分。旁邊站立的大廣（牠的母親）每次仰頭都發出哞！哞！沉緩淒鳴的叫聲，像是呼喚央求人救援似的。阿志眼見此情此景，立即三下五落二，連走帶奔地跑向鄉公所（生產隊的辦事處）引領有關幹部們奔赴現場，看看有什麼辦法去幫助或拯救彎角妹。

那些年齡三十幾最多四十開外的幹部們，相信也是頭一遭遇到這樣的事，個個抓耳搔腮，不知所措。或曰提議騎自行車去叫獸醫驗診，來回最少也須個多把鐘頭。若遇不到大夫，必也是徒勞無功，況且遠水不能救近火，怎辦呢？

他們正在束手無策時，企站在外圍，一位年約六十開外，人稱六叔的老者，走上前曲蹲在彎角妹下身處，慢慢仔細地看。緩緩地「唉」了一聲，然後對那些領導說：「我看呀！牛崽子已經胎死腹中了！」「那應該怎樣辦，六叔？」領導迫切地問。「你看，那胎盤潰爛，小小牛頭頂兒隱約可見，不動已久，假如仍還有生命力，母牛也會用力逼出來，即使不是全部，局部總會突出來的。」

「六叔，有什麼辦法可以拯救……」書記懇切地問。「唔！我看這樣吧，救大不救小，別再拖延時間了，否則兩者都不善終……」「好吧。就照你老人家意思去做，阿標！協助動手」生產隊書記堅定地說。

他們依照老人的指示，將已破爛的胎盤稍微撕裂更大一點，兩人四手，每邊兩手，手指鉗住兩邊裂開如布帛的胎盤，輕輕用力向外扯移，彎角妹四蹄突然用力揮動了幾下，嚇得兩人縮手後退。阿志迅速伸手移向牛鼻繩扣處，緊緊按實不讓牛隻擺動，兩人然後重新緩慢地扯出小牛頭來。「好了！出來了！」有人歡喜若狂地叫著。

小牛頭扯露在牛女生殖器外，這就比較容易好辦。用手沿著頭後頸凹處，雙手向後用力扯拉。彎角妹突然四蹄揮舞，好像十分痛楚似的，「哞！哞！」長鳴兩聲，阿志用力緊緊扣住牛鼻，盡量不讓牠動彈。不多久，屈曲的前蹄已拉出體外，現場看著，心情緊張的眾人都舒了一口氣。稍歇一刻，兩人重新緊抓前蹄和小牛背部，依然緩慢地用力將小牛向後拉，直至兩隻小牛後蹄扯離彎角妹體外。

「好嘢（好啦）！成功了！」有人高興大聲地叫道。

這時阿志額上也浛出點點珠汗來……接著深深地呼了一口氣，再看看彎角妹疲弱的身體躺臥不動，就趕快抱起一紮乾燥的禾稻稈子，鋪敷在彎角妹的牛後面，遮蓋和吸收那淌流體外的鮮血。看到人們將死去小牛屍體，拖離在較遠的地面上，不覺也充眶熱淚潸然而下。

經過此一事件後，生產隊決定暫時停止彎角妹的耕耘勞役，讓牠休養生息一段時間再算。原本由一名富農成份看管的那一隻小公牛，外號叫「生牯仔」也撥歸叔叔掌帶。從此阿志就每天牽引三條牛，出外度日如常，其實這隻「生牯仔」小公牛也是母牛大廣親生的，那就是一門三傑了。

隨著大小寒節令逼臨，山崗上及田野埂陌上的青草日漸枯黃，為著多些找草源，阿志的牽牛游牧範圍需要擴大。有些時間，須將牛引領至離村較遠的地方，或鄰近他村邊沿地帶覓食，三條牛各自追尋青草草源時，牛隻會各自越離越遠，阿志也須警覺，控制難度增大。間中牛隻踩壞農人的菜畦基塝，捲吃一些青綠蔬菜或玉米芯葉、甘蔗、薯苗等農作物，時有發生，能盡量及時制止牠們非人靈理性的破壞力，這就是阿志的職責了。

阿志特別喜歡「生牯仔」這條剛剛穿鼻繫繩不久的小牛，馴服中仍帶點野性，壯碩而尚未夠高大。阿志腳踏任何一邊的牛角，稍微用力一蹬便能翻爬到牠的脊背上。雙腿一夾，繩尾一揚或輕輕打下去，小牛就向前緩馳，追趕前面或後面遠離的牛隻。用力打下去，小牛則發力奔跑，尤其是在較為緩長的斜坡上，好像騎馬賽跑一樣，喲啊吆喝，自樂無窮，好不開心。這隻小傢伙自自然然地就變成了阿志的座騎。說也奇怪，「生牯仔」也頗聽話：「HALT」一喝就停，拋動繩子叫「GO」就走，「著」就慢跑，牛繩力扯就轉左，牛繩漾拍左頸就轉右，阿志操控自如，也頗合拍。聽說生產隊會提早訓練「生牯仔」牽引犁耙，教曉牠翻土耙田的技藝役務，為明年春耕作好準備，用牠代替死去的老公牛，添增牲口勞動力量。

臘月時候，寒凍刺骨，搓手呵氣連連。平常天天穿著那件破爛極舊的棉襖也不濟事，依然是冷得哆嗦不停，唯有找了一張穿孔，載裝米糧，陳舊的蔴苞袋子，對角覆折縮入，變成了一張長三角形的斗蓬，戴在頭上就牽牛去了。在空曠的山崗上，凜列的北風呼呼地吹，手扯牛繩的兩隻小手雖然放開，繩印依然可見，兩手通紅，隱隱作痛。心中正想著，假如有雙手襪子那多好？崗頂空禿無處可以遮避。阿志回目遊顧一下，然後向一座北向南的墳墓飛竄走去。瑟縮和蜷縮地低蹲穴凹中心的一塊墳墓碑石之下。如此天氣，除了兩耳只聞呼呼怒吼的北風外，根本再沒有其他聲音能聽得進去。不單只四野無人，滿眼山墳，連鬼影都看不到一隻。

良久，阿志懶慵地站起身來，環視四處，看看牛兒們的動靜和位置，判斷情況大致無礙。因為肚裡正咕咚咕咚的作響，知道是肚子餓了，舉頭看看太陽位置，推算應是午飯時間。假如現在拉牛回去，午飯後還須再牽出來，的確是費時失事花工夫。如果一直等待至下午四時左右，豈不是更省工夫？那麼現正肚子鬧革命，手中亦沒有帶隨食物，怎辦？正在猶疑靜思之際，眼前一亮，大踏步向著前面崗邊前沿走去。走到一畦番薯（地瓜）面前，細意撿視那一棵薯頭壯茁的就用手撥開泥土，挖取兩個較大的番薯然後再將泥土封回。回頭折返墳墓那邊，順便撿取很多乾草，堆放架起在墓前，用火柴燃點著後，就將番薯拋在火堆上，再多加乾草燃旺，坐在一邊，悠然地等待著。十多二十分鐘左右，扒開草灰，拈起兩個熱騰騰的，香氣溢飄的乾煨番薯，用手剝去薯皮，慢慢兀自享用去了。

不多久，生產隊真的以一片不大的荒田，要提早嘗試訓練生牯仔這條小公牛。阿志得全力花時間去招呼此事進行。起初，當人們把肩架置放在「生牯仔」肩頂上時，牠絕不就範，兩肩搖來晃去，套扣不穩，扭頸擰頭，且大發脾氣，跳腳不停。阿志得親自用手伸往鼻繩頭抓緊，「HALT……HALT……」連聲，牠才安定一點，由人將肩架套好，然後駁接好沉重的木柄鐵犁，提起犁頭尖向土斜斜一插，右手緊握木柄，左手揮揚牛繩，由阿志緊握鼻繩頭，一步一步緩慢地引行。一壠，回頭，二壠，轉頭三壠，再回頭四壠，過程進行得很緩慢。間中，生牯仔仍然擺動不安，不甚馴服。重頭一、二、三、四次，再重頭一、二、三、四壠直至到「生牯仔」牽犁走步穩定後，阿志才鬆手離開，不再協助伴行。

好容易才到午飯時分，負責訓練和在旁觀監督都已離去。阿志心欲嘗試犁田翻土的技巧。他將肩架重新搭放在小公牛肩背上，扣好鏈鉤，扶柄揚繩，吆喝著牛兒「GO」向前行。說也奇怪，生牯仔似乎十分聽話，貼服牽行，阿志緊扼扶柄，深覺竅妙門就是犁頭尖，向上則淺省力，向下則深費勁，更深時，牛兒拉不動或招致犁頭折斷，必須犁頭入土時適中，平衡穩定才對口正確，經過多次實踐，得悉知識竅門所在，心中欣喜莫名。

冬去又春回，清明穀雨，春耕又重臨，叔叔手上看管著三頭主要的牲口勞動力，農忙時節阿志一個人是很難應付的。故此叔叔也出來，兩叔侄並肩作戰了。生產隊亦甚緊張重視，除了預先張羅麩糠飼料外，更由外地添買鮮嫩的甘蔗芯葉及鮮草等。叔侄兩人配備小船，由阿志撐篙掌舵，沿著彎曲小河到外鄉購買提取。

經過上一年的挫折，今年阿志決定以非應屆畢業生，個人申請參加升中入學考試，叔叔頷首表示鼓勵。今次招考表格填了家庭成份為「小手工業者」與戶口簿所註明的是對口的。中學校方面接受並安排了考試日期。說實話，阿志心中是沒有譜的，信心也是不太強的。無論怎樣，慾念熾烈之外，上次失敗的反助力正驅動著他的堅毅信念。

幸運的是，投考學校正式通知阿志被錄取及被編進俗稱「走讀生」之列第六班內。也就是說，學校收編人額是增加了兩個班。經濟上仍然拮据，難以蓋建足夠課室供學生應用，除了甲乙丙丁四班有固定課室之外，其餘戊己兩班就得運用高中和初中一、二、三級共二十四間班房，每逢體育課或義務勞動課外活動時騰出課室來，留予戊己兩班同學使用。故此，戊己兩班學生，每節課都須奔向不同地點的班房上課，即是說每天六節上課的地方完全不固定，故稱為走讀生。由此可見，國家的普及教育政策也是頗費苦心的。

阿志就讀這間中學，解放前名叫「長風私立中學」，有兩三位校董都是福軍手下的強人。與李福林軍長出生地（故鄉），福軍軍部駐集地大本營「大塘」及其個人影響力，不多不少都帶點牽連。

國民革命軍未北伐之前，黃埔軍校地帶算是全都籠罩在珠江岸以南福軍保護領域之內。蔣介石與李福林乃「拜把子」兄弟之交。故大塘與黃埔兩處地方，頓成犄角之勢。如是，則福軍變成了蔣中正的外圍保護網。蔣介石間中會乘坐小型摩托快艇，直抵李福林私邸「厚德圍」。它是一座雕堡型，四面環繞小河，易守難攻的水中央建築物。這也是一所高級軍政人員私人應酬飲宴，亦是或私帶公，協商議事的不公開場所，守衛極為森嚴。阿志父親因特殊軍職及鄰里鄉梓關係，更與其手下兩位師長林驅（番禺瑞石人氏）、李雍極為熟稔，且私交甚篤，故也經常出入其間。

母親也曾對阿志說過，有一年，李福林軍長將一小筐增城名產「掛綠荔枝」分與宴後之來訪賓客，母親獲贈有兩顆帶回家去，欣喜而津津樂道不已。有一次，不知誰家政要的姨太太說起享用春天的鰳魚和秋天的鯉魚這兩種美味海鮮時，李軍長臉色黑沉難看。言者無心，聽者有忌，軍長大人不喜歡他人侮辱姓李的人若「鯉魚」，廣府話諧音「你愚」，「你瘀」之瘀字意為羞澀愧弱不濟的貶義，且有任人魚肉（愚辱）或被人擺佈玩弄的感覺。那政要來賓知道觸動了軍長的忌諱，立即催促自己的姨太太改口如附近鄉人所稱叫鯉魚為「鸚哥」。阿志父親也在席中，順便插嘴言稱「勃哥」如偉勁哥兒就更好……「哈！哈！還是文人腦根有條理，好！好！好！」李福林軍長大聲笑道。自此以後，附近鄉人叫鯉魚為「鸚哥」或「勃哥」而不必得罪姓李的族人。

學校地沿鄰校便是中山大學，原名「嶺南大學」，故六班同學中，每班都有三兩位是大學教授子女，穿著光鮮整齊，與阿志這穿無鞋類的赤腳頑童相比，頗有層次區別。隨著整風反右運動展開後，馬寅初事件愈演愈烈，阿志這一班也多了兩個右派的五類份子兒女，他們也漸漸遭受白眼對待，或言語譏諷。其實他們功課成績都是三甲之內的，阿志對他們亦頗感憐憫與同情。自己覺得比他們整天擔負著被他人主觀歧視的心理，來得較為舒坦幸運一點，其實也只不過五十步與百步之互笑而已。苦難正等待著他們。

為了鋼鐵重點上馬，一項支援廣州芳村廣鋼鐵路路段的大型義務勞動被指派下來，每一位同學必須攜備七天食用的糧票、被服、及私人零碎費用等，前赴廣雅中學報到安排住宿及工作。時近隆冬，北風颯颯，阿志穿起一件不知道母親從何處弄來，並特意為兒子修改好的救濟品棉襖，又從阿志小妹睡床中拉起家中一張最小輕而簿的棉被，收拾幾件內外潔淨的衣服捲放在被中，用草蓆一捲，並且用繩子捆綁穩妥，叮嚀了幾句，遞交予阿志，揮手示意上路起程去。

早飯後的清晨，冬天的太陽光線荏弱，室外曠野的天氣，依然是攝氏四、五度之間，池塘碎如玻璃片的薄冰，尚未完全融化掉。同學們口中呵氣如煙，雙手互搓頻頻。為了避免泥糊腿褲，盡量將褲管子摺得高高的，輕緩地踏腳入凍冷的泥水中，蛇字形排開在長窄的滑板兩側。由熟練人員引頭扳動泥鍬，一塊塊黝黑肥沃的黏土，撬翻並拋放在長條滑板上，由學生們接力推上規定高度的路軌基台上面。按規劃，路軌一邊下端，則沿堤變成一條長長的護城河一樣，可作魚塘飼養魚蝦或旁邊間種其他經濟農作物。

遙目遠望，沿著路軌基面上，長長兩邊搭建好多座兩層高的茅草棚樓作為工人臨時宿舍。預算每完成一地段後始再接駁下一地段，頗是有條不紊之施工方法。工地上，如蟻黑點般游移的人們正進行分配好的工作，或個人肩挑兩筐，兩人共抬一籮，或四人引繩拋碇上落，哎呀呵，哎呀哎呀呵！吭聲齊叫，砣升重墜，砸地有聲。或是一群人拖拉碌碡，隆隆滾轉地碾壓。挖土、運土、壓土，全都是築建金字塔般的原始勞動力。氣氛熱烈，士氣高昂，廣播喇叭聲高振耳地宣佈工地上各個工種進度，項目完成的情形，各隊互助互競的結果。時而音樂或歌曲播放，或表揚褒獎，或人聲吆喝，或笑聲歌聲宏揚，諸而種種，好不熱鬧，無人散懶欺場，整日熱火朝天的。

按全市二十四間常規中學義務七天，一個月寒假時間必須分四批，每批六間中學替換奔赴工地勞動。除了幾間大型重點中學比較大和人數多之外，一般常規中學大都是具備高中初中各三級，每級四班即共二十四班，每班四十八人則一千一百五十二名學生，二十四班則兩萬七千六百四十八員生，七天則十九萬三千五百二十六個工作日，尚未計算隨隊教師、宣傳、醫務、閒雜人員等在內。假如當局同樣地調動相等數量的大中專技學校之生員勞動力，也即是說，十九萬三千五百二十六個工作日乘以二即三十八萬七千零五十二個工作日，這實在不是一個小數目。此外，有否再發動其他工商團體，各條戰線，甚至郊縣農閒義工協助就不得而知了。還有，若只是蟻工式的運輸工作，學生們亢奮的士氣如能引導推動得好，其積極性及效果相信比老練的工人也不遑多讓！

1958 年，人民公社化在全國開展得如火如荼，所有市郊外沿地域再分區，縣屬多以行政鎮為單位，鄉村都納入公社戶籍範圍。除工商業之外，一切牛鬼蛇神，外來及本地居民，無論原來是什麼職業都須進入公社，轉為社員，接受生產大隊分配工作。統一時間鳴鑼開工收工，依然以工分制度計算，按勞取酬。阿志和母親妹妹三人，也被踢進籠裡去，並開始品嚐大鑊飯了。

這一年，運動翻騰浪連一浪，波瀾洶湧而來，口號宣傳愈叫愈響。什麼三面紅旗！大躍進！多快好省、超英趕美、一天等於二十年等等，各行各業，各條戰線滾動不停。海報、標語、彩旗飄飄，隨處可見。人民情緒高昂，師誓旦旦，令人目眩昏轉，不知何處是主流！一幅幅美麗的鴻圖遠景，多令人憧憬嚮往。同級中很多同學，積極反應，搖旗吶喊，聲嘶力竭地擁護支持。阿志心中：充心唯靜。眼中：充目猶盲。耳中：充耳若聾。竟畢自己因成份申填一役，延誤自己一年學業，心有餘悸，難以積極激發起來。

　　1959 年，為了促使鋼鐵增加產量，鞏固工業生產基礎，以平衡第二個五年計劃的需求，適值所有蘇聯專家都撤回國。單靠幾間雛型設備的國營工廠，供應顯現極度不足。不知何時飄來一紙紅頭黑腳命令，動員全民大煉鋼鐵，學校當然積極反應並安排一切。實行土法煉鋼上馬。首先將廚用貯存之上乘煤塊，堆放圍成一個大圈，用濕潤黏土封密，底存通風系統，然後點火燃燒，時而灑水泥面，經多日連續燃燒通透後，果然成了品質百分之八十達標的焦煤，可作煉鋼使用。回爐熔鑄的廢鐵原料，除了上級配調一批不大的數量外，那得發動學生四處尋找，並按國家收購價格兌付，剎時間人人追搜廢鐵來源。如果有貯存在手讓人家見到，你不交出也不可以，只得乖乖地獻奉出去，否則，妨礙煉鋼運動進度之嫌，揹在身上，真的不知結果如何？很多人家門窗的鐵框，鐵枝無緣無故地被人拆去，哭笑不得，甚至噤若寒蟬。

　　在校園外側一塊高地上建築起一座不大的土煉鑄爐，由高中同學每一班派員輪留值班看管，通過書本知識，結合專家意見，客觀條件純是因陋就簡地操作，倒也出爐了一些熔鑄鐵塊，規格不一，日後仍須交回大廠回爐一次，唯校方宣稱是一項偉大創舉，勝利出產，為國家作出了貢獻。初中組別的幾個挖土坑式，配備鼓風機的土爐，確也流出了溶溶鐵漿，與泥沙混凝在一起，形象無名，相信日後作為廢鐵，也得折讓稱算。好了，一大堆焦煤全都用光了，校方也再無指示繼續，將所有鐵塊成品堆疊在一起，歷經一場風雨後，一切都灰飛煙滅，劃上一個句號。

　　時近深秋，天氣乾燥鬱悶，很久未見雨水降臨，常青的竹葉也有枯黃的感覺。奇怪的是，一大片竹林淡黃的花，綻放旺盛，這景象阿志一生人第一次見到。荒年的流言，頗為泛傳，秋收前一段時間，蝗蟲到處飛竄田野，「畝產萬斤」的口號，也日漸銷聲匿跡，莫非是真的乾旱來臨的徵兆？「饑荒」二字驟然在腦海中閃現，阿志悚然一慄。

　　市場上各類貨品一日缺過一日，恰巧遇上歉收年頭，即使較為富裕的公社，有多餘糧食也得先上繳然後統一再分發下去，這也是統一管理的迂迴手法，故糧食供應繃緊至極。市面上的飯店及公社飯堂的雙蒸飯、三蒸飯，到處流行起來，緊貼著而來的，水腫病也流行起來。這也算是總路線中之多快好省的誤解吧！由於公社編收所有各行各業的居民，要他們務農，效果不高，他們亦不大願意，積極性不高。且體力羸弱，鰥寡人數又多，與原本農民利益，隙痕日漸加深，對務農為主的公社而言，簡直是個大包袱。由於地緣鄰近廣州市區，生產逐漸趨向蔬菜供應為主，除了死保糧產數額以供上繳外，擴大蔬菜生產潛力，多種高產類品種如：通菜、椰菜、大椰菜花、寬達菜、大種芹菜、蘿蔔、芥蘭頭、胡蘿蔔等……特別是玉米、木薯、芋頭和番薯頓時成了天之驕子，因其可以摻和或替代主糧之作用。

剎時間，有力氣的人便荷鋤，在鄉間各山崗稍平的地上墾荒，種植這類產品成為一股風氣。自由市場上各類農副食品，一時價格高飆，黑市糧票索價兩元多一斤，高出正常價格二十倍，六斤糧票價值幾乎等於一個工人學徒整整一個月的薪給。接著，其他工業產品和日常用品奇缺，市場正常供應陷入混亂狀況裡，連上海北京都一樣。有海外關係的人多會要求親朋戚友，郵寄一些麵粉、油、糖、豆類、藥品之類的包裹按稅提取。香港則變成了直接間接的匯寄大本營。血濃於水的裔緣關係，港人與華僑回鄉探親，很多人托運或肩挑擔子，衣褲鞋襪（新舊都有），藥物、單車、收音機、衣車諸而此類，按稅按量清關，攜回內陸去分發予家人或戚裔。阿志雖說有父兄居港，實也無緣叨益。因為兩位兄長都是父親那位拋子離家的前妻所生，二者，父親當時年齡的確已是老邁，除了依靠第二兄長供養之外，實無作為，況且阿志連他們住址也不知曉……但是心中卻也坦然，淡漠無求。反之，阿志之姐姐見到大兄長收取包裹而恨得牙癢癢的，且怨言百出。

為了重點擊活推動學生體育的水上訓練，學校決定自力更生，以本校學生輪替義務勞動方式，在珠江堤邊深挖兩個達到國際標準，中高級各一，向江排水，嵌鑲磁磚的泳池。除了廣雅中學舊有一個河邊豎砌木欄柵的流水泳池之外，號稱全國第一，擁有游泳活動能力的名校風範。

由於擔心旱年歉收及疫病，一個「除四害」的大型運動接踵而來，全國特別放假三天，連同解放軍神槍手一百多名進入中山大學校園樹林打麻雀。敲鑼打鼓，驅趕麻雀，用沙布袋子，揮動捕捉蝗蟲而不是蚊子。更有特別任務規定，每位同學一個月內，必須繳交三火柴盒數量拍死的蒼蠅及三條截斷的老鼠尾巴。結果是，瘟疫未有襲臨，而荒年依然是避不了。

在人民公社這個大家庭裡面，原地居民與農民的摩擦日益尖銳。解放初期，國家政策傾斜，過份吹捧工人階級是老大，現在是反過來寄居種田人簷下，更受赤腳大兄頤指氣使的指指點點。以往不種田又不是沒飯吃，現在務農，力又有所不逮，且有叨光之嫌，故是情生怨懟難平，心萌離念。農民方面更希望他們早離早著，以免將家底吃光掏盡。加上公社日漸空虛難支，分離也是一家便宜兩家著的上上之策。中央也意會到此演變問題，結果頒令居民可自行離去，領回戶籍如昔，若願留下務農亦被接受。唯又五類份子必須留下，由公社繼續督促監管……阿志的母親及妹妹就這樣變成了農民身份，喜幸的是，阿志姐姐在公社化之前已將戶口遷出廣州市區而免受連累。

1960 年夏季升高考試正將來臨，阿志填上了三志願投考的學校。第一是本校；以六班畢業生人數投考四班名額，機會已打折扣，何況校方必須預留優先名額予部份華僑子弟，特殊關係人物的子女，及真正的優異考生等等。深知競爭不易得心應手。思及自己應該提早一點出來社會工作，以減輕家庭負擔，故填了第二選擇是中專的省機械學校，第三就是市區的普通中學便算了。結果是被第二志願學校錄取了，因地址遠離市區，在近郊東北角新擴建的山崗區域，需要在校舍寄宿。開學前一個月，阿志帶同入學通知書前往派出所，要求遷移戶口。派出所同志說：需要生產大隊證明放行才可以辦理。阿志不得要領，只好跑回大隊，覆述來意。大隊幹部卻說需要中隊同意在先方可。阿志滿肚子咕嚕，沒精打彩的走向中隊辦事處，一腳踏進門，眼前一亮，心有觸電的感覺。兩張酸枝靠背座椅，不正就是叔叔被抄家的那兩張嗎？

室中有三人，一個站立，憑靠在簡陋的辦公桌旁，皮膚黝黑紮實的，是阿志同姓近房，輩份可稱阿叔輩的貧苦農戶。另一個姓張的，是藍家的死對頭佃農戶，背靠椅子坐著，蹺起二郎腿，不停地搖晃著。其中一個坐在椅上，刪起一只光腳板，手中拿著一口紙捲釘型的土煙，正用力吸吮。兩眼望著天花。然後口中吐出濃濃的煙圈，冉冉向上飄升，逐漸裊繞地擴散開來，雙眼凝神專注，好像十分悠然，自得其樂。他姓李名佳，五十開外，以前是一個貧農，現在是這裡的生產中隊長，也是訓練「生牯仔」引犁牽耙的那位熟練農夫。他慢慢地低下頭來，淡淡地問：「啊！阿志，是你？有什麼事呀？」

「佳叔，我來是想寫張證明，讓我把戶口遷往那間被錄取的學校，繼續學業讀書。」

「你……那一間是什麼中學！」

「是中等技術專科，學機械的。」

「哦！那是很有前途呢！」他依然淡淡地言道。

「因為大隊須要你們中隊同意，他們才可蓋章放行。」阿志仍拘謹地回答。

「這個嘛……」環視其他兩人，然後淡淡地問：「你們意見如何？」

站在桌旁那位黝黑結實的人答道：「既然阿志他能考進學校，將來讀好書，也是為社會工作的，同村也有三、四個這樣的例子，都將戶口遷到學校寄宿去，看來應該是沒有什麼大問題的。」

那個坐著蹺起二郎腿姓張的人，霍然站起來，大聲說道：「不能，不可以，他的家庭成份是受專制監管的五類份子。」

「這是他們父母的事，跟孩子有什麼關連，人家只不過去讀書，也不是個個都有機會的，是嗎？」黝黑結實的同族藍姓阿叔依然平和地釋辯。

「不可以就是不可以。」那人氣急連聲說道。

「你家侄兒張錦基不是已經遷出戶口去學校了嗎，為什麼他能我不能，另外，我的一個堂兄弟藍順興不也是已經遷出去嗎？」阿志氣憤不平地對這個人大聲說，也顧不得後果了。

「那怎會相同，人家是貧下中農。」姓張的依然狠惡地大聲答道。

「貧下中農的兒子可以讀書，而我不可以讀書，國家哪有這一條法例？你講！」阿志頸上青筋露現，怒不可竭地指著他喝叫道。

「哎呀，哎！阿志！你先回去吧，讓我們商量一下，遲些時候答覆你，回去吧！回去吧！」中隊長向阿志揮手示意先行離去……

阿志氣在當頭，蹬、蹬兩腳便踏出門口，氣呼呼地返回家去。

眼看著往學校報到的日子就快到臨，阿志來回跑了兩三趟，幾番催促一個答覆，一如石沉大海，甚至無人願意接見。一怒之下，逕直帶同學歷資料，跑到區政府去。

幾近初秋，夏末的天氣，依然炎熱，晨早太陽就已爬升起來，紅光四射。阿志心情沉重，匆匆碎步急行，趕至大塘村中，一座偌大的院子，阿志一怔，噢，這不是以前李福林軍中指揮部舊處，他有好幾個姓李的同學都住在大塘的，阿志來過一兩趟。門口掛著很多個長條木招牌：惹起阿志注目的只是兩個，一個是「廣州市大塘區人民政府」，另一個是「中國共產黨廣州大塘區委員會」。阿志正忖度，假如找區政府辦事的人，結果總是推來搪去，浪費時間，不如直接找區委書記理論去，或者能求得一個結果亦未定。於是走進門來，轉向黨委會那邊走去。

「喂，小朋友，你來這裡幹什麼？」一個看樣子是打掃清潔倒茶水的阿姨和顏悅色的問。

「哦！我是找梁湘同志的」阿志挺起胸膛，放膽地答。

「你找區委書記做什麼，看看我能否幫你一點忙？」

「是私人事。」阿志一本正經地答。

「這……」那個阿姨對著阿志這位個子矮小，十五、六歲左右的學生，上下打量一番，然後慢慢地說：「他正在開會。」

「那麼我等他可以嗎？」阿志溫婉地問。

「你是他親戚？」阿姨平和地問

「嗯。」阿志細聲地只說了這一個字。

「這樣吧，你入去花園角亭中等，待他開完會出來時，我通知他試試看。」

「謝謝妳！阿姨。」阿志繃緊的心情，頓時寬了下來。順著指向的路徑走去。

阿志走進一條石砌的小路，兩邊花草傍栽，更有盆景點綴，後面建有一座兩層高洋房。籠罩在高大參天的樹蔭之下。小徑旁邊，獨立著一座不小不大的八角亭，亭中一張灰砂批蕩義大利式的石檯面，檯面下分放著幾張瓷瓦鼓凳，悠閒有緻，氣氛完全不像辦公的地方。既來之則安之，阿志踏上那小亭子，乾脆一屁股坐下，瀏覽花園中各種花草樹木，賞心悅目，飄飄然也好像自己正在享受一樣。一個小時過去了，阿志心中漸也煩燥起來，心欲走出去問阿姨情況如何？一想到事求於人，「忍耐」這個念頭也隨之而生。稍安勿躁，稍安勿躁……他自我釋懷安慰。

又一個小時過去了，眼見有三兩職員手中拿著飯盅筷子走過，知道是午飯時間了，阿志實在心急如焚。走又不是，不走又不知如何是好，更不想錯過假如是真的好機會。正躊躇踱步之間，目睹一位年約五十不足，頭髮少少花白，腳穿膠底皮帶涼鞋，身著灰白短袖襯衣，下身一著灰藍舊西褲，身材魁梧的中年人，走向亭子咧嘴帶笑地問：「哎！小同志，是你找我嗎？」

阿志突然醒悟反應地問：「你是梁書記？」

「正是，你有什麼事這樣急的在這裡等我呢？」他和氣可親地問。

「是……是這樣的……」阿志一邊解釋一邊將一疊紙張，內有入學通知書和戶口簿遞交與梁書記過目。

書記接過後緩緩地坐在旁邊的瓦鼓上，攤開紙張逐一瀏覽一遍。然後說：「呀！你叫阿志，是五鳳村純陽觀那邊來的？」

「是呀，書記，你也去過了那裡？」

「那裡地方不錯！據說純陽觀是羊城十景之一，你是原居民，應向派出所要求辦理遷移。至於農村戶口嘛……近日各地方公社反映，吃飯人口眾多，勞動力頗有不足，故農民戶口可能暫不移轉。這是上一個月

前的事了。阿志，你也應該回去大隊辦理一切事宜才對呀！實際情形他
們知得清楚一點」。

阿志聽到這裡，妨如冰水淋頭。但仍然希望要求書記寫張字條，帶
回去大隊辦理。

書記沉默了一下子，拿起筆來，在自己的小記事簿內，寫上了阿志
的姓名、地址，然後說道：「阿志，你先回去，我記下了你的訴求，我
會叫人下去問一問實際情況，好嗎？」說完緩緩地揮揮手叫阿志回去。

阿志像洩了氣的皮球離開區委，心中亦明白，有人知風氣之先而偷
天換了日。後來證實，有兩個同期畢業生都不能遷戶口繼續升學的，都
是五類份子的兒女。真不知道是不是自己的霉氣透頂，或是連累了他們
一起？

後來還聽說到，那同姓黝黑的堂叔是有意無意地想幫助阿志而遭受
了批評一頓。

樓寄百年福地 ENFUIR

　　離錄取學校最後報到日期尚剩下幾天，阿志既辦不到戶口轉移手續，自然是心急如焚，思前想後，唯有硬著頭皮，攜同入學通知書逕直前往學校報到，先行就讀，然後準備在附近租賃一處，作為走讀住所，再圖日後打算。這是一所新的省級重點中等技術專科學校，開拓建立在遠離市區的荒蕪山崗中，對外幾乎隔絕。學生都全部寄宿，自備建有宿舍。阿志向報到處辦事人說了來意：先註冊登記入校，後補辦遷移戶口手續的可能性。辦事人也作不了主，結果將教務主任請來直接回答。

　　教務主任細心聆聽了阿志的闡述後，深表同情。凝重地思考了片刻，然後說道：「阿志，你切欲入校，繼續學業，積極性是可嘉的，唯本校並無外宿生之先例。那樣吧！你必須回去爭取辦理戶口遷移手續，我們再通融多七天期限，予你處理你應該做的事。假如過了七天仍無結果，我們只好將你名額讓與候補員生頂替上去，這是我們為你盡量做到的極限了。」阿志心中除了感激教務主任的善意之外，亦明白不應再多糾纏下去，於是便告辭回家去了。

　　現實環境擺在眼前，並非阿志無心上進，實在無路可達。早知命蹇如此，不如全部報考市區內附近普通中學，朝去晚回，依然可以繼續學業，的確後悔不已！「附近、附近」兩字正盤旋在腦海，「哎呀！」阿志驟然想起一處地方：乃解放前父親自掏腰包及運用影響力，為本村與隔鄰名叫怡樂村訴訟官司而獲得勝訴爭回來的，藍氏祖墳後側的一大片山崗野嶺地方名叫「適庚園」，乃太公（祖宗）山墳外圍陵園地域，豎立有藍氏先祖功碑及牌坊的地方，現今已被人民政府征用鏟平後，拓建成郵電新邨及廣州美術學院兩個直屬大單位。聽說今年美術學院附屬中學，全省招生三十多名，須有繪畫天份之尖子才能有機會考得進去。阿志再三仔細思量，目前寄宿入學已無希望，且為放手一搏投考此學校，校址離本村甚近，只十五分鐘不足的路程，日間走讀亦無妨，況自己從小也喜愛繪畫，在初中時同學中美術成績都是三名次以內，閒暇時也會以水墨臨摹一下齊白石的墨蝦，雖是絕無把握，冀圖試一下運氣也無不可。於是連忙畫了三張水彩風景畫，選取一張較好的，郵寄出去美院附中審選以碰運數……

畫稿是被退回來了，附信言水準不達要求，不予報考資格。

阿志心中也很平靜。本身力有不遞，怪不得人。

好了，所有冀望都已落空，成了泡影，餘下的日子及前途，應該怎樣安排，這個十五、六歲的青少年，兀自覺得十分困惑和矛盾。若以居民身份，未足十八歲法定年齡，不可以正式被派入單位工作，況且，全無把握再將戶口遷出，特別是阿志這已被敲定的家庭成份，即使是充當學徒童工，也須足滿十六歲才有資格。

若以農民身份，也未能正掛名份爭取工分自給，只能以幫工形式為長輩或父母協助承包田間工作。固然，中國農村事例，絕對沒有國際機構來指控童工濫用之訟訴。更有甚者，本身不願意農耕者，而以戶口制度強迫去務農，屈受者即使無反叛，心裡也忿然難舒。

農村公社的大鑊飯是撤消了，所有農民及居民的口糧都發還自糴。不知怎的，阿志的學生口糧，數額由二十四斤減至二十斤一個月。去與供應糧店理論，糧店推說是大隊的決定，聽說是：阿志越制上訪區委書記的結果，隊中有當權人士特意落重藥整治一下。服與不服？叔叔這些年來是因循慣了，反而勸說阿志就範，加入生產隊工作，不再多惹事端。阿志更是怒不可竭，頸脖子偏向刀鋒上一迎，絕不屈服，看你們奈我如何？反正又未到合法年齡被受規整。母親深知兒子倔強脾氣，自己受害固然也罷，亦不願將兒子推進自己認為的火坑裡。冒求節衣縮食，多置買入一些薯糧，摻入米飯拌食，得過且過，徐圖後計。這也是阿志生平自出娘胎以來第一次不能不陷入思索，探求有關自己人生道路出處之思維裡……絕對是苦澀的一面。

殘酷的現實，樣樣事不循縱理且與心相違。阿志越想越激憤，自己既無雄心壯志，更無偉大理想，一心只想獲得應有的普通教育權利而已，為何如此諸多周折犯難，推磨於宵小之間，心中鬱結難舒，反正連區委書記那處也去了，何不向更高層反映，看看他們答覆如何？阿志的阿 Q 精神驟然崛起，也不顧結果後果，他媽的，豁出去了！於是阿志寫了一封情節詳細的信，質詢國家憲法，其中一條法例是允許人民自由遷徙而未能兌現的⋯⋯寄交國務院，冠名周恩來總理收，燒了一信角免貼郵票，便將之投入郵筒算了。

此時此刻，阿志變成了一個無所事事的遊蕩青少年。心中掂量，若手中無些許餘錢度日也不是辦法，總得找些小營生才對。聽說現時自由市場火紅，何不出去闖闖看。主意既定，踏步前往人稱黑市的市場躦去。黑市市場有別於一般農貿自由市場，非以一四七或三六九鄉鎮墟日式運行，而是日日囂集，且經常轉移陣地進行。因為經營多是不合國家規範主流，而是化整為零的非單位，小型、少量流動擺賣。人群巡遊如鯽，蟻聚交頭接耳，手勢頻頻，貨物品流複雜，或穿著在身上如外套，便服衣褲都有，或從口袋中拈出，油糧肉票、布票、輕工業品票等，或從手提袋中拿出，耳環、戒指、手鐲、頸鍊或珠玉飾物，古董甚至是家傳至寶，可變賣兌現的私人物品。禁買禁賣的軍用器物都有。更有甚者，雞貓狗兔等體積不大的動物出售也不奇！其他希奇古怪，匪夷所思的物品時有出現。人們大都十分警惕，一邊貿易，一邊議價，一邊一眼關七，深恐警察突然竄進來人贓並獲。事實上，如此買賣經營，可以說是一隻腳跨進勞改所裡面。當警方緊收羅網時，勢必成為階下囚及打壓對象。間中有三兩個樣貌娟好，二、三十歲左右的女子，悄悄走近單身男士面前，示意可以三至五斤糧票代價，換取一爽薦蓆風流韻事也可以。經過多次巡迴探索，阿志覺得此種偷雞摸狗式營生，朝不保夕，身處監獄邊沿，不正派又不長久的生涯，放棄也罷。

一天，恰巧碰遇一位同系宗族堂阿姐，寒喧問及工作現況，建議可到她的單位暫作臨時工，是按勞取酬的。阿志滿口就答應了，冀望騎牛搵馬，再尋找別的合適的工作，不是更為實際？翌日，阿姐引領阿志進入廣州市最大的國營紙廠倉庫內揀紙。分四組，每組四個人，各組別自先將一捆捆，紥壓實實的廢紙抬出，剪斷鐵條，散開在地上，眾人將紙捆扒散，分類揀出堆放。有幼條切碎及整版保留的新聞報紙，質地堅實白淨的道林紙、平常辦公用的各式信箋用紙、包裝用的印滿廣告紙盒、切邊闊窄的硬卡紙板等，諸而此類，大部份都是從外國收購進口的。通常用作翻新重做紙漿，製成次一等紙料。唯潔白色道林紙，仍然可以翻新做較高檔次的紙張。收回來較為寬闊長大的紙類仍可販賣出去二手紙業市場，這就是廠方的專利事業了。

由早上八時半開始直至下午五時半放工，中午一小時午膳，整天手不停頓地工作。早晚回家路程各需一小時，則每天總共多花去兩小時，實在疲勞已甚，長此下去，擔心體力難以支撐。憶起大兄長家住紙廠附近，同一區域，走訪兄嫂兩人說明來意，可否暫住借宿，以便上落班工作？大嫂未有表示意見，大兄長因住所原屬舅家，暫住大致上沒有問題，嘗試一下再算。於是阿志便寄居下來，用一張摺床，晚架朝拆的。事實上，兄長夫婦連同四個子女，一家六口全都居住在一間大偏廳裡，狹窄迫窄得很。大嫂每天又需照顧四個孩子上學，買菜，做飯，打掃衛生什麼的，實在也忙得不可開交。加上一個小叔子，比她的大兒子只大五、六歲不夠，增添煩礙。阿志全都看在眼裡，心中明白，這絕不是長久之策。再者，跟著人家尾巴做小工，賺錢能力又不高，困己又煩人，不如徹底解脫了算！於是阿志決定不再繼續這揀紙活兒，而回家去了。

阿志手拈著一份以刪栓搖動的紙板勞作，是小學生一至三年級教科必備的，智力填色剪紙手藝習作，通常兩星期一次，一學期中八套不同設計的勞作，四十二個學生一班，三個級別算就是三百三十六套乘以三等於一千零八套，這是每間小學最低限度需要的。這就是說，每間小學可以提供一宗小小生意，除卻紙張油印及設計成本外，當然需要上繳百分之十五營業稅額予村中居民委員會，由其蓋印發票，給與學校作為合法正式報銷外，剩下來全都是利潤。上次阿志在紙廠揀紙工作時，清楚得悉從何處可買到這類勞作用的紙板。核算清楚成本後，阿志決定下學期開始製作及推銷這類小學生作業去謀營生。於是聯同兩位族兄，一位是空軍少尉，因病提早回鄉復員的，一位是化工中專畢業的，都是待業青年，不願意務農。按照計劃，阿志負責美術圖畫設計及臘紙謄寫，復員軍人專責拿著樣本，與居委聯絡關係取得征稅發票及油印工作。另外一位則與阿志一同四處向外縣鎮鄉村小學，推銷獲取訂單，天天追車趕船，的確也辛苦。一頭半月時間集結訂單數量後，配備所需材料。加上個半月印發送貨、收錢，總結下來，除卻發票應抽稅項後，每人純利淨分得二百三十多元，幾乎與一位大學助教二個月薪金相等。這個小團伙成員三人，極度為之雀躍。閒下來的日子，更可各適其適，做自己其他的私事，以等待下一學期的來臨。

阿志心底仔細盤算一下：如此因循下去，絕不是長遠辦法，待到十八歲時，自然再會被受環境困迫，仍得想個辦法釜底抽薪才對。認真考慮了自己個人長處及短處，於是決定盡力學好高中語文課程，冀或有一機會直接考進大學文學系，繼續升學，了卻個人微薄的心願。

於是乎，運用舊有的廣州市中山圖書館證，大量借閱有關文學國粹書籍，如：史記，漢賦，三國誌，舊唐書，文苑英華，唐詩，宋詞，元曲，資治通鑑，永樂大典，清貼式，八股及嚴謹的詩詞格律等，盡量快速瀏覽，不求甚解。自己知道，如斯囫圇吞棗，日後仍須花時鞏固所學知識，目前能斷章取義地憶記並稍能運用，已是最大回報的了，無論將來受益多與否？為求增添及擴闊學識基礎，阿志特意參加了政府立案之私人補習學校攻讀英文，心中堅信，此乃世界第一大通俗及實用之語言系統，特別是與工、商、科技融合方面。第一課授教的便是：We love China. We are patriotic. This is socialism and we love our country. 完全無視爸爸、媽媽、兄弟姐妹家庭觀念之基本知識，而是先要愛國家的教法，這對鄉村觀念濃厚，連拼音也未全純熟的阿志，的確是極大挑戰。沒有法子，若要攻堅過關就得死記硬背。

1962 年春末，阿志連同兩位伙伴，正研究準備新學期的推銷工作。討論言談間涉及近來時事，莫過於最熱門新聞：奔向香港的大逃亡潮。每日成千上萬人數跨過中英邊界。風聲越吹越烈，聽說外省也有很多人聞知風聲，湧至廣東這個缺口，已不單是廣東附近各縣市的事了。是否當局政策轉向，抑或特別為了解決糧荒窘景就不得而知了。阿志詢及他們兩人有否潛意嘗試？復員軍人的族兄表示不敢亦無必要冒險，因為他現在是軍屬身份，共產黨對他是比較照顧維護的。另一位族兄則雀躍萬分，揚言已經相約一位舊同學訂購車票同行，目下正等待答覆。村中眾人皆知，阿志有父有兄在香港，實際上，從來都沒有聯絡接觸！真是啞子吃黃蓮，有苦說不出。否則，或不至兩個妹妹，一個死於無錢入院醫療而夭折。另一個也因腦膜炎，因窮盡困絕，生借無門，竭力盡了人事也不能醫治痊癒，且遺留腦智障及左手麻痺癥狀。阿志個人反而心內漠靜，不是想與不想的問題。而是有自己的計劃，部署兩年後以自讀生資格參考文科之理念。

前兩天借用了長兄的自行車，往外縣運載了一些木薯粉及粟米粉回家充作輔助糧食，今天週末，應該交還與他。目前長兄靠拆舊釘新一些木箱維持一家六口生計，兩口子攜養四個兒女，寸高尺低的，應該是極為吃力。自行車也是他的營生工具之一？於是決定食完晚飯後將自行車交還。晚春近夏的黃昏，晴無陰霾雨雲遮蓋，襯著落日斜陽，紅霓端上射出燦爛金光萬丈，直刺眼簾。巍峨聳拔的英雄樹頂，花蕾初綻，點點疏落，猩紅般的花瓣迎向著晚霞，閃爍在朦朧的山樹背景之中。迎著煦和絲絲帶涼的晚風，躬身腳踏轉輪飛馳在公路上，頗感心曠神怡，爽快之極！

阿志將單車沿著小巷推進長兄屋子裡，進門時看見嫂嫂正收拾碗碟，好像剛剛吃完了晚飯。

「大哥！我將單車推了回來」阿志頗興奮地說道。

「哦！把它泊在走廊上，吃了晚飯未有？」

「吃過了才來這裡。」

「你近來做了些什麼？」

「沒有什麼！只是用你的單車從外地載運回來一些粉類，連同一些番薯，用作摻混口糧食用，因我的口糧額每月被克扣了一部份。」

「唉！這些日子實是不好過！」長兄嘆了口氣，良久沒有作聲。兩眼凝望著阿志並問：「那你將來打算怎樣？」

「見一步，行一步，走著瞧，走著算。」

「唔！近來逃亡前往香港，似若一股洪流，你有沒有想過試走這條路？」

「人們處處私私竊語，大庭廣眾也議論紛紛。若只逗留在抑鬱不遂意之中，且摸不著自己將來的端倪出處，倒不如出去闖一闖，冀或顯露另一番光景。亦未可預料。」阿志淡靜地回答。

「我與朋友四個人一起已買了去樟木頭的火車票，其中一個臨時改變主意，手中變得多了一張車票，如果你也欲去闖，那就與我們一起上路吧！」

「你不攜帶阿芬侄兒一同前往？」阿志憨戀地問。

「不囉！他年尚幼小，十一、二歲，稍後更須升中繼續學業，不冒此險也罷！」

「好，我去。」阿志鐵定地答道。

「那你四月三日來這裡過一晚，翌日早晨一同往東山總站登車。」

阿志與長兄再多稍聊一下家常後，便告辭回家去了。

次日，阿志他們那一小伙團依然商討開季的工作，阿志心中已有自己的時間表，對於他們的提議，大都不再表示意見，因循依唔便算。

東方漸白，曉風颯爽，吹醒了雀兒們的睡意，攀椏過枝，吱喳唱叫不停。整夜假寐難眠的阿志，起身特別早，院中芬芳撲鼻的白蘭花開放得十分燦爛。阿志心中有一點鬱悶，無心欣賞領略，正埋頭撿查自己布袋中的物件是否齊備。扯開袋口會神地點數一下乾糧是否足夠備用三兩天，當看到一雙嶄新，亮晶晶從未穿過的，中國製造的皮鞋，心中凝想著：能否有機會穿著這對鞋，踏上一處不同體制、原屬中國的領土？今次兄弟二人併肩出走，肯定的是，年幼的侄兒們絕不知情，而且阿志亦沒有知會母親此事，兩邊戚裔都蒙在鼓裡。眼見到嫂嫂兩眼圈紅正與兄長緩步出來，心中難免為這位受命父母而結婚，學優品良被受五四思想遺風薰陶之，守舊而傳統，既達理且通容，忍捨兩模棱的婦人而忐忑不安。

到達火車總站，黑壓壓的一大片人正等待入閘，相互擠擁著，人聲嘈雜。好不容易剪票時間到了，人流朝月台方向擁去，搶往各號車廂，爭先恐後地攀登上去。阿志四人的車票是硬席座位的，撿定坐好後，感覺已無餘地了。上車的人越來越多，連兩行座椅中的行人通道也佔滿了，都是持有車票的。沒有位置坐，有的乾脆坐在通道中央，就不再移動了。整個車廂擠滿了人，連上落梯級附近都有人站立。車廂內的氣溫續漸上升，悶熱混濁，吊在通道上天花板那三部搖擺風扇，似乎不大濟事。車又未開行，人們漸感浮燥不安。「嗚！嗚！」長長兩聲氣笛終於拉響。接著蒸氣輪軸開始來回抽動，列車正慢慢向前滑行。「好啦！車開囉！」有人拍掌，有人歡呼，狀若莫名。阿志深深地舒了一口氣！望著窗外，正感覺到「車廂軋軋衝前赴，屋樹排排向後飛」。昨晚徹夜未眠，十分疲累的阿志，在車廂搖晃的旋律中，不知不覺地睡著了。

「喂！起身，下車啦！」長兄拍拍阿志肩膀，示意地說。

「哦！」阿志用手指背揉了幾揉眼睛，知道已到了旅程終點，沒有邊境證的全都要在此站下車。阿志一手抓起布袋便跟著人群魚貫落車。啊！幾乎整車人全都在此處下車，平常一列客車是六、七百人數左右，舉眼一望長長十車廂，籠統估計約有一千多人聚集在一起。假如每日上下午各一班車到此，則超逾兩千人數了。加上再有約而千幾人在邊界徘徊等待機會者，平均一日至少三、四千人或更多在夜間越界碰運氣的。如此推想已無關宏旨，起碼每個人到此都抱著同一目的。

長兄示意：只須跟大隊走，仍有三段車站路程，先過平湖，後到布吉，尾站才是深圳。他以前去過香港，故路程也很知曉，並不陌生。因新婚剛有孩子，加上香港當時很難找到一份理想的工作，故折回省城廣州與家庭團聚，一待就十年有多。他是藍家長子，父叔輩對他也較為器重，尤其父親算是廣東軍政界中人，解放前便將他推進了三青團，冀望栽培他為接班人。誰知大陸剎然江河變色，也不重不輕地將一個政治包祂讓他揹上了，前途那會稱心如意？今回是第二次向香港進發，下了最大決心。

原本長蛇陣營的隊伍沿著鐵路軌上行走，漸漸剝落變成三五成群，單獨的，對對的，慢慢地疏遠起來，事關各人行走快慢，體力與心情各異，不一而定。唯年紀稍長超過六十歲的，好像沒有看到一個。

前面鐵路旁邊土崗一塊石上，坐著一個身穿青綠軍裝的人，屈起雙腳，兩手交叉環抱，置放在兩膝頂上，頭低歪側，睨視著斷斷續續向前行的人們，木無表情。偶爾有一兩人舉手善意向他打招呼，亦無反應，淡淡漠然，見怪不怪的。當阿志走近他身邊時，發覺那一頂釘著紅星的軍帽，軟摺放在腳邊，腰中並沒有軍裝皮帶纏扣，知道他不是一個當值的駐兵，絕不屬於邊防兵種。於是笑著臉走近他面前問：「解放軍同志，請問由此走到深圳，仍需多長時間？」

他慢慢抬起頭來，雙腳緩緩放下，挺起腰脊，兩眼凝望著阿志，並上下遊視一翻，嘴角微翹，露出一個詭趣難以捉摸的微笑，然後「嗯」一聲，提起左手，指著人流前進的方向道：「沿著鐵路一直走到布吉車站後，再找尋你自己應走的路線，不必進入深圳鎮中心。」說完，拾起放在石上的軍帽，起身向後走了。須臾再回過頭來說了一句話：「小鬼，一路好運，哈！哈！」頭也不回，加快腳步，越走越遠了。

長兄走過來詢問阿志剛才與那位軍人言談些什麼？

阿志原原本本地將說話情形覆述了一遍，四人便繼續原來訂下的行程。到了布吉後，四人聚頭商量一下，如何繞避深圳鎮中心羅湖區域之路線，決定了取道近香港打鼓嶺附近之地帶越境，此處又是中英境界兩邊貨物走私最囂繁的地點。一路走來十分順利，整個下午尚未碰到一個邊防兵或警察。抵達邊界時，已是傍晚六時過後，遙望長長一度高高的鐵絲網，由崗頂嶺脊蜿蜒而下，沿著深圳河邊伸展至溪坑洼溝高低處，正是阿志四人準備越境的地方。遠處看望沿鐵絲網旁邊，每隔一段距離都有一位穿短褲制服，全副武裝的香港警察，簡直是嚴陣以待。原車同來約有一千人左右，現在都零星四散，在長長的鐵絲網外，大概是等待入黑後始採取行動亦未定？長兄窺視各處環境及地形良久，走近阿志身邊，細聲地說：「阿志，不如你走去向那個警察，求他協助你先過去，找你二哥，也是警察、督察身份，或者他們相互認識亦未定。我們四個人，能先去一個就一個都好，我帶著這兩個朋友，也不好意思單獨這樣做。」說完就身中襯衣口袋中取出一張字條，內寫有二兄長的住所及電話，交與阿志。這是阿志第一次獲知家人在香港聯絡的地址，當然是欣然允諾，將字條摺好放在口袋裡，整理一下手中布袋，順便留下一些乾糧與大哥，就向著那警察走去。

「警察先生，你可否幫我做一件些瑣碎事？」阿志隔著鐵絲網，摯誠地問。

「你要我放你過來？不用啦！你等到晚上九時，我們收班後，爬過來就可以。」警察漫不經心地答道。

「不！警察先生，我只是想你代為我通知我二哥，也是你們的一位同僚，通知他，今天晚上我會越境到香港。」阿志一邊說，一邊從口袋取出字條，用手穿過鐵絲網孔，遞與他看。

「你姓藍？字條中所寫的那位是你什麼人？」警察謹慎地問，並將字條交回阿志。

「那是我二哥，今次他不知道我來這裡。」

「唔！這樣吧！你從鐵絲網腳底下那個小洞，用力擴闊少少，先穿過來。」他一邊用手指指向那個破網洞，一邊說道。

阿志毫不猶疑，跟著他的指示，穿爬過了邊界。

「嗱，你先坐一會，稍後我帶你回警署去。」他對阿志說完，便跳上公路，等待什麼似的。

既來之，則安之，天空越來越黑，阿志坐在一個土墩上，回望著剛才與長兄分手的地點，除了朦朧暗黑一片外，再也看不到人影。呆呆地望著天空，腦海閃現著一幕幕由今早直至現在的情景，覺得頗算幸運。狐疑的是，荒年之際，如此順利，通行無阻的逃亡潮，是否被受當局默許放行？抑或再有其他國內政治因素？策略平衡等……唉！不想這麼多了，反正我阿志算是恆河流沖的一顆走運沙子。突然「嘎」一響，汽車剎掣的聲音在身邊響起。跟著，那位警察指著阿志叫道：「噯！你上來……我們走。」

阿志爬上馬路，一輛巡邏警車正停在路旁，待阿志兩人上車後即疾馳往警署去了。警車沿著不太寬敞的馬路，繞上一個設在山崗上的警署。警察先生引領阿志走進一間文員辦公室，對一位便裝人員說道：「老招！替這位小伙子打一個電話給他兄長，來這裡接他回去，他哥哥是我以前在香港仔警察學堂的一位教官藍 SIR 督察，這裡的事就請你代為籌劃，我現尚未下班，仍須返回崗位，拜託！拜託！」說完，便外出攀上剛才那輛警車走了。

那姓招的文員問阿志取了電話號碼，接著打了一個電話，對方答道藍 SIR 夫婦外出看電影未返，可能直至深夜才回來。姓招的將阿志情形表述了一遍，叮囑轉告他必須來打鼓嶺警署，接他弟弟回去！

「喂！你認識剛才那位 PC 黎錦華？」

阿志搖著頭說：「不！我不認識。」

「那你二哥『Blue Bird』和我都曾經在『Godber』警司手下做過事，但不同期間。」

「什麼，你講什麼我不懂？招先生！」阿志茫然疑惑地問。

「哦！你二哥藍卓，諧音藍雀，英文就是 Blue Bird，人家給他的暱稱。和我一樣，都在葛柏警司手下，不同時間地辦過事。」

「哦！原來是這樣。」阿志終於明白下來。

「你食了飯未有？」姓招的人懇切地問。

「我這袋子裡尚有乾糧。」

「那好！我請你吃這頓飯吧！」姓招的熱情地說。

「謝謝，不好意思吧！」阿志拘謹地答道。

「來！跟我來。」姓招的邊說邊用手牽帶著阿志，一起走進警署裡的飯堂，並問當值廚子有何現成的飯菜？隨便點了一碟豬扒飯，一罐可樂，交予阿志享用。

　　經過整個下午長途跋涉，阿志真的很疲倦，心想不久即可與兄長會面，心情卻也興奮莫名，不敢入睡，只是坐在辦公室內，斜靠在一張椅背上，斷斷續續地假寐，不能熟睡。直至凌晨一點鐘左右，欣切期望的兄長二哥真的來了，並很客氣地向姓招這位警署一等秘書致謝，然後帶領阿志走出警署，坐上自己的小轎車，駛回港島市區去。沿途也有兩處攔截的檢查站，因兄長的職務關係，放行就算了。回到兄長家裡的時候，已經是早上兩點過外了。

　　如往常一樣，每逢星期天例假，二長兄總是一起連同孩子們一家大小前往酒樓早茶或兼午飯，通常生活在香港稍有經濟能力，負擔得起的家庭都樂意如此做法，一可以凝聚家庭眾成員，盡量揉和黏合族居融洽和諧的傳統，二更可以會約親戚朋友晤面暢聚，縱意閒談或議事，既摒棄隔膜，也頗有瀉悶舒胸之效！當推車阿姨將點心車推近圓桌旁時，三個小侄女正興奮地嚷著肚餓要吃東西，二嫂打算叫些什麼點心似的，順便問阿志：「叔叔，你喜歡吃些什麼就一併叫吧？」阿志「哦」一聲。「什麼都可以，就豉汁蒸排骨吧！」阿志漫不經心地回答。

　　「阿志，再過幾天，你往移民局領取身份證，之後就是正式的香港居民了，可以做你想做的事。你心中自己有什麼打算？如你有特別擅長之處，能協助你將來發展並可在社會立足穩固的，告知我一二，或者我能代你籌謀一下也好！」二哥懇切地問。

　　「我……我剛來此地一個多月，對本地情形絕不了解，腦海中依然是白紙一張，白丁一個。亦沒有什麼大計宏圖。聽說人若謀生在香港，英國人管轄之地，如果不識英文或英文程度不好，實也難於正道拚出個遂意的結果來。我想趁現在年輕，應該亦須循此道在學識上穩固根基，隨圖後算，本來我個人在中文水準上是較可取的，能有機會繼續學業就最好……」阿志一本正經，誠實地回答。

　　「哦，你是想繼續讀書？」二哥凝重地問。

　　「唓！他年紀這樣大，還讀什麼書，照我看，最好盡早找一份工做，最為實際。」二嫂突然搶白般插嘴說道。

「這……」阿志再未有說下去。

「嗯，你二嫂也說得對，你今年十七歲了，也未在國內入讀高中，在香港算是超齡了，即使野雞次雜學校接收你，相信各項科目亦不能追及，特別是香港以英文水平衡量標準的，我看還是先找份工作，邊做邊抽時間上夜校狠補英文為上策。我就是一本活教材，來香港考入警察做 PC 後，然後惡補英文慢慢遞升上去的。你想想……這樣是否行得通？」兄長有條有理地分析說道。

「這也是實情，二哥，你就放聲氣出去，代我找份職業吧！無論什麼都可以。」阿志平悅的回答。

「呀！是這樣，大後天，你前往移民局領取香港身份證，因為我須值班當更，我安排樓上住的一位陳姓警官同僚陪你去辦理，應該是沒有問題的。還有，你大哥與其他兩位朋友已到達香港，也安頓了下來，一同租住一所房子，接著下來的也是尋找適合他們自己的工作，但他們的家眷仍滯留在大陸，負擔應較沉重一點，走一步算一步吧！」

喝完早茶從告羅士打酒店走出來，步向停在斜對面的畢打街，郵政總局側旁之小房車，二哥將三個女兒及兩個小姨推了上車，吩咐妻子與阿志拐彎沿德輔道中越過兩條橫街，就是利源東或西街了，專門擺賣衣物用品的地方，囑咐阿志去買幾件合身的衣著備用。

阿志與二嫂一邊向前行，一邊惑然細聲地問：「二嫂，為什麼剛才二哥可以超載八人，並將車子停放在郵政局旁邊的大馬路上，不怕被警察抄牌罰款嗎？」

「哦，是這樣的，平常星期一至五，這條街是最繁忙的，是中環區域的中心點，你看不到那路中的交通指揮亭嗎？每日必由一位交通警察站台，指揮車輛往來，直至傍晚六時，待中環放工的人群與車輛稀疏為止。中環是香港經濟樞紐，各行業辦事處的集中地，今天是星期天，大部份的人員休假不用上班辦公，故各街道沒有多少行人及車輛。你二哥是交通督察，他那部小房車幾乎所有同僚，由上至下都認得，故沒有交通警員去抄它的牌。即使在其他區域停放時被貼上罰款控訴票子，待遞交回交通部後也可以撕掉，你明白了嗎？哈！我以前也是 PC 女警員，嫁了你二哥後就辭職不幹了，故警察各部門運行大略也是知道的。好啦！買東西的街口到了，我們還須早一點買完東西回家去……別讓幾個小調皮搗蛋鬼攪得家裡天翻地覆似的也不知道。」

嫂嫂與阿志稍略疏巡一下兩邊擺賣攤檔，選取了一件灰色學生裝絨上衣，備為秋冬時季用，兩件白色襯衣於平時穿著用，一條藍色斜布長褲，兩三件背心汗衣及保守式兩短図子內褲，粵人俗稱「孖煙筒」的底褲後，就匆匆離開購物地，準備搭公共巴士回家去。

阿志送嫂子抵達統一碼頭公共汽車站時，將手中包好衣物遞與嫂子說：「二嫂，可否代將這些衣物暫先攜帶回家，趁此難得機會，我想獨自信步遨遊一下中環各街段，以便認識一下各街道位置方向等，好讓日後熟習環境，對謀生或有裨益也未定？」

「那好，你記得搭一號巴士直回跑馬地總站，鄧肇堅別墅門口下車，再登上百級石梯回到箕連坊便是。」嫂子不厭其詳地叮囑道。

阿志別過嫂子，四面掃望一下西與東之方向，慢步自德輔道中向東走回剛才喝茶那座告羅士打行建築物。順便在畢打街口轉角處報檔中買了一張香港港島地圖，經過香港上海匯豐銀行和中國銀行，然後轉上花園道之山頂纜車總站，買了票就坐上纜車，奔向山頂總站側之觀光亭。香港人俗稱此亭為「老襯亭」，1975 年後之「凌霄閣」……謔謂（扯旗）太平山頂往下望，好多老襯，寓意十里洋場中之香港，蠢人及傻瓜（老襯）何其多也。實也諷刺此地如解放前之上海一樣，發達容易覓食艱難。話雖如此，香港竟畢是臥虎藏龍混雜之地，各行各業稍一佔攀機緣，運轉恰若「時來風送滕王閣」，飛黃騰達於瞬眼之間也未可預料。懷著希冀心情，登高俯瞰，遊目四顧，冥思苦索想像一下，或可稍舒悶壓又有何不好？

觀望亭坐南向北，南面景物皆由山石、樹木及後面山頂餐廳之建築物遮擋，唯一只能遠眺北面整個算是已開發了之九龍，油蔴地避風塘及部份新界的荃灣。眼對獅子山下，九龍灣內一條延伸直向鯉魚門之跑道，六十年代算是便利的啟德國際機場，尚沒有最完善之巨型飛機可以起落的跑道。開發焦點依然集中在尖沙咀碼頭，西面是九龍倉，有四條伸向海之橫堤，號稱可以停泊超過兩萬噸世界級郵輪。碼頭右側向東，就是九龍地標象徵之英倫式大笨鐘及鐵路總站，所有由大陸供應（除鮮魚和蔬菜外）運抵香港的日常糧油副食，豬牛雞鵝鴨及日用供應品，都在此總處卸運，也是香港民生總命脈。旁側向海就是太古倉以及太古輪船停泊的堤岸碼頭。再稍延伸過一點向紅磡遠處，便是「青洲英泥」（水泥廠）了。

港島方面，由空曠的中軸線望下去，香港上海匯豐銀行背靠山邊的皇后大道中，向著愛丁堡廣場、大會堂及天星小輪碼頭，幾乎可說是全無建築物遮擋，俗稱為風水線格局，迄今仍然是沒有改變，故匯豐依然穩如磐石，發展為世界十大企業之一。堪輿傳說，姑妄聽之信之。中環碼頭左側西延不遠，是曲橋建造的卜公碼頭，特別為郵件起卸專用，郵包直達運送至畢打街郵政總局內挑揀分發。沿干諾道中向西不遠海邊，並排建立二合為一的統一碼頭，一邊是小輪載人，另一邊是渡輪運載大小車輛往返九龍佐敦道口之碼頭。這就是唯一貫通香港及九龍的支匯點。阿志也是凌晨後經此渡口抵港的，故記憶特別深刻。繼續沿海邊干諾中向西稍過林士街，乃往返港澳繁忙之輪船碼頭，旁側乃是一塊大空地，人稱大笪地，每天晚上，不定位，不登記收費，不規定貨品類別，林林總總，讓小販們自由擺賣。甚至勸銷骨科外傷之膏、丹、丸、散之功夫武打表演經常出現，恰如外國小型物類夜市之 flea market。若然平時靜無風雨，晚間燈火通明如晝，人群熙來攘往，十分熱鬧。

再向西不多遠至 Queen Street 街口，就是西環地段，西環之三角碼頭不大，圍繞在此的小型船艇星羅旗布，如點頭蟻般遊走進進出出，來自廣東各縣之小型貨船及駁艇，裝運與卸運頻繁，多以土產濕貨為主。出入口貨物也多由此地轉運上或卸落自離岸的大貨輪船。行業人員品流複雜，貨物沿堤堆放，零亂無規，有規也無人敢管。孫中山先生進行民國革命時，幾番遁逃離港及榮歸時亦是登上此三角碼頭，故此地名氣極大。

到目前六十年代為止，依然是內陸、台灣、東南亞特別人物避受檢查之移民口岸，這也算是香港不大名譽之優良傳統吧！由西環折左向後，就是老一輩人們津津樂道今而不再，二、三十年代時候之繁華銷金窩，煙花之地⋯⋯石塘嘴一堅尼地城了。

由山頂再向下望，大會堂左側伸出向海，直對九龍端處尖沙咀，建有兩個相型類，港九相向的尖沙咀渡輪碼頭。右邊鄰旁向東就是皇后碼頭，沒有民用機場之前，所有前任港督都是從此碼頭登陸或離任的，英國皇室人員訪問蒞臨或歸去，多會在此飾設盛大儀式迎迓或歡送。稍過東面是添馬 (HMS Tamar) 海軍船塢，英國海軍之殖民地軍港。間中也有一兩艘大型美國軍艦停泊堤岸邊沿。繼而是位處中環及灣仔的警務總處。

以芬域街分隔為灣仔地段，China Fleet Club（海員俱樂部）置立於海邊之高士打道及芬域街轉角處，專門供泊港海員及海軍人員休憩及購物之場所。此座建築物後面一條街名叫謝斐道，步向灣仔中心地段，馬路兩側，酒吧林立，專門招待水兵前來光顧，特別是美國軍艦自越南抵港停泊休假時。這條路很多二樓樓上，塗以綠色窗框為識認的房間，大都是供應水兵或外國海員上岸買笑銷魂之時鐘陽台，地點離灣仔警署或警察處總部不過是三、四百米之遙，算是對外國人開放之無牌紅燈區。即使水兵們惹事犯案，也得送回國屬軍事法庭審訊，故警察們樂得清閒，且有額外收入而不犯難追究什麼事案為穩妥。再向東面延伸，大小跳舞廳地林立，皆以本土客消費為主。最著名的應算是六國夜總會及杜老誌大舞廳了。整個灣仔堪稱是個燈紅酒綠區域。

堅拿道以東就劃入銅鑼灣區了。位處兩區交界之鵝頸橋，每逢七月，都會聚集很多迷信風俗的婆婆大嬸們，虔誠焚燒香燭寶鏹，高舉木屐或鞋底拍打「小人」，冀望驅佞辟邪，闔家安康，頗引外國遊客們詫異而駐腳探究，或許有朝一日登錄入世界非物質文化遺產大全亦未定。

銅鑼灣原本是一深凹灣岸，後來填海舖設電車路軌後變成兩大截，一截是英皇中學及體育運動場，另一截就一個偌大著名的維多利亞女皇廣場，海邊由渣甸坊起橫伸一條防浪防風之堤岸，拱抱著女皇公園，並成為一個饒有韻味的避風塘，有條不紊列泊著大小豪華遊艇，及各細小個體艇戶逡巡迴遊的繁華休憩夜市，好生熱鬧，故名聞遐邇的蜆、螺、蝦、蟹小炒，本是源出於此。恰如荔灣粥一樣，也秉承了省城（廣州）陳濟棠時代珠江河上紫洞艇的實務，讓流連客夜宿暢如。鄰近波斯富街至渣甸坊一小段區域，自七十年代日本大丸百貨進駐後，便變成火紅旺地，人群川流不息，店舖商業更加蓬勃不已。

架設在犖確峻峭崖巖卜的炮台山堡壘，是拱衛握守港口的要塞。其腳下突角處地段蓋建的是北角均益倉，專門供六千噸以下貨輪停泊卸載。五、六、七十年代，此類貨輪尚未被受淘汰，輪載倉位需求也十分殷切，故是北角雖然街道不多，卻是塊商業旺地。

沿著岸邊拐過去便是鰂魚涌太古船塢，懸崖下並列著幾個固定排水船塢和兩隻浮水船塢，超過萬頓之洋船也能進塢維修，在東南亞，除日本外，當時名頭是響噹噹近百年的老字號。

拐轉少許再向東跨越西灣河，連同筲箕灣兩處皆是港島較為貧窮平民居住地。特別是筲箕灣，原本也是一處小型魚船停居的小港灣，平時每天頗多捕撈新鮮的漁獲，任由魚民擺賣。商販聲囂叫嚷，街市確是極之熱鬧。再過些許就是柴灣，遙對九龍之鯉魚門，形成一個狹窄不寬的鉗嘴型，由太平洋進入香港之天然進口處。柴灣的經濟效益不算很大，除了墳場墓地之外，灣邊荒地多是堆放經濟貨品，如磚、石、灰、杉、木、竹、柴那一類須用地廣，而價值不高之貨品。當然還是一個貧民窟類之住宅區域。

由鯉魚門進口處起到尖沙咀、中環這水深岸窄距離不寬之渡輪碼頭為止，實際上就一個曲折 S 型，兩頭袋口細窄，混然天成的優良海港。真的是不能不佩服英國人佈局選取眼光之銳利。

由此縱觀可以曉知，由鴉片戰爭後直至整個七十年代，香港經濟命脈依然控制在 Jardin、Wheelock、Hutchison 及 Swire-Taikoo 四大英商洋行手中。

父親特地今天從老遠尚未開發的鄉下地方「沙田」坐火車出來兄長

家裡，工人大嬸應聽門鈴鐘聲開了門。「啊！是老爺，請入來。」跟著往廚房端了一杯熱開水招呼他坐下。然後往主人睡房叩門：「二少奶，老爺來了。」「哦，知道啦！，我就出來。」二嫂高聲回應道。

「阿爸，你來了是找二哥？我想還未下班，稍待一會，應該會回來吃晚飯的，他是否知道你今天會來這裡？」阿志謹切地一邊說，一邊兩眼注視這位闊別十年有多的老父。除了身體清瘦一點，頭髮花白，面目實沒有多大改變。反之，父親凝視著阿志良久，然後「嗯」了一聲，跟著用緩慢的語調問：「你住在這裡，習不習慣？」畢竟，與一個五、六歲兒童長大成十七歲青少年兒子隔別一段長時間，赫然相見，雖是輪廓不會大走樣，而眼睛、鼻子、嘴巴、特別是牙齒，不多不少，總會感到有些許變異吧！

「哦，住在這裡目前一切安好，我很想去看望你，但不識路，我想你還是先去看看大哥的情形怎樣。我與二哥商量好了，決定盡快找一份職業，徐圖後算。」阿志懇實地回答。

「很好，待各事都安置妥定，記住努力補修英文，否則難有前途可言，知道嗎？」

「我會的，雖然資質魯鈍一點，亦自應抵力以行。」阿志穩沉地回答。

剛好兩父子語停之際，二嫂從房中出來，手裡拿著一個信封，一手遞交與父親手中並說：「阿卓今天晚上有應酬，與朋友晚飯兼打牌，預計很夜才回家，你看看要不要等他回來？」二嫂平和地說道。

「不用啦！我就離去，順便打店吃完晚飯才回去」父親接過信封，邊說邊提起放在椅旁如手杖般用的鋼骨雨傘，起身準備離去了。

「阿志，你就送你父親下去搭巴士（公共汽車）吧！陪他落石階時小心一點。」二嫂說完就轉返入自己的房間去了。

「阿爸，你稍等一下，我穿換衣服即陪你下去……」說完，阿志立即要走入士多房尋找自己的襯衣替換。

「不用送我啦！我正想緩步舒展根骨，慢慢下去，我這副老骨頭依然硬朗無礙，來去自如嘛！……哼！」說著，自己就開門走了出去。

當阿志穿好衣著出來時，工人阿嬸說：「老爺已經走了。」阿志正遲疑：追與不追？始終沒提起腳步。然後吁了口氣，喃喃自語道：「唉！豈乃傲悍軍旅氣格之謂乎？」

晚上一場大雨清滌了初夏的悶熱，阿志醒起特別早，漱洗之後走出這棟目前在跑馬地是唯一最高十二層政府人員宿舍的露台，太陽正逐漸從流雲隙縫中騰升，亮白夾雜著熾紅的光線，照著散佈在山左前凹處那些鳳凰木樹上，怒放的花若一片銹紅絨布蓋在樹頂上，嬌艷誘人，恰似朵朵紅霞飄浮散落。放眼遙望，整個九龍區域也清晰可見。

阿志正望得出神時，突然聽到兄長在身後發聲：「阿志，趕快穿好衣服，今早跟我出去一趟，我已拜託村中一位兄弟代你找到一份職業，明天你要親自去見工，才能決定。」

「好！我現在跟你走」

兄長駕著小房車，將阿志送至中環德輔道中郵政總局，停下來，指著對面一棟新建築大廈說：「阿志，你明天早上九時半抵達此座大廈1203 室，去找鄉下村中隔壁的鄰居阿華，你應該認得，他會帶你先見他老闆，才決定能否安排你工作。現在我要回警署上班，你就在此處下車，到處逛遊一下，見識並記住各街道位置及特徵，對你日後工作或有所幫助也未料。稍後你自己回家應無大礙吧？」說完，待阿志下車後，便駕車離去。

翌日一早，阿志提早了十五分鐘到達德成大廈，按了電梯，倏忽聽到叮一聲就到了，比廣州賓館的電梯快了不知多少倍。後來才知道這棟新大廈號稱其電梯是全香港當時最新型最快速的，社會科技發展的確是在進步。辦公室的職員知道阿志是來見工的，便囑咐稍待一下。九時半左右看見一個身影面熟的人踏進來，阿志一眼便認出是在鄉下隔壁的一位族兄華哥。欣喜地上前打個招呼，他也稍一遲疑，即也認得，便熱情地說：「阿志果然是你，來，來，來，進我辦公室坐坐。」接著寒喧詢問一下家鄉各稔熟人瑣碎事物演變等。

十時左右，一個穿著筆直西裝，肥頭大耳的商人大模施樣，大踏步走進來，看見華哥正與阿志聊談，便指著阿志笑著面說道：「來，來，過來這裡，呀，你叫阿志，華兄將你資歷告訴了我，我與你闡述一下工作各情況，看來這份工作你應該是適合的。目前只是送貨與客人商號，在寫字樓待命隨時出動，公司正續步擴展，將來必有晉陞機會，你看看考慮一下如何？」說完兩眼怔怔地盯著阿志，靜待回答。

阿志聽完了他那一番話後，搔了兩下頭皮道：「請問有關工作時間安排是怎樣的？」

「哦，只是日間工作，早上九時，每日必須要將貨送完為止，大約於下午五、六時左右可以下班，公司包攬供應午晚飯兩頓膳食，年底雙糧花紅獎勵之類。」

「有沒有宿舍可住？因為我晚上仍須讀夜校上課。」

「現在貨倉內的員工床位已滿，不久將來必擴大地方作貯運，我保證半年內或更早必可安排予你住宿。」

「如果是這樣，我應該是沒有什麼問題。」阿志凝重地回答。

「嗥，你算是答應了，那麼，你明天六月一日早上就可以來這裡上班。一言為定，歡迎你加入我們的企業。」老闆咧著嘴笑道。

「好，老闆，謝謝你的提攜，現在我可以走了嗎？」阿志起身問。

「那，你回去吧，明天見……」老闆依然欣悅，揮揮手笑著說。

阿志深深地舒了一口氣後便踏出經理室。

華哥一見阿志出來，趨前輕聲地問：「怎麼樣，成功了嗎？」

「嗯，我答應明天來這裡做工了」

「他有沒有告訴你薪金多少錢一個月？」

「呀！這個……老闆沒說，我亦沒有問。」

「你為什麼不問，哼，你真蠢！」華哥似有不以為然的樣子。

「哦，對於我，目前多少，似不甚重要，月底領取薪金時不就可以知道了嗎？」阿志憨淡地說道。

「好啦，既然答應了就明天上班吧！你先回去，明天再來這裡。」

華哥感覺能撮合了應允他人的一件好事，自己亦心安理得且放下了心頭責任。

　　阿志告辭了出來，沿德輔道中西面漫步至機路文街口，一檔名聲響逾港九的咖啡大牌檔坐下，要了一杯香甜人人稱賞的即沖絲襪奶茶，膾炙人口之馬來西亞式美味咖央烙烘麵包。一邊慢慢啜飲嚐，一邊側頭靜思一下自己將來該如何？嗯，差不多兩個月時間靜觀，二兄長目前一家大小五口，雇用一工人，除了繳付政府宿舍租金、水電費外，尚要供奉一位年邁父親，加上兩位小姨食用，汽車保養、汽油各樣雜項日常支出等，如無額外收入，單靠個人一千五、六百元薪金，政府人員收入水平當時相對來講是很高不錯的了，相信依然是捉襟見肘，入不敷支的。俗語云：人頭大，戴的帽子也大，頭痛只有自己知曉。怪不得平日聽他們閒談間，得悉警務人員每多涉及私人組合，投會、供會、標會的私人融資而互補缺盈了。

　　兄長住的宿舍約為一百二、三十平方米，供九人居住，英式間格，兩大睡房並用一個浴室，夫婦及三個女兒睡用。一廚房，一工人房，由工人與兩個小姨並用，一小士多房之外，就是一處約有三十平方米之寬敞大客廳，暫時由阿志一個人佔用，以梳化為床，夜睡早起，別無他法，晚上最低限度要等各人閒聊、會客、做完日常功課、聽完唱片或收音機後始可就寢。當時香港尚沒有電視播放，作息時間仍算正常，故見工時有要求住宿一節，薪金多寡眼前似不關重，自己的內情實難啟口訴之與外人。加上九月份開始要上夜校補習英文，時間要多長久才為之完成，心中是絕對沒有底，靠不上譜。日後有沒有遇上惡運當然不曉悉，自知艱辛旅程正由此開始，所謂「不久將來」，呵！呵！上帝詢先知。真乃是只唯「勤向棘林揮鈍斧，勇攀巖碻鑿通衢」。

　　今天九月一日星期六，清晨天文台廣播宣佈：颱風「溫黛」襲港，來勢急勁兇悍，七號風球懸掛，預料風眼路線直捲香港，將於較遲時間摎港北移，時速超逾一百二十公里以上，稍後將掛八號或提升至十號風球，呼籲漁民盡速回港避風，各線港九及離島之渡輪航線大部份已經停航，大中小學經由教育司宣示，早上已開始停課應變。是時阿志是回辦事處較早的員工，得悉兩位家居澳門的職員昨天寅夜趕搭客輪回去了，總務主任也決定即日貨單暫停送運。恰巧老闆在外埠未返，眾人都有急切回家的心態，早一點歸家如是也。午飯後適值轉掛八號風球，由於風力變向，高掛十號風球，似難避免。阿志也樂得清閒無事，據同事經驗所說，趁尚有公共巴士行駛，於是也急忙回家去了。

第二天一早，風暴過後，阿志匆忙趕赴中環天星碼頭，準備過海前往尖沙咀碼頭旁側之鐵路總站，買火車票前往沙田。從公共巴士窗外看到，沿路很多大樹傾倒及枝椏斷折，多處山邊斜坡泥石瀉落，馬路上的霓虹燈框架部份拗折，斷落亦有之，鑴印著廣告的碎片及高樓大廈窗戶之玻璃碎片，散滿一地。飄流積聚在通渠蓋面的垃圾，馬路兩旁到處可見。十號風球時那不辯方向的強烈橫風，以及狂風過後之驟雨連延所引起之損壞結果，可算是滿目瘡痍。最為人擔心的是，所有市區大廈頂層或山邊搭建之貧民窟，質料次劣的非法潛建或臨時搭建之鐵皮木屋之類，被風暴蹂躪毀壞狀況，真是目不忍睹。阿志焦慮的是老父自力搭建之石棉瓦蓋木柱鐵皮村屋，不知演變如何？故心急如焚地去探訪一趟，看個究竟。

抵達沙田鎮中一處平時父親習慣駐腳之茶樓，詢問一下門口收錢之掌櫃，得悉老父今早沒有出來喝早茶，想必是昨夜風雨交橫，須做一些善後工作罷！阿志匆忙直奔父親住處。沿經大圍河出口處旁邊之紗廠防水堤，崩斷數闕，紗廠及整個沙田軍用機場，頓成澤國，跑道淹沒。十數頭死豬屍首，橫亂擱置在堤岸水邊，尚未發臭，雞鴨屍首無數。看護農田魚塘間之簡陋茅屋，被風吹至頂禿壁爛四散。通往聖公會小學那條狹窄只能讓行人及腳踏車通過的跨河士敏土小橋，依然完整無損，通暢無礙。沿山邊小路築搭的簡陋村屋，難掩被受風雨摧殘的痕跡，圍牆損缺及屋頂被吹掉部份的也為數不少。傍依溝渠而蜿蜒入村之彎曲不平坦之小路，多處塌陷，人們走路也得小心謹慎而免至失足踩空跌倒。

由於是第一次來的緣故，入村後只得使用「路在口邊」慣技詢問村人那位藍姓老人的住屋坐向。得悉離此不遠在路旁的一座種有一棚炮竹花的，石棉瓦蓋，外排橫條木板，內砌薄磚牆的（木柱）村屋。門楣上掛上一塊小小木牌扁刻雕著「澹居」二字。阿志正欲踏進門去，赫然看見父親蹲在敷地的方階磚上，正用毛布吸抹積水。

「阿爸，你蹲在地上磨蹭，幹些什麼？」

「哦！昨日狂風暴雨交加，後面廚房圍牆部份倒塌，雨水全都湧入屋內，只好舀潑出去並重新抹擦幹淨，弄得一身筋骨疲累，腰酸背痛。唉！人老了，真的辛苦強撐不久囉！

「那我幫你處理一下，什麼需要做的？」阿志懇誠地問。

「嗯，沒有啦，全部收拾好了。呀！今天沒出鎮上喝茶，故未能買備新鮮剩菜，罐頭是貯有的，儉陋一點吧！

「聽昨夜收音機廣播，心中頗是放不下，故今早入來沙田一趟。聽說今次颱風是歷年來最兇悍的一個，災情也是最嚴重的一次，民間損失目前未知，想是應該十分巨大。我亦感覺到，廣州大陸從來未試過風暴有如斯強勁的。」

「實情是這樣，香港乃海岸邊沿，低氣壓海洋颱風之登陸處，全無屏障遮擋，風力與風速正如在海上無異，旋風越是向內陸深入，與山脈及高壓氣流相觸相頂，便漸被扯渙拉散。廣州已是深入內陸一百公里開外的地帶，即使與香港同時運轉著同一個颱風，風力感應絕對不是同一樣強弱，這是普通的自然環境互動現象。」父親不厭其詳地闡釋著。

「爸，剛才我約略看過一遍，似乎屋頂及四週圍板都有滲漏情形出現，想必風雨季過後，也須修葺繕補一下，是不是？」

「對呀，這屋子雖不算太舊，實也十年八載屋齡了！沿這山坳都是潛建房屋，土地全屬政府業權所有，將來怎樣安置遷徙處理，尚在未知之數，人們都是先自安頓下來而慢圖後計。」

「爸，我這裡有些少錢，是我給你喝茶或當花些什麼零用都好。」阿志說完，即從口袋中拈出五張十元紙幣遞交與父親。

「嘻！呵呵，不用啦，我如拮据之時，可向你二哥要取多一點應是沒有問題的，那你收回你自己用吧，你剛出道賺錢，理應也不會多到哪裡去。呀！是啦，你現在工作是哪一個位置？每月薪金多少？」父親邊問，邊將那幾張現鈔推回阿志手裡。

「哦，我現在是送信及送貨的 office boy，月給七十元，全公司最低的一位。同僚背後對我說，老闆欺榨我是從大陸剛來步到，以前同樣是這個職位的都給予一百元或以上的薪給。對我而言，反正是我要時間緩衝一下，沒有必要計較。待下個星期英文夜班開課後再衡量再算。」

「暫時人家剝削你多一些，厚黑之道也算不了什麼的。吊髮錐股的痛下決心攻克英文這一關，最為重要。不要因循依唔不振，在英國人統治地域下，不諳曉英文是不易出人頭地的。」

「是啦，剛才我稍巡視一遍，發覺你放在床頭之半導體收音機頂面上，放著一本以廣府韻拼音的簡陋英文初階，骨地摩寧 (Good Morning) 讀本，依你現時的歲數，還孜孜不倦進修英文？是不是過遲了一點，老爹？」阿志特意詫異地問。

「哦，不可以這樣說。以我年齡，還能再學得多少？我有自知之明，所謂開卷有益，學明事理，『自強不息』乃上進推動力，你應以此為鑑，不可怠懈，明白嗎？哼！你真的仍然是少不更事，難以推想及遠。」

「爸，平常你都是每月出去找二哥一趟的嗎？」

「以前是，現在通常三個月才去一次，嫌煩。」

「我推斷應也如是，看來，你與二嫂翁媳之間溝鴻頗闊。」

「哼，這個沒大沒小的女人，從來沒叫過我一聲『老爺』，不若你大嫂那般有禮數。要不是你二哥苦言求恕，我真的不認這個媳婦。」父親聲調越說越高，似有點激動。

「嘻！老爹，你也蠻執著，現今青年男女，大都崇尚自由戀愛，像大嫂嫁入進門事任由雙方兩老拍板的年代，已經不合時宜。你責怪二哥服聽女人言也是不公允的。俗語云：婚姻有如冬前臘鴨，隻連（串）隻，能掛在一起就算是緣份。柴米油鹽、物質錢財，都會扯得人心眼刺痛的。我從旁觀察到的，二哥對這些纏身難揮的繁瑣事，若是自己經濟能力負擔得起的，都支付處理於大事化少，息事寧人之哲理中去。我認為他已算是超俗灑脫的了。於倫理中，無論是叔伯、兄弟、父母子女、婆媳、姐妹、妯娌之間，往往因些微利益及意氣而縫隙驟現，久久不能彌平。二哥雖是行政級別人員，仍未入官流。阿爸你往昔官階較高，附近鄉村族人對你，誰敢不馬首是瞻，勢之使然。試問一下，偌大的一組戚裔關係，你能執中揉和得多少？一朝風雲變色，大纛斷折，樹倒猢猻散，分崩離析。有能自顧且維護子女者，算是不幸中之大幸。今你子孝求全，望諧琴瑟。阿爸，你為何不將就一點，寬己恕人於釋怨之中？」

「嘿！行啊，你這臭小子，說話老氣橫秋，竟敢管教干涉起老子來，看我不一槍崩了你？」父親咬牙切齒地說道，唯是沒有怒氣似的。

「那我須遠離你一點，免至殃及池魚，好嗎，老爹……？嘻！」

「哎，臭小子，我問你，在大陸上學讀書到了什麼程度？」

「不多，只是中學初中三年畢業而已」。

「就是這麼多？」父親凝重地望著他的兒子，若有所思似的。

「就是這麼多，九年學歷程度。」阿志也莊重地回答。

父子對話至此，皆沉默不語。良久，父親對阿志說道：「那你一定必須將英文學好，懂這個道理嗎？」

「這個我一定會的，但只憑後天努力，不一定能攀追程度很高。」阿志慎重地說。

「呀，現在家裡情況怎樣？」父親關切地問。

「依然是一窮二白，我今次逃離之後，剩下母妹二人，相依為命，經濟負擔壓力會輕減了許多，唯政治包袱，母親擔負得更重是可以預料到的。有一件事我必須問清楚你的，我往下的兩個妹妹一患疾一夭折，這事你應該是知道的。母親曾多次央求關柏表哥代為向你轉告，急求伸出援手拯救，而信息如石沉大海，雖然事過境遷，我也好想知道一個究竟，所以膽敢僭越叩問，父親你答與不答，我心中亦是淡靜的。」

「這……我臨離開家鄉時曾將西紙（港幣）一千三百多元藏進睡房牆壁上磚洞內以備應用的。」

「那你臨走時，有沒有告訴母親藏在牆上的位置？」

「這⋯⋯倒未有，我預算過不了三幾年，共產黨必被趕回山區去，那我可以回頭再重振聲威的。」

「你有沒有告訴別人這個秘密？」

「你大哥是知道的。」

「即是說，你從未預算將這筆錢留作安家支用？依然是固舊因循的長子嫡孫理念作祟。怪不得母親兩次三番看見長兄，回家擔取長梯子進你房間攀牆取物了。當你後來再由柏表哥轉告，母親往牆洞掏取時，僅只剩下三百多元。一切都太遲了，永再也挽救不回你小女兒的夭折並留下另一個半殘障的累贅。這倒也好，否則業主因你藏槍及分產事拆樓，結果，藏錢終也是煙消雲散的。」

「不要再說了！」父親低著頭，良久，慢慢抬起頭來，眼光呆然地望著阿志，上齒緊咬著下唇，緩緩地舒了一口氣。「唉！」聲音微帶震動，苦澀地說：「我很感愧疚，算是我對不起你母親和你姐弟妹們！」

屋子內的氣氛沉寂了下來，父子兩人都沒有做聲。

阿志抬頭怔怔地望著掛在牆上的一幅孔明畫像（中堂壓鏡）及旁邊的一副對聯，是由一位省港澳聞名的書法家以隸書寫的「天風閒逸，觴詠何如」。阿志指著左右聯尾「逸如」兩字問：「阿爸，這兩字不就是你的別名字號嗎？」

「對呀，也是我出外行走的名號」。

「你認識這個廣東才子羅叔重？」

「當然認識啦！連同那位畫孔明畫像贈送給我的，高奇峰嫡系入室弟子黃㠭石，廣東七子之一，他與我很稔熟，間中他們也到來這屋子和我一起觴醉煮狗肉的。還有，兩旁那副對聯是我自己按平仄韻選作並用楷書親自寫的，你看怎麼樣，嘻！」

「看來，你倒認識不少執筆名人呀！老爸。」

「可不是嗎？哈！」父親頗為得意地回答並繼續道：「我這曾經位處省文化副廳長職的，能與文人唱酬，絕不是白丁屠狗輩之流，哈哈！

還有，當年我奉文化廳長之命，引領高劍父和高奇峰兩兄弟暢遊漱珠崗梅社時，允獲遺贈一幅高奇峰的嘯虎圖，日後長掛在純陽觀知客室裡面。還有，順便告訴你一些關於村前純陽觀的掌故，我之以上一代族人都很清晰知曉，恐怕就是你們這一代人，含糊不明事情各節底蘊……」

「那，你說出來聽聽，看看我們是否能增添多一點見識？」阿志很有興趣地問。

「清中葉期，咸豐年間，李明徹道士看中了鍾靈毓秀之漱珠崗寶地，與村中彥紳商酌，冀望駐錫於此，清修勸善。鄉紳們也樂於共襄善舉，福蔭鄉民，首肯以象徵式一兩白銀一年租值租與李居士，築建純陽觀於崗頂，立純陽仙師金身供奉。日後籤卦靈驗，香火鼎盛，信徒廣結，聲譽滿羊城而大業臻成。後至道光四年 (1825)，請託兩廣總督阮元襄，一錘定音，謹遵舊約，將道觀範圍擴大，重建修禊盛事。創建朝斗台，並用磚牆圈圍道場變成內外隔絕，自成一體，沿襲至今。後來觀內前門增建坐北向南，左翼之觀音廟及右翼之城隍殿，任由信徒殷選參拜。中庭更添建一小型放生池沿連齋堂（吃素）以饗善信。園中廣植名花異卉，種梅四株，鑴刻『漱石』及『梅社』四字，廣招城中饗負盛名的善書及丹青手。一時之間風雲際會，名人接踵蒞臨唱酬，好生熱鬧。至此，純陽觀搖身一變，成為羊城十景之一，風水景致聖地，遊客日增，聲勢日隆。在圍牆以外，純陽殿後，朝斗台側下面崗腰地方，依然拱立兩座不大不小，遠在純陽觀開拓之前，本屬村中藍陳兩大姓支系的祖塚山墳。純陽觀雖然勢大，也不敢隙惹鄉民，故亦相安到現在。崗腰崗腳，仍然可以放牛或耕種養魚。畢竟，這些地方仍是我們村中管轄的。」父親說。

「啊！再告訴你一個小秘密：日偽時期，我本人隨國軍轉戰各地，家母（老父填房正娶、不是我生母親娘），即是你的細祖母、小奶奶死後，我只得匆匆著人以無名塚堆墳草草安葬在純陽殿側下崗腰處。道觀姓李住持與我相熟，知道是我的事情，也因循不置一詞。戰後和平，我回去準備起骨重新安葬，唯堆墳可能已被牛蹄踏平故，找不到記認處，又不敢隨處翻土挖掘，惹人非議，只得放棄。平心推想，她能長睡在此善信安詳之地，焉知非福呢？莫非無可奈何的示孝，冥冥中有定數乎！雖然心中耿耿，自己無咎於心足矣……」父親說完，頗見有傷懷之色。

「喺啦。」父親接著關心地問阿志：「你來的時候，漱珠崗及純陽觀各面貌有什麼改變了沒有？」

「大的沒有，以前的幾棵梅樹，全都枯死淨盡，『梅社』名存實亡。出道觀前門向右，巖崖邊沿著圍牆通向村前拾級而下的石板路有些少崩頹之外，情況大致如舊。吖！有一事你應該要知道的，那幅高奇峰贈畫『虎嘯圖』，已不見掛在觀中知客廳裡面。聽說那位住持，你的相熟朋友，李師伯已帶往香港並擴展支系去了。」阿志憨實地回答。

「唉，世事真的是：白雲蒼狗，蒼海桑田，誰主沉浮？韻逸風流俱往矣！」父親傷感地說。

「嘿，你們這些自命倜儻風流，睜著眼瞎說謊話的文人，一邊矜持學養，一邊操刀屠狗饗用，還高叫不是屠狗之輩，哈哈！」阿志調侃著笑道。

「呀！對啦老爹，共產黨人高調口誅筆伐你這位中校，軍階不算怎樣高的中統特務員，非把你置於死地不可。其實你沒有在戰場上怎麼樣衝殺過共產黨人，是嗎？甚至，村中誰人是潛藏的共產黨人，你都知悉清楚，卻沒有下令抓人，每每留一退路與人及與己。而人家對你卻半寸不讓，反而趕盡殺絕。你最親而無辜的家人卻為你揹上政治黑鍋，現在你倒瀟居起來。自黃埔軍校建立以來，國共相爭軍幹，勢成水火，火苗已飆，待機燎原而已。加以日本帝國託稱的共榮圈霸圖盡現，用兵侵華及佔據東南亞各國，一嚐霸主滋味。自軸心國相繼頹敗，1945 年日本無條件投降退兵後，國共便為爭奪江山，烽煙遍起。國軍退縮台灣後，繼而韓戰爆發，直至 1953 年三八線停火協約簽訂為止，四、五十年長的國內外戰事，中國大陸才能正正式式喘下一口氣來。你們年年吶喊反攻大陸，到現今能做到那一點子？時下美國正在全力以經濟及軍事力量去圍堵那些鐵錚窮硬骨頭，他們既以得勢在位，大不了跟你拼盡，再窮多幾十年又如何？志堅不可奪嘛！竟畢意識難以強求雷同。疏理家事、族事、國事頗有相同之處，由此看來，你的確遠見不著。老爹，你同意我的說法嗎？」

「嘿，你是教訓我嗎？臭小子！」父親瞪著眼，望著阿志說道。

「不、不、不敢，老爸。今天跟你扯談了這麼多的家事都涉及政治國事的，尤其是你這個家庭。是喇！你營營役役了這麼多年，為党國效忠，只撈得一個八品中校官銜。你畢竟是黃埔軍校前身（燕塘政治軍事學校 1928 年設立，1936 年併合入新辦之黃埔中央軍校）科班出身的。人家黃埔第一、二期的都晋升至上將中將之三、四品部級軍階了，而你依然是這般運蹇。嘻！可否說一些有關你個人鷹揚威武之經歷？讓我們也可為你感到驕傲一下。」

「唉呀，怎麼講呢！得須由孫中山革命說起：當時軍事力量還得依仗陳炯明、許崇智、陳濟棠等這些廣東地方軍閥兵力，我就是燕塘軍校簡任士官出身。北伐戰爭時，蔣介石被任命為國民革命軍總司令，特意儘快扶擢嫡系黃埔一、二期貞忠士官，頗顯親疏有別而去壟聚、集結、鞏固自己的勢力。故亦埋下了後來所謂二陳叛變事件。各軍官升遷快慢都與各人背景、功過、和客觀環境有關。後來在退休前（解放前兩年），幾經請託，我已獲委授為薦任級上校。」

「聽說臨解放前，李福林軍長推舉自己的上校兒子當番禺縣縣長而未竟成事，其他師長級的兒子都插置一個什麼警察局分局長職位的，你有沒有安排大哥一個怎麼樣的前途？」

「有是有的，但他當時仍然是在求學時期，只導介他成為三青團團員，作為梯隊接班。不久，就解放了！唉！倒反而連累了他，真是人算不如天算！」父親歎氣地回答。

「細想一下，你為大小三個兒子取名『劍、卓、志』，如果在後面都加上一個『英』字看看：『志』字表面是意志可嘉，即使自勵自勉，成敗難測，僅此而已！而『卓』字算是跳逾了，能隱於恕，善矣！至於『劍』字，氣勢巍臨，若無勢位及大智，只可能耍弄聰明，遊走戚友闔內之間，日久必互萌積怨，縫隙漸闊，而不可相互諧和於私慾。」阿志說完，也不再多言，兀自起身緩步行出門口，徑直向山坡小路上走去，巡視父親居住這片潛建屋村的環境去了。

「哈，你這小子，目無尊卑，老師宿儒般似的，更沒大沒小，這是什麼意思，回來說清楚？喂……喂……」父親大聲在阿志背後叫道。

自強不息 und Kampf

時適爭秋奪暑，下午五時之後，依然炎熱，揮汗如雨，頭面滿滿濕透冒汗不止，背心及襯衣緊緊依貼在脊背，極不舒服。估計若完成這些送貨單之任務，將幾十磅重一部的擴音機，總共十多部，由地下步踏梯階搬上六樓（沒有電梯），必定超時甚至逾誤夜校上課鐘點，遑論晚飯趕得及吃與否，思前想後，既不能離開貨物而往遠處招請苦力代勞，唯有自己一部一部的用肩托往樓上，以應靠岸水兵（美軍）急購所用。上上落落迴旋在樓梯間十幾來回，兩腿感覺發麻酸軟，加上肚空貼背，體力透支過度，疲累幾乎提不起腿來，粗氣直喘不已。幾經難辛，貨物送完了，即是說今天任務慘痛地完成。急忙連跌帶仆，衝上巴士尾門趕往夜校上課去了。大概是太疲累了的緣故，不知不覺在搖晃中的座位上睡著了也懵然不覺。

「喂，年輕人，車程盡了，你應該下車啦！」巴士司機一面用手搖阿志肩膀，一邊叫道。

「啊！」阿志從沉沉的假寐睡中被喚醒，起身左右搖了幾下頭頸，晃動著身子道：「我可否重新繼續坐你的回頭車多一次，司機大叔？」

「不是可不可以，原則上是不可以，你看前面還有幾部排隊在前待行巴士尚未開行。若等到我這一部巴士開行時，已經是半個鐘頭以後的事了。」

阿志不得要領，唯有下車，意欲手招 taxi 盡速返回學校去。一摸口袋，零錢散銀不多，不足以資付的士行程。無奈之餘，還是爬上該線路排頭位置的巴士，耐心等待回向開行罷了，也懶得再想超逾時候上課的後果。

好容易待到巴士抵站，立即跳下，快步直奔學校而去。抵達教室時看看手錶，一節測驗課程幾已完盡，也不好意思進場打擾同學們，又不欲向教師諸多解釋，只得硬著頭皮等候下一節才入課室繼續上課。

酷熱的晚上，木板釘造的閣樓尾處，吱吱聲叫地搖曳著一座老式的牛角大風扇，下面就是木板間格的貨倉庫，貯放著林林總總，老闆代理的日本半導體收音機、錄音機、喇叭音響等。舖前較為光亮的地方，將修理部一併設在一起，阿志等共七個人，日出而作，日入而息，全部堆在狹隘的閣樓上面，床頭對床尾的。濕翳氣氛的舊式唐樓，密不通風，單只靠那把牛角電風扇左右兩邊巡迴搖擺吹動，臭悶的氣息，總算感覺有點流動。天花板上吊著一盞 45W，色黃如豆的電燈，照領著人攀爬上落。阿志由於需要每日完成課後作業，不得不自掏腰包特別買來一座小型霓虹白光管，吊在自己床頭上以便晚上看書，實也不妨礙他人熟睡。如是直至凌晨一兩點始入睡，習以為常用。

為了盡快完成應允老父，信誓旦旦的將英文學好，阿志除了將每天例行作業了結溫習後，更提速預先自學尚未教導之課程，進度嘛他自己也頗稱心自賞。除了 Primary 5 and 6 兩個限期半年的兩級穩紮根基之外，第二年即按捺不住，急於求成地跳上 Form2 班次，再於下半年更時不我予，爬上 Form4 班位了。最後半年仍然按步就班完成普通基本課程遂願結業為止。同事間，有些人看在眼裡頗也嘖嘖稱奇，阿志他日絕非池中物者。也有人言不以為然者！阿志總是當作耳邊風，我行我素，本抱「強行者有志」的理念，正如魯迅所說「橫眉冷對千夫指」，干卿底事。

如是這般清苦之苦力生涯，整整熬了兩年半有餘，作為一個只是送貨雜役而未露半點怨言，有同事笑謔，真乃蠢如豬崽入籠，老闆謹以少少糧餉就可以飼養出一隻抵力耕牛來，老闆他真的是如斯幸運。阿志心中也兀自知曉，如果自己出外另求工作必可多得一半或一倍工錢，唯是依然無動於衷，笑罵由人。

時近農曆歲晚，阿志找了一個機會，單獨跟族兄華哥詳談，示意待年終雙糧發放後即辭職，另謀他處別去。

「那，你是有了自己的計劃，或有其他地方攀附高就？」華哥懇切地問。

「尚未有！兩年多了，我看滯此亦絕無前途可言，你是公司頂尖高級外貿職員，當應比我更清晰形勢。目下老闆對你絕對是不信任的，頗有處處防範之嫌，位高勢危故，我是你一手引領進來公司的人，整天賤價出賣勞力罷了！老闆當然樂於使用不貸，何來會愛屋及烏，有前途可言？」阿志踏踏實實地回答。

「你說得很有道理，我自己也推想終有一日與老闆推牌反面而去，能彌和得不見裂縫就更好。呀！你的英文程度進展如何？聽說你是一位好學之人。」

「哦，算是 Form 5，夜校基本程度，馬馬虎虎的，跟你們正宗 college 番書院出身的肯定是相去甚遠啦！」

「那你能打字及處理各樣簡易日常文件嗎？」

「熟能生巧，事在人為！沒有難與不難的問題。」阿志理性地說。

「不如這樣吧，你試考慮一下？你仍是按你計劃的時間，待年終錢糧支取後辭職，繞過去那邊一位在日本曾代老闆處理日本電子產品出口的華僑，與我合作在港註冊之新公司就職。暫時單獨只有你一人先行處理各種事宜。而我仍然留職於此，暗中指導你一切運行業務，如此對你我兩者都是相宜的做法。或者，你可先回家跟你二哥商量一下，始再作實亦未遲？」華哥也頗謹慎地問。「對啦！還有一件事我要轉告你的，你大姐阿貞已抵澳門，暫住我丈人（外母娘）家。我與你二哥正商量，如何協助她轉來香港，好與你們家人一起早日團聚，就多等待一段日子吧！」

「這涉及我個人前途的事，原則上也不需詢問兄長了，就這樣決定吧！那大姐的事，還得先感謝你從中幫忙，德不言報於此。」阿志很堅決並懇誠地回答。

年夜三十午後，所有員工皆被通知早一點回去辦公室，由老闆單獨約見，事態顯為隆重。是日，阿志提早將手上所有貨單送完，回去等待年年例行的一刻。由於阿志是無關重要的一員，差不多是最後一位進入董事長室內。老闆依然咧開口笑問阿志，今年工作情況是否滿意，有沒有什麼意見提出來，可讓公司參詳應否改善一下？阿志只是擰一下頭，表示沒有。老闆於從抽屜中指出一個信封，食中兩指鉗著在阿志眼前左右搖晃了幾下，跟著說：「我們公司今年發展尚算順利，業績無甚巨大驚喜，前途依然令人憧憬，極有希望。這裡是你年薪雙糧，公司決定明年多加你三十元工資，即是一百五十元每月薪給，再特別發放多五十元作為你今年之花紅，出去不要對其他人說，公司特別十分器重你，你多用力為公司辦事，前途是璀璨的。」老闆說完便將信封遞交與阿志。

「是，老闆，多謝你的好意。」阿志說完，接過了信封後繼續說：「順便在此當面向你提出辭職，無惋惜，無挽留，雙方各有所裨益。特別是這一年多來，朝夕與你看管倉庫的舅舅和他的兒子，即是你的表弟，他為司機，我為跟車送貨，同處一室，一老二少，同竈同檯面，一日兩餐一宿，風雨同披的。感戴他們倆對我諸多眷顧，如同家人一樣。我離去後，希冀日後你能代為轉告我個人之深深謝意，更希望你對他們兩個親人多加關懷。」阿志說完就告別出去了，也不再理會老闆那愕然帶愣的表情。

各員工相互關心詢問，同一軌轍入耳好聽的資方說話。老闆是否特垂青睞及提升，臻至前途似錦的詞語？說穿了，他對眾人都在說，幾乎是同一樣的言詞，那有什麼出奇特別之處。

新的一年開始，新的工作啟動，華哥的潛泳公司請託他人租賃一房不掛招牌在外的辦事處，實質是與人分租單一張辦公桌子營運的公司而已，既可掩人耳目，更以最省儉的日常開支，待日後大有展望時才奮身進取。承租的是一間報紙代理商，專門分發台灣本島以及海外各支屬客戶的。大陸解放後至今，國共雙方一直在統戰及輿論地域上爭持激烈，尤其是香港與東南亞諸國，左右兩系，可算是壁壘分明。在香港，兩邊總是千方百計，無不用其極地為操控言論及文字報導，各出奇謀，甚至伸展到文化藝術界也不放手。足見國共兩方對筆桿子之意識形態及宣傳都十分重視。因循久了，與代理商幾位職員也日漸稔熟，得悉其老闆廖奕雲先生來自台灣，不知道是中統或是軍統系的上校軍銜，香港有太太，家和孩子都在台灣。每年來回香港兩三次。只代理《香港時報》、《華僑日報》、《星島日報》、《工商日報》四大報系。每天早上各系報紙會將即日報刊由航空貨運直接發付台灣。數量不詳，也不經此處人員過問處理，乃屬保密不洩資料，連其職員確實也不甚知曉。其餘世界各地訂戶，有即日性的，有週期性的，有月刊及選擇性的，空郵寄付出去，大都是台灣駐海外各有關機構。留港期間，習慣性每天早上游泳，寒冬不誤，家住淺水灣，比度假游泳的人更近水邊。經常多與《星島日報》系的胡仙小姐湊腳打牌（麻將）消遣應酬（《工商日報》的何世禮先生，《華僑日報》的岑維休先生和《香港時報》之曾恩波先生甚少參與）。特別胡小姐打牌興趣較大。

又是颱風襲港，下午掛起七號風球，阿志吃完午飯回到寫字樓時，適值其他人都不在。只見廖先生一個人留在經理室內。廖先生拿了一個封了口的大雞皮紙信封，行出來招手叫道：「喂，細路（平常他叫阿志為細路，客家人叫法），你可不可以幫我一個忙，此乃急要事，因為司機阿超和車輛在外正為廖太所用，因颱風關係，此處職員經我同意全部都早點返回家去，你現在立即代我將此信封交往灣仔的《工商日報》何世禮將軍手上，坐的士去！來回車資由我支付，現在就去，快！快！送完信之後，你也該早點家。」

「是，好的，沒問題！我立即就去，廖先生。」阿志說完，拿了信封，接著從門角落處扯出一把雨傘，就向電梯口奔去。

到達報館門口，看到人們匆匆忙忙奔出闖進的樣子，好像有什麼大事大消息發生似的。阿志向接待處詢問，向女職員說明了來意，由她引領到董事長辦公室門口。阿志敲了三下門，聽見室內有人應道：「Come in.」。阿志推門一望，看見一位六十開外，雙眼炯炯有神，身材瘦削，面色青癯的老者，面向牆壁正凝望著掛列的鑲框照片，拐轉面來看著阿志簡明地問：「你找那一位？」

「哦，我找何世禮老將軍。」阿志謹慎地回答。

「他剛出去編輯部，可能颱風襲港有什麼特發新聞也未定。」

「那你老⋯⋯是？」

「哦，我叫郭英殊，何將軍的好朋友。」

「啊！原來是大名鼎鼎的文壇儒將，失敬！」

「你認識我嗎？」

「不，從未謀面，只是聽家父說過，你那一手清秀字體，連羅叔重也稱贊不絕，真的是軍旅中人之鳳毛麟角。」

「你這年紀……認識羅叔重……以前李濟深將軍麾下的文字秘書？」

「不，未見過面，是家父的朋友，家中亦有他的墨寶綴壁，家父亦是軍旅中人，也曾與高劍父、高奇峰兄弟等文人緣聚應酬，故往昔他們的風雅韻逸之事，耳聽略知一二而已！」阿志恭謹地回答。

「哦！原來如此，難怪！你這次來找何將軍什麼事？」

「是這樣的，我是代廖奕雲先生呈遞這封急件，並叮囑要交到他手裡。」

「嘻！是那位報紙代理商廖奕雲？他現在香港嗎？」

「是的，他剛從台灣回來，即遇上今次颱風，你也認識廖先生？郭老！」

「呵！他是我的下屬，又卻不是我的下屬。都是老相識咯！哈哈！你要不要等待何世禮將軍回來？」郭將軍頗顯調皮地問。

「唔……不啦！還是請郭老代為轉交這封信件與何將軍，我相信他必有電話與廖先生往返的。」阿志說完，便將公文信封遞與郭將軍，然後辭別出去了。

阿志心中正嘮叨著，悔慮剛才尚未親自將信件手呈何社長。允諾他人之事是否有所失當誤為？再細意推敲，將信件遞與一位正統國民黨駐港文化前線的指揮官，也是這班高層處事人員的官方掛名龍頭，應無大礙吧！按照情理，郭老應轉交該信件與何社長無誤。唉！懶得理它啦，反正是籠裡雞的事，管他媽的那麼多……阿志稍微兀自釋懷，便輕鬆地回家了。

第二天，颱風過後，回到了寫字樓，廖先生叫阿志進入他的辦公室裡面。這一位身材魁梧，年近六十，陸軍裝短髮，精神奕奕的，虎背熊腰地斜靠坐在有兩邊扶手的靠背旋轉椅上，嘴含煙斗，一圈一圈的裊裊炊煙繞散的向著天花板飄去。看見阿志進來，兩手按在兩邊扶手，用力將身體提升一點，端身正坐。右手將含在嘴中的煙斗擱放在檯面的煙灰盅上，面露微笑地指著檯面前椅子對阿志說：「你也坐。」

阿志輕力地拉開檯面前客椅，緩慢的坐下，然後拘謹地問：「廖先生，你有要事找我？」

「哦！沒有什麼大事，對啦！首先謝謝你代我送信這一節。聽郭英殊將軍說你家族是文化中人？」

「那只是家父與文化界中人沾些邊沿罷了！」

「你父親也是軍旅中人？」

「是的，共產黨人指證說是中統系的人。」

「官階高不高？」

「應該不算高吧，聽他自己說達到上校級別。」

「哈！哈！那不算低了。已經可以與普通少將級別平起平坐了。軍統的權力更大更硬朗，一位少校可駐在師級監察，直接向中央黨部報告負責。呵！呵！這些事，你父親應該不會告訴你們的。」

「啊！怪不得廣東省在兩陳時代，他就能經常流連在李福林軍長團伙之內，這不就是明朝之東西廠作風？」阿志詫異地言道。

「細路（客家人對青少年人的暱稱），你說得對了，哈，哈。」廖先生也頗意氣傲揚地答。

「廖先生，你是客家人？」

「對呀。」

「哪你與廖家（廖仲凱先生）有戚緣關係？」

「以前是，兩代族情，現在不是！以前是同鄉同志同路，一起追隨目標之黨國中人，現在，你看他的兒子在香港所搞的統戰，與我們的路子不正是拼過你死我活嗎？哼！」

「唉！這幾十年來，國共都提黨國兩字，把一切推上理念，黨為第一，國只乃附屬既得利益。權力最高至上！什麼馬克斯、三民主義，全只是舉起的杉木靈牌，致祭吶喊達致歇斯底里程度。故雙方不能不以刀槍見真章，那肯罷休。打完勝仗再詮釋實踐什麼主義也未遲，此等意識形態，把故有的中國傳統倫理觀念衝散得分崩離析，多少家庭中父子成仇，幾許夫妻反目，更是成為弟不恭，兄不友，水火不融，戾氣滿罩社會，一時間，很多有識之士和白丁們都奮勇地跳進這個混淆意識漩渦裡面。始作俑者，還須指責馬克思份子，激發起法國第二次巴黎公社革命。短短八十幾日的立憲成果，只換來所謂：民主、自由、平等的共和體系。列寧踵其後，紅色革命招致歐亞兩洲，到處血雨腥風。路易十六曾說：今日推我上斷頭台的，也正是昔日最擁護我的人。戴高樂也如是說：今天凱旋門歡迎我的，很多都是以前指責我最兇的人。本來政治與經濟，民生都是息息相關，人人都應該關心的，唯是我等生在洪流波落之時，追逐何益之有，現在身處殖民舊地偷生也贏得穩定平和，潤屋潤身足矣，所謂不應淡漠，還須淡漠。」阿志一本正經地表述。

「哈哈！細路，有見識！我看你將來最好是入行報界，有一展所長之處。恰巧我認識香港和台灣報刊業巨頭挺多，如你有心投進這一行，隨時都可以，我介紹你找一職位，絕對不難。還有，以你家庭背景，假如有心報效黨國的話，我也可以推薦你在台灣立足發展，不枉你我同處一室辦事的緣份。一年之中，我總有兩三次機會逗留於香港的。哈哈，好！聽說新年後，你們要搬出去鴻圖大展，先預祝成功，有空暇多回來看看我們，我的職員總會在的，都老相稔熟了。」廖先生放懷大笑道。

「很感謝你對我的眷顧關懷，廖先生，日後我真的要去做爬格子動物，第一個我先會諮詢你的意見。」阿志說著，舉起右手至額前，立正向廖先生行了一個軍禮，然後再三道謝辭別出去。

公司生意來源是以日本供應廠商為主，經常有日本文案，應酬，書信往來，阿志手頭時間多了，不願白白流失逝去，於是一鼓作氣，找個時間前往日語學校上課，由初學課程開始。此外，非洲 union 小埠有客，經東方匯理銀行開來信用證訂貨，貨品名稱及各條項都以法文開列清楚。刻下無人諳曉法文，阿志只好以英法／法英字典註釋應對。根據歷史載述，法國殖民在非洲東西北三面曾經有一大片，十來個國家之多。法語目前是世界第四大語言，不如自己辛苦一點，多抽點時間，乾脆把法文也一併學上。阿志視野日漸寬廣，不知是否魯迅的阿Q精神鼓勵，憨戀剛愎，自行我素，連這拉丁文中最難之法文也去學，冀望將來前往非洲有用武的一日。

七十年代日本電子行業正在冒騰，急促追趕德國，兩國國民生產總值飆升。工商業處位挨次排在 Uncle Sam 之後，遑然成為第二、三位經濟大強國。阿志立意行商既定，既然德國乃第二大經濟強國，心想能夠學多少德文，日後或許有以致用之處，竟然強將德文也同時就讀。心中頗有與自己較勁，自勝者強，活牛也要生吞的氣概。不吝惜時間及效果得失多寡，只用腦力，攻關至上。此段時間阿志 étudier，勉強，studieren，忙得不可開交，透不過氣來。

如此一來，公司大小各事，打字、送貨、造帳、現金、銷售、貯存、推銷行街、應酬夜總會、迎送（日本客人及外賣小星）、穿梭澡堂、送信取包裹等厭煩碎活，All one foot kick（一腳踢）全都包攬於一身，十八般基本武藝商科少林寺出來的一樣。天將降大任於斯人乎？自己有時也失笑自問。除了從業恪守本份應做之事外，更添加上約誓於自己的學業，阿志真的負荷上有捉襟見肘，能力不逮之感！路是自己選的，好歹也得撐下去，不應半途而廢，否則已付出而投入的精力，全如飛擲瓦片漂水去了。

一年下來，日文之商業格式信件，也仿寫得似模似樣，於是也放膽去嘗試實質應用。如此淺嫩根柢當然是不夠，半桶水，淌得很。中國人學日文，好處是百分之七十五都是地道的方塊中文字，其意義也不大費勁去揣測，跟中文沒有甚大分別，唯動詞之四式變格，非下死工夫去摸通摸透不可。言語發音，頗似上海話，音高語快，故此，上海人學日語應比其他省份的人領悟快及易上手。怪不得，以前上海有那麼多漢奸了，一笑！

德文方面，動詞性屬比較死板，仿若南拳（洪拳），硬橋硬碼的，非死記不可。恰好正是初學，因循文法就是了！

　　法文嘛！阿志感覺是他學外文中最難的一種。動詞隨各主屬句子的名詞、代詞性屬單眾數之時態而（變位）變格，分列為有規則，無規則的。單是他、她、它之單數及複數六個性屬已可以變出：Indicatif 六乘以八等於四十八，Conditionnel 六乘以四等於二十四，Subjonctif 六乘以四等於二十四，Participe 一乘以二等於二。即是說，一個動詞可有一百個變動的寫法與讀法……記進腦裡也感頭暈，遑論準確地運用了。還有，形容詞須跟名、代詞之單複數和性屬變動。更有副詞、連接詞、介詞等相應地，貼切地，適合地擺放安插在句子上。如此繁複的文法，真是有如被縛於繭絲一樣，動彈不得。一位導師指出如是說：人貴省力，取易不取難，何必以八、九年的時間學法文，而只等於五年英文的程度水平，那不是事倍功半嗎？故此一語言蜂巢，不捅免纏身，難怪現今世界流行通俗易學的美式商業英語。風騷統領天下了！

　　阿志應怎樣？是否繼續虛時耗日，腳踏泥濘，冒險犯難的覓路前進，抑或鞋底抹油，轉頭一走了之？不！不！臨陣退縮，非我爾類。犯難勉進實為不智，逆水行舟，雖慢仍是進，多費氣力而已。看我偏入虎穴尋虎子，誓與時空爭朝夕，本抱傻勁來個夸父追日，你奈我之何？一如前科借書瀏覽，曉懂多少則函貯多少，學識既得，日後應用與否，樂天達命。若自己真的是朽木不可雕時，放棄尚未遲……主意既定，實行強攻，此志不渝。「狂得細緻唯我是，謙藏高傲獨天成」。

　　光陰荏苒，如是半年有又晃過去，公司生意頗有起色，擺脫了掛單形式，搬進一個細小獨立的辦事處，自開門面經營，所謂麻雀雖小五臟俱全。三張桌子，依然是只得阿志一位職員！父親下午特意出來一趟，看一看阿志。

　　「阿爸，你從老遠出來中環，有事要辦？」阿志趨前細聲詢問。

　　「一來取拿一尊舊石印章，二是順便看看你們的新寫字樓，格局如何？還有，你自己個人情況怎樣？」父親頗為溫祥地問。

　　「目前公司資金額運用不大，由於門路不廣，別家品牌貨俏時才追購來源，自己代理貨品類別又不多，難以組成推銷網絡，表面是專門電子行業，代理日本產品，由於不是名牌，而且日本人日後也會將貨品曲線轉售他人，擾亂了市場，故時下行銷唱片也沾手經營了。由於自己沒有門市推銷，又不敢貯存貨尾，似是守株待兔格局。再者，四位主頭人都怯於破繭勇進，戀保自己目前職位以待，因循死守下去，絕對難以大展鴻圖，更遑論擴充⋯⋯我哩！關心的是，能否多有時間，讓我穩沉地打好外語基礎，徐圖後計。」

「照你所說，日後無戀棧的餘地？目前他們予你薪給愜意嗎？」

「阿爸你扯得太遠了！我薪金由一百七十調升至現在為二百元整。與以前老闆相比，是五十步笑一百步之謂，他們好像也洞悉我的宗旨，若果我自己的路能走得心應手，他們也知道留不住我者！」

「嘻，臭小子，看似頗有志氣的。」父親拈鬚微笑地說。

「老爹，名字是你為我改的，奢說恥為是酒囊飯袋，庸碌之才。身立起行而不竟功，所謂努力而不達者，時也命運也，不愧慚於你足矣！吖！順便問一下你的意見？先前同寫字樓那位代理香港四大報紙的老闆（中統系的人）說，可以推介我進入報界或往台灣為你的黨國服務，你認為怎樣？」

「哼！現在不是大動盪年代，絕對不會有草莽依憑軍功升至將軍之僥倖事。從軍政的，若不是軍政專科院校出身，只能廁身下層受人指使的 qu`elle est fait 小角色，甚至幹些捫著良心的勾當，不為也罷！香港乃殖民地商埠，營商應是沒有高學問的人一條最好出路。」

至此，父子二人沉默了一會兒。父親抬起頭來遊目四顧，眼見阿志檯面頭放著一本英文書，標題是 How to Win Friends and Fluency，作者是 Vincent Peal。他用手拈起，對著阿志晃了兩晃，接著問：「你看這些書嗎？」

「是的，我經常看報刊和書籍，都是學以致用地鞏固自己知識，這本書是美國首次格尼基學說系列中的一本，跟中國李宗吾之厚黑學說大同小異。再看出版日期似乎比李宗吾出道還早，是不是互相剽竊引用就不得而知了。若論千門將法（正、提、反、脫、風、火、徐、謠），以及三十六計、七十二著之類的橋段，我們中國人是老祖宗。在政治上、軍事上、經濟上、商業上以及黨派幫會都用得淋漓盡致，屢見不鮮了，現今世界已成大同無異。此類與道德衝激熾烈的學說若能透悟領會它，將來在社會立足亦有所裨益，不應以邪說視它，人邪你不邪，吃虧一定是你自己，懂悉則可保護自己及防範於未然。」阿志也頗詳盡入味地解說。

「聽你說來，你對入世之道也曉六七分，至於出世之道嘛！我看你要練達好幾十年，才懂得一個儒釋道者皆存的『恕』字。好了，不再跟你胡扯了，反正你日後一段很長的時間正走在入世道上，好好歷練吧！喺啦！還有，你的大姐決定搬回來與我一同住，她能從澳門來香港，不多不少，也仰仗華仔，你的老闆（華哥）出了一點力，得人因果須心記，日後行事不要走得太盡頭，留些少路與人及與己則全身可退，你明白嗎？」

「知道啦！又是你的上下留一線，日後好相見，不就是自己執中的中庸之道，是嗎老爹？」阿志笑著回答。「順便多提一下，我最放心不下的，是我那位氣量不寬，學識不多而騖高，自我顧盼，怨詆不恕的姐姐。現在倒好，回到你身邊，冀望你能教化她的就是那個『恕』字，則善頌善禱矣！大哥刻下正與由廣州同來的兩位木匠，重操故業，拆舊造新木箱以糊口，盡量節衣縮食地供養滯留在穗之家中大小。長兄乃子侄輩中逗留學庠最長時間的人，我已詢允一位掌管舊老闆貨倉的好朋友，將所有來自日本的木箱開拆後，交由大哥營運。但是，大哥是適宜用腦不用力的人，預料他不會安於勞力之位，日後演變怎樣然後再作打算，免令二哥瞻顧太多，在此順便告知你一二。」

「嗯……」父親想說什麼似的，但又戛然不語。瞬刻便說：「好了！我應該回去囉！」然後提起那把出門長期在手，柄重骨硬的梁蘇記，可當拐杖用的舊式黑布雨遮，撐地起身，準備離去。

「啊！爸，我送你下樓。」阿志緊接著說。

「不用啦，中環地帶，我應該比你更熟悉，現在電梯是那麼方便，我自己行走就可以啦！」說完就踏出寫字樓去了。

冬去又春來，逗留於此已是兩個年頭，能假以時日再多一年，速求學業的段落將會告終。假使轉換職場，絕對不能抽空兼顧三種外語於同一時間，穿插進行就讀，阿志心中是清楚的。人生在世，添長一歲，意味是青春消逝多一年。在心無旁貸的二十四歲之前，如不打穩知識基礎，等到成年雜念纏身時，再奮進追補也絕不容易，這古老之勸世俗說是很正確的。

平時，阿志辦公桌下的抽屜是沒有上鎖的，事實上公司細小，他自己個人根本上沒有大的秘密，除了幾本上課用的書籍外，袖珍手攜字典倒有好幾本。即使是那現金零用 (petty cash) 帳冊，都擱放檯面上的公文夾子裡面，任由老闆們隨時回來查看，無論阿志外出與否，習以為常。

有一天中午，華哥的長兄叫阿榮（公司股東之一，會計師樓專職會計）電話來約往茶樓午飯，阿志欣然赴約，天南地北之閒談中，涉及華哥可能會辭職回來掌管公司一節，這對阿志來說乃遲早終會發生的事，絕不意外。事實上，華哥也不能永遠的名不正言不順，與老闆同行兼佔線地暗中經營下去的。

「阿志，有一件事想問你：如果我將公司這一條總帳及銀行出入有關方面所有數據全都轉由你處理，你認為可以應付嗎？」榮哥兩眼凝望阿志微笑地問。

「不、不、不可以，這是全盤細緻梳理的專業知識。第一，我個人學歷低淺，從未學過，也不想學。第二，我生性疏慵，更不是能靜坐終日的材料，你是一位會計師事務所專業人士，你應該十分清楚，此等事非要謹慎細心不可。否則，正、反、誤駁數字都會引至效果嚴重，我絕對不是這類的人材。」

「呀！你說得對，數字絕不可以混淆。是啦，我看過你的現金帳目，其中一張大的送貨單，有兩次數字相同而日子相異的支付，是不是匆忙中做錯了？」榮哥細聲地問。

「你說是上月中送貨的那一樁？」阿志謹慎地反問。

「我們只有一張一千部手提座檯面收音機之送貨單，發給菲律賓客人的，是嗎？」

「啊！是這樣的，客人來電話要求分兩批送去，因為他家裡地方狹窄，貯放不下，先要把第一批機殼及機內半導體組件分拆，然後才接收第二批，拆後分門別類裝船，欺瞞菲律賓海關稅收的。所以有兩次送貨行動，都是同一架運輸貨車，同一位相熟的伕力做的。」阿志有條不紊的回答。

「日後再有相同情況，最好是寫清楚，免致混亂。好啦，是時間，我要走了，茶帳已結付。」榮哥說完就起身離開了酒樓。

好久，阿志仍然怔怔地呆坐不動。慢慢地拈起茶杯，啜飲著，頭側向上，呆呆地望著天花板上旋轉的電風扇，默默尋思剛才好像一顆石子投進入了腦海，思潮一浤一浤的湧起千層漣漪，久久不能平靜。本來，老闆垂詢一下數目，極之平常，也是他的權屬分內事。可在辦事處堂堂正正地按本求證就是，何須轉兜了一個圈子來查詢，令阿志有墮入欄外審訊庭的感覺。是有意的？還是善意，循理善誘教導？若是上了軌道的大公司系統那般鐵板規條處理，應是無可厚非。一個雛型尚未概定的小公司經營而言，似乎欠缺一點蛇委靈活性，且會有損職員的積極性及尊嚴。阿志不由然頓萌起了自己價值幾許的觀念，先且不論忠誠這一點，真的連幾十元伕力車資等觀信任也不如？自問推想著……應該怎樣做？……難道不可以顯示本身真的能力攀高附遠嗎？……還是戒急用忍……阿志正也沉緬在苦思之中。

這一年年底，藍家添了一名男丁，二哥心情暢快，欣喜莫名，打算為自己這一個目前是獨子的彌月之日，宴請親朋戚友，熱烈慶祝一番。眼見阿志兩眉緊鎖，心緒不寧似的，便問：「近來事境不順？」阿志搖了幾下頭地說：「沒有什麼特別，只是……」

「哪，只是……你說來聽聽……」兄長雙臂交叉，側低著頭，望著阿志。

「這兩年來，學外語日文進展較快，詞義與中文相同，除了動詞變格之外，一切都易掌握，我想也是時候實踐運用一下，你可否與你岳丈商量一下，借用他經營洋服的公司名義，發信出去與日本廠商聯絡，搜集一些來源。目前，日本商會比較積極提供機會與出口及製造商等，直接與外國溝通接洽。」

「這個不成問題，我相信他會首肯幫助你的，就是這麼多？沒有其他？」二哥靄切地問。

「我只是想到一步就走一步，徐圖後計。」阿志回答道。

「好，就這樣定下。」二哥說完便急步地走向小房車，駕車回警署去了。

經過多番書信往來，日本出口商終於將一副樣辦寄來。阿志交與一位頗為相熟，是以前送貨時認識的出口莊，也是舊老闆的客人，仔細研究後，認同這一款型號之收音唱片兩用機，音質聲量皆達標優越，價格也認可，只是嫌其牌子不夠響亮。推銷有難度。答允嘗試落定單二百部數量，唯一條件是貼上名牌子方為作實。

這是個難題，按日本出口商人要求須每月五百部數額代理一年算，即六千部才能出自己牌子推銷。這項買賣肯定做不成。阿志細心思量良久，霍然悟出汪精衛式的歪道理，於是大膽地答允客人接下此筆小額生意。

阿志將客人簽下的購買合同，日本廠商報價等來源與銷售，銀行開信用證所需銀碼、利息等數字詳細列出對數表，整份資料疊好，放在文件夾內帶回家去。

「二哥，這裡是一單落實買賣的詳細資料，你先過目看看。」阿志將資料翻開，遞與兄長。

兄長隨意翻了兩翻，即將資料推了回來給阿志，跟著說：「我不是生意人，這些細節不看了，你就簡略地將情形說給我聽聽吧。」

「這筆生意不算大，總共需要動用資金約二萬港元（毛利接近百分之三十左右）。客人是舊老闆顧客，客人也在嘗試擴闊貨品來源，日後演變如何不敢猜測。其利潤以我現在二百二十元一個月的薪金算幾乎等於兩年的總和有多，所以此項買賣對我來說是較為關重。唯是……」

「唯是什麼，你繼續說下去。」兄長也頗耐心地問。

「我這樣做法對華哥而言，頗有同行佔線之嫌，父親也曾掛齒一兩語句，叮囑日後行事不要太盡頭，留半步餘地與人及與己。」

「哈！兄弟，父親的觀點沒有什麼不對，你如因他的意見而遲疑起步，也沒有得益什麼。再說，華仔（華哥）所為，也不是同老闆的行，佔老闆的線嗎？你們倆只不過是五十步笑一百步而已。你以前對父親說過，你有自己的時間表，遲與早終將出殼的。現在聽你所言，正有一個好機會，還顧慮這麼多？這個機會，要與不要，你告訴我一聲好了。」

「要、要、要。」阿志連忙答道。

「這樣吧！你是第一次做買賣，手頭上未有現成的註冊公司，你就先用我丈人公司字號，你需要之銀碼，我叫他代為開出信用證並安排貨期，看你今次成績如何，日後再打算好嗎？」

「好、好、好！」阿志說完，正欲補充幾句，深恐多言添亂，再節外生枝，反正兄長已答應幫忙，英國人語 the first push 是最重要的，於是也不再多說，歡天喜地的準備自己應做的事去了。

好不容易，由開始定貨，經銀行統辦信用證，入口買單，倉庫提貨，交貨到數期結帳，差不多用了半年時間才完成一個循環，假如按照這個方式，也不是長期、平衡、穩定營生的好辦法。

阿志也按照承諾，安排專業人士，特定鑄印名牌扁塊，再由他人手轉交與客人，以示置身事外，不帶關連。實情阿志也頗諳悉，客人以機殼及原組機身分拆，由宿務 (Cebu) 海關報關（正式入口騙取差額關稅），進關後再黏貼名牌，散往棉蘭老島區域（Mindanao 游擊隊活躍地段），在這千島之國菲律賓外圍諸島銷售，賺取更大利潤。如此之非文明手法經營，正所謂和尚吃狗肉，一件污兩件穢，有誰內鬼敢為拆台穿崩之事？故阿志夠膽接下這筆生意。此椿內情，阿志由此至終未對任何一位親朋戚友提及。

一個段落總結下來，阿志清晰地將帳目臚列，把收會貨款一併遞交與兄長過目，順便闡釋整個過程大概。二哥約略瀏覽數目一遍後，只將銀行所付出的整數收回，餘下所賺的六千多元全部退回與阿志，並道：「今次你出師順利，偶然得手並未顯示你事業有基礎可依憑，日後仍需靠自己，自強不息，努力衝關創業，這些錢是你營謀賺回來的，就留在身邊發放便是。如日後再有什麼拓展益見的話，不妨對我說說，讓我參詳一下。」

「恐怕經此一役，我也不能久留於位了！」阿志帶點吁噓地說。

「既來之則安之，船到橋頭自然直，哈，哈！喺啦，聽你大哥言及，近況不大如意，有空暇時，你去看一趟。」

「好！我明天下去走一趟看看。」阿志朗聲答道。

阿志將手中六千多元現金儲存入了銀行，心中頗感沾沾自喜，推想真的如斯順境下去，營運四次買賣來回，就可以賺得當時市值兩萬多元之一層普通七百多平方尺的平民洋樓了。那多好！很快的便可擁有一處屬於自己的蝸居……阿志邊行邊想，越想越開心，真的好像春風吹拂馬蹄疾，腳步也越走越輕快了。

離干諾道西三角碼頭不遠一條橫巷裡，滿滿堆放長短不一，整整有條地排列的木板及一些造好待交出口的木箱，阿志很自然地感覺到這間便是大哥的木箱舖了。因為，看到木板有條不紊地排置，便霍然想起藍家自幼備受諸家格言之庭訓影響，故認定了薰陶教育出來的結果。果然不出所料，離遠便看到從廣州一同來的兄長朋友，標叔和世峰兩人蹲坐在舖中午膳，世峰為人木訥，素來不善言語的，標叔見阿志到來，便起身相迎，阿志婉言順道西環探訪一下，別無他意。拉開話籃子便扯到材料來源及去處，據標叔言，二手木板材料來源充分，唯出口木箱訂單減少，世界潮流大勢所趨，目下大型器皿產品多採用堅固硬皮紙箱裝載。其餘較小型貨品尚需木箱載運，故木箱行業萎縮，變成了小手工業，行檔，乏善足陳。正說間，兄長回來了，見到阿志在，便邀外出餐室喝咖啡晤談。

　　兄弟二人言談中，長兄嘆言經營困難，苦不堪述。阿志心中也頗認同形勢趨向，更善知大哥一向報憂不報喜之慣性做法，故也不多說，從上衣中取出支票簿，撕出一張，填上二千元現金兌額，遞與長兄，簡短地贅述生意幸運賺取六千多元的利潤，劃出部份與長兄，作為幫補。如有可能的話，希望大哥能分撥每人二百元交與標叔和世峰兩人，寄回廣州老家以佐家計為善。阿志順便詢問了大哥家中（廣州）嫂侄各人概況後，便告辭走了。

　　隔不了多久，大哥來見阿志，言述生意不太好做，意欲結束木箱經營，尚欠多少現金支付遣散各事宜及清理餘下往來帳目等細節。阿志聽後，默然不語，心曉這是一個必然的結局。於是從口袋中的記事本夾縫中抽出一張疊折好的支票，慢慢地攤開在檯面上，填上二千元正的數字，然後遞上與大哥並道：「我手頭上存有的已不多，區區些微小數，庶或能幫助解決問題妥善便是。」送走長兄後，阿志的心中漣漪推蕩，久未平復……希冀長兄不再多多依纏二哥為禱頌……

　　阿志手頭中的錢，剩下餘數已不多，個人日常使用及開支不得不謹慎樽節，更須開源，謀求新的客路定單，故也不再避嫌，行動圖謀公開化了。皇天不負有心人，阿心取得了另一客人訂單認購五百台三波段平價座檯面收音機，都是拆件轉口往菲律賓的，與以前的客人是同一路線運行的，但無須轉換牌子，是正常貿易了。思前想後，由於手頭拮据，仍是硬著頭皮，先將預算表開列清楚，帶回家中，希冀二哥能再次扶提一把為所望。

　　待晚飯後稍微寧靜，並無他人在場的時候，阿志將列好的預算表遞至兄長手中並道：「二哥，這是第二張其他客人的定單生意，是五百台平價半導體塑料座檯面收音機，唯利潤不如以前那般高，除了我手頭存有二千多元現金外，尚缺一萬三千元左右才可進行，此單買賣，希望二哥再次鼎力支持我完成此願……」順便將先後兩次各轉撥二千元與大哥之前因後果，告訴他知道。

　　二哥聽完阿志的話，兩眼怔怔凝望著阿志，然後深深緩慢地吸了一口氣，咧嘴似笑非笑地說道：「好吧！我再幫你一次，你把各節工夫都做好，稍後我會撥錢與你運行便是。」

「對啦！今次我須辭職出來闖創一番，免得他人咨語牽纏於日後，相信二哥你應明白我的心境如是。」阿志一面謹然凝重地說。

「那當然，由來福禍自爭之！」二哥也凝重答道。

「這樣，我應該自己開辦一間個人公司進行其事較為適合。」

「那麼，一切你自己進行吧！」

「我會的。」阿志說完，心中也暗暗吁了一口氣。

好不容易待第二批貨物到港，提取後，阿志立即第一時間送交與客人。心中正慶幸進展順利。忖度下一步驟如何發展，頗有春風得意的感覺。反正，如今已是一位自顧 (self- employed) 人士，路在自己腳下，怎樣走都是隨尊悉意，沒有任何束縛的。心中確也沾喜怒放。

沒有多久，客人來電話訴說，只能接收二百台，並將五百數量中之三百座檯面半導體收音機退回，因為阿志交付的全部單一白顏色的，貨物不易脫手的緣故。阿志連忙驗查出口商隨附的裝箱明細單，的確沒有注明在單表上面。次而細察自己開出的 (L/C) 信用證，也沒有指定 assorted colours（雜色）規定，此一漏洞的確是致命，心中兀自叫苦，知道除了自己經驗不足而領取一次極大之教訓外，也明白了日本出口商發付了一批不大暢銷之滯存貨品過來。阿志不得要領，念及客人至上的生意原則，只得將餘數貨品拉了回來，再作打算。並更租用另一處地方將貨品貯存待售，資金回籠時間固然失了預算，之外，還嚙嚙支出一闊三大的苦處。更為氣憤的是，日本出口商連番來信催促拿取訂單，否則……結果，居然是別家公司有了顏色雜裝的來貨，並且是交往與阿志同一的客人，價錢更為廉宜。

阿志雖然出道不久，心中也認識到此情實乃商業汪洋中之一粟事例而已，莫奈之何！唯有採取保本持平之策，將手中存貨，賤價虧本些許拋售，冀以雖不持盈，能穩保泰，於己心安足矣！

有一天，二哥對阿志說：「呀！你大哥在一間左派成藥入口批銷公司找到一份工作，有空時，你去看看他現在景況如何？」

「好！我會的，稍後就去。」

阿志選了一個星期六下午空閒時間，特意去探問大哥一趟。得悉其近況較前安定，就職於一間頗有規模，專門代理及批發中國成藥的公司，而且日漸備受公司器重，冠以襄理銜頭處理業務，經常隨同老闆，一位本港頗有名氣的（肥貓）商人酬酢於圈內同行。添以大哥他個人斗酒不醉，得天獨厚的天賦，為老闆解窘於應酬場所，幾乎是所向披靡於勸酒氛圍之中。更被老闆個人信任，匿委予外人不知曉的，專門處理一項老闆私人之現金帳目，與公司撥出撥入頗有關連的。

阿志眼見長兄景況漸轉愜意，天生他才必有用，且與老闆頗有魚水歡融之態勢，欣喜打從心裡湧出來，與二哥一樣，心中一塊重石卸了下來。

1966 年冬，沿廣西流經廣東之西江（珠江），飄流而下至澳門近百具紅衛兵漲臭浮屍，轟動了整個西方媒體，相爭報導。香港及澳門，自然圖文並茂，轉載火紅。香港、澳門與大陸只是一邊界線之隔，對新中華人民共和國之文化大革命耳聞頗詳，唯未親眼目睹實際景況；人們心中，不多不少，憂慮此一席捲整個中國大陸的風暴，會順勢恣虐香港澳門二地……

1967 年五月初，香港左派動員各支系之人馬，遊行上香港總督府請願。大哥帶領著幾個公司職員，代表公司及老闆，隨大隊高叫口號，前往總督府抗爭，香港警察部隊只是列隊戒備在旁，順便偵察輯錄資料，暫時未見有任何行動，戒急唯忍（維穩）的。五月二十二日，港英決定猝然鎮壓，高舉警棍撲打示威人群，很多左派示威人士，血流披面並被拘捕入獄。形勢頓然繃緊萬分。隨之由左派工運人士領導，廣東地區展開擴大支援的反英抗暴大行動。一時之間，雙方劍拔弩張。由於在港澳兩地，除了軍警及專職人員外，使用槍械都是違法和被禁止的。故土製炸彈（菠蘿）便頓然衍生出來。在這次反英抗暴行動之中，一時間，在熙攘人來人往的主要交通道路上，遍地菠蘿與催淚彈齊響，傷死無辜者自然難免。尤其是在九月期中，雙方對峙爆發熾熱至極點，至十二月份事件結束為止。

一天，老爸走進阿志公司辦事處，鐵青色的臉，一股怒氣難消的邊行邊罵道：「真的激死老子，豈有此理！這畜生，不可理喻的傢伙，哼！一生人從未演繹過一齣好戲。」

「老爸！是誰得罪了你，如此氣呼呼，五竅出煙的？」阿志小心帶笑，細聲地問。

「是你大哥！學人什麼積極的參加遊行，前往港督府請願。」父親邊說邊呼吸急速，胸中起伏不停，繼續氣憤地說：「好啦，現今香港政治部都查到家族頭上來，我看，他必會連累到你二哥才心息。」

「你們不是已經敘晤討論過了嗎，仍未有結果？」

「他就是不願辭職，遠離這個引起是非的左派公司。哼！年屆不惑，依然輕重不分，不知曉進退，毫無顧全大局的理念，愚頑萌塞至極。我真的好想一槍崩了他，免至貽害不絕。」父親雙手緊握在背後，喃喃自語，煩燥地來回踱步，在辦公室裡，阿志的寫字桌旁。

「老爸！稍安勿躁！不應過份怪責大哥，好不容易才能找到一份合意稱心的職務，又不須高的英文知識水準，身份又不低俗，猝然一下子要他放棄而去，猶疑取捨，自所難免，人之常情！再念及妻兒嗷嗷於遠處，何以善存？我想……仍須協助他解決此實際盲點才是。」阿志平靜地說道。

「嘿！你這臭小子，火燒不到你的肉，你就不感覺刺痛。港英政府不會跟你拖延詳談什麼世故倫理的，鐵打衙門流水的官，你二哥失去職位，立刻便會有人頂替上去。到頭來，得失還不是你自家庭中拼扎的事？你懂不懂呀！」父親自壓不住地對阿志咆哮起來。

「我懂……我懂……但也得代長兄解卸一些壓力負擔，不能執著於一味為己見籌謀，也要為他人設想，才算是執中於大局，家族中之大局呀……是嗎？」阿志算是對老子頂撞的大聲回答。

「什麼……你剛才說……吖！是……是為他……他人設想……」父

親豎起右手的食指，斜斜地指向阿志，左手手指背，微微斜撐著左面面頰，雙眼斜斜向上凝望著天花板，沉思良久才緩緩地說：「好了，我知道怎樣做了，不須要再多講啦！我還是找你二哥一趟。」說完，就拿起那黑布雨傘，拄著地上，一步一步地離開了阿志的事務所。

過了幾天，阿志問二哥，此事發展了結如何？二哥告之，最後還是長兄妥協讓步，辭去職位，否則父親與他照面也不相聞問的事也會做得出來。阿志聽到這個結果，不欲再多言語，心中慶幸，兩位兄長的根本矛盾衝突，算是平息下來，靜候事態發展篤實然後再算。

1968 年，香港的政治暴動亂漸漸的泯滅無聲，人們頗也知曉痛定思痛，紛紛著意專注業務運鑽起營生來。加上美國對英屬殖民地香港的眷顧，除了原有之綜合來源證實施外，間接打開一個缺口予中國部份產品，轉裝輸往美國市場。更將紡織品配額制度有意無意中由日本移轉至香港、台灣兩地（因為日本工業成本演變越來越高），加上塑膠工業基礎及無線電半導體雛型工業輸美豁免配額制度，一時間，蚊型、小型的小手工業興旺起來。處處顯出蓬勃生機。香港人創業苗頭熾飆熱烈。

眼見此形勢日趨向好，阿志忍耐不住，心中正也盤算搞一點什麼工業，為自己將來前途穩紮根柢。按照老生常談，不熟不做，不是內行的事業不為這個思維去衡量，阿志應該去創立一間新興的電子工廠，那才算對口，畢竟自己身歷此行業經年，不多不少的經驗也積累了一點。唯手頭現金不足，尚須十倍或更多投放才可以開創此類行業。如再要求戚友相助，正所謂黃台之瓜，何堪再摘，不應亦不可隨便再向親友伸手。

厚面皮的事不願做，退而思其次，索性選擇另一行新興事業，因陋就簡，來個輕裝上路！主意既定，廣府人語：限米煮限飯，仔細核算一下開業所需成本，再預留一些現金應用，租一小層樓宇，買十部舊的二手工業衣車，伙同一位懂得專門技術的同村異性同學，準備招請員工，實行開張大吉。時適兩位兄長貼膚切痛之政治絞纏分割之後，大哥實也賦閒無事，阿志便把他扯在一起，往工商註冊處登記，成立一公司專營手袋工廠製作出口，自己反而置身事外，只代為奔走獲取定單而已。

當時新興小手工業正盛，故一段時間生意可算是火旺，日夜加班趕貨，經常如是。滿以為鴻鵠將至，飛黃騰達乃指日可待，無奈年終結算出來，仍是虧蝕少許。合伙人之一的同學向阿志提出，向公司先借用萬元，以薪抵債。為他個人結婚應急之用。阿志向大哥取閱收支總帳，全是現金駁接帳項。除債務外，尚餘金額不足一萬，不在安全線內，故絕對不能抽調外借，否則，繼續經營也必會出現問題。多番再次向同村同學解釋此時的難處，致歉之餘，真的愛莫能助。同村同學纏論再三，不得要領，結果是他自己請辭，出外另謀發展。

問題留下的是，懂得技術的合伙人走了，技術位置成了真空，頗感疑慮。大哥說無礙，此乃手板眼見工夫，他可以邀請以前跟從他做木箱的標叔和世峰回來頂替這個空缺。阿志聽了，深曉事態發展既成事實，而且有此下台階，不用自己多加操心，反正自己除了外跑討接足夠定單外，實際沒有全職參與生產工作，於是順了哥意，繼續經營以觀後效。

如是又一年下來，會計年度每年三月重臨，阿志照例向大哥拿過年終會計平衡表帳目表，一看依然是虧蝕之現金 balance sheet，所剩資金無幾，當下也沒表示意見。心想是不能再經營下去的了，於是提議結束營業便是，餘下的折舊資產，叫大哥變賣處理算了，自己即走回自己的小小辦事處，隱遁一段日子，以圖後計。

整個過程開始時，二哥極是欣慰，至後折敗，亦未出苛言半句……他知道阿志是盡力的。幸運的是，辦工廠期間，阿志認識了一位年輕貌美的女工，十六、七歲，據說家境窮困，小學尚未讀完，就需要出來工作幫補家計。工廠停辦之後，阿志空餘時間多了，時相邀約外出逛街、看戲或乘坐阿志的摩托車暢遊不等……至此，雙方都沐浴在愛河了。

1970 年初夏，香港股市呈現向上爬升勢頭。人們手中有多少錢在握的，都難奈寂寞，大都心中躍躍欲試。阿志看在眼中，惦量一下自己環境，除置身一博投機之外，似無其他大好機會。兼之，自己認識一兩個股票經紀，允許阿志以 margin 形式炒賣，於是阿志便參與這個全民賭博的遊戲了。一隻名叫會德船務 A 的新股上市，早上九時股市剛一開始，阿志便以搶帽子手法搶入一手兩千股，半個小時後即以高價拋出，高低價位以港幣五元二毛買入及八元四毛沽出，短短三十分鐘內即賺了六千四百元，阿志欣喜莫名，心想，正常做生意那有如此豐厚的利潤，能在如此短促時間之內獲得？人生的確是第一次碰上。更慶幸的是，剛一伸手便捕捉到一個如此美好機遇，真是幸運極了，似乎是一個好徵兆，長此以往下去，很快便潤身潤屋的了。

於是阿志捨棄了一切正常事務，全身投入，冀望業精於勤在此行當中，省卻在生意營運中很多之人情世故及俗理所煩纏，不亦樂乎？因本錢短缺，半年時間下來，在股市中天天伺機，選揀目標炒作。實行短線買賣為主，斬獲頗豐。阿志由一位新丁漸漸成了老手，亦懂得學老練經驗人士所言，選擇性投資，當以藍籌股為主，更以杠桿倍數式加碼持貨貯倉。於是乎膽子壯了，時有以自己所有的資金額之五倍或十倍投放也敢為。後來阿志打進了股票行，成為其名下之駁腳經紀，於是更雄心萬丈，廣向戚友招徠代為買賣股票，一則可賺取些微千份比例之金額回佣，二則佔位優先炒賣。正所謂春風沐浴，佳運正隆。鎮日全將注意力都堆在價位上落，其他一切則甚少理會。

平常收市後，多是陪同客戶應酬打牌（麻將）要樂，談股論金，職業性似的，人也日顯豪氣，賭錢注碼也日漸大起來。恰巧在阿志客人之中有大名鼎鼎的（華南影帝）吳楚帆，人生舞台經驗豐富，人面脈絡廣闊，能言善道，引經據典，掌故題材淵博。更招徠了一幫從事影視人員買賣股票，故無形中為阿志提供了一部份生意來源。每日如是，天南地北的，針砭時事，掌相堪輿，麻衣柳莊，怪說奇談，藝圈艷事，旖語嚴文，趣話連篇，無所不談。偶爾一兩句穢語粗言脫口而出，莊諧並躍，恣意暢言，不拘一論。阿志年少時好學，確也閱覽典籍不少，故理解力也較出眾，時而詢疑相對，更或以異見暢論，人們咸以為老少兩者，相得益彰，笑謔堪以誼父子相稱，日久也因循，習慣不以為迕。

1989 年仲夏與亞父吳楚帆攝於加拿大渥太華國會山莊

概敘銘曰：

華南稱影帝，演技眾口爍。入戲鑄人生，靜動涵諧謔。

躋身黃浦灘，蛟螭騰浪惡。抗日漸南移，宣傳奔犖確。

倭暴削指仇，蕊折挺梅蕚。熱血湧洪流，藝文奮拯國。

敵愾志同謀，國運賴所托。死節保長城，無分滇與鄂。

義烈為忠耿，氣動搖山嶽。憂憂哀世亂，怛怛憫民瘼。

樂善常參與，眷顧扶貧弱。治家嚴規度，盤蔬渾藜藿。

敦慈攜後輩，施愛親如昨。待人誠真摯，言唾千金諾。

嗚呼蒙主召，鐫名埋棺廓。

——志宏弟囑文以藏幽，林子英謹書銘並記

2003 年癸未年立秋日

　　1973 年（癸酉年）三月九日，股市飆升至歷史一千七百七十四點九六高點之前，阿志心感悚慄，憂慮股民亢奮激情已達不合理性的地步，也不理會他人繼續看好熾熱股市情景，將自己手中所有股票拋售一空，形似立鶴靜觀群雞亂舞者，心想，世界絕非如此長往美好不竭。結果在大戶人為因素拋空下，股市插水挫落急劇，日瀉幾百點而令普通股民束手惶然。往後日子的股情更如水銀下瀉，先跌百分之二十，然後上升百分之十般拾級而下。股民們愈不願意捨割的就愈蝕更深。阿志慶幸自己無股貯倉，更有近百萬現金在手，便將市情調整的見解偶爾侃談一下，少數朋友羨讚阿志走位醒目靈活，唯大部份人都指責阿志是淡友，用心不良，眼看此情此景，阿志只好啞然噤聲，不再對股市妄出評語，即使分析得很是正確。

阿志的顧客大都變成深秋上市的大閘蟹，緊實被綁，動彈不得。股市成交額日漸萎縮淡靜。阿志的客人也日漸疏落，頗有茶涼人散的寂靜景象。若以客人買賣賺取回扣傭金的日子一去不復返。阿志唯有循按股市高低上落，實行以戰養戰式的自己短線炒買。當股市跌至九百點時，阿志開始動用一半資金重新買入股票。及墜落至六百點左右時，某大型證券公司謠傳可將細價股以時價五折按倉，顯示了股市跌逾千點，應無疑慮再有大跌可能性。阿志細想一下，自己由五百多點入行，此番正是重回起點運行，反正所賺的錢皆由此一水平而起者，也即是說，是用他人本錢下注而已，心中憧憬另一波浪應會重湧至九百到一千點指數左右，為自己製造另一個機會，何樂而不為？

於是，以倍數淨餘的金額買入，不論藍籌或垃圾股，都奮身投進。1974 年，眾人期望調頭回升之年，初四新年紅盤終於來臨，早上如火熊熊上升的股市。午後反然回落至黑盤收市。冀望返回家鄉及趁高脫身的股民再次失望。最初，部份股票跟隨氣勢反彈百分之十左右，隨即回頭向下。阿志反應依然算快，將細價股先行脫售，唯對藍籌情有獨鍾，不忍賤價拋售，留存在倉底，作為基本投資。誰料股市仍然拾級而下，阿志依然豪氣干雲，逢低加碼買入，儼然一如大戶無疑，勇接平貨，逾入逾低。股市繼續低迷下瀉，至三百三十點時，阿志所有貯倉市值已經是負數於零了。股票行急 call margin 補倉，否則，所有股票只有按價槍斃賤售核算了結。

先前，阿志向二哥借入一千股合和股票按入，亦立即消融化掉，此事令二嫂久久耿懷怨對，迄今未釋。往後香港四大英商之一「和記洋行」股值跌破一元至每股港幣九毛九時（1974 年十二月十日），恆生指數已殘跌至一百五十點一一點。至此，股市跌勢就打上了句號，成為華商蠶食收購英商集團和記洋行（Hutjison 和黃前身）的最低平台。阿志的金華綺夢便煙銷雲散淨盡，而且揹負些許債項於日後。

為了生活，阿志不得不驅趕自己出去尋找工作以供糊口，先穩定生計後再作打算。礙於自己除了稍懂一些外文之外，實無一技之長傍身，即使是體力勞活，亦不由自己挑選而應募了。皇天不負有心人，阿志受顧於一位愛爾蘭夫婦商人為私人司機，主要是經營西德成衣出口生意。老闆雖然滿口流利德語，唯所有文件書信都經由一位警司 Hent（韓德）的夫人 part-time 工作代為擬寫及發放。老闆 Mr. Boucher 經常叫阿志往 Mr. Hent 家中遞交及取回翻譯文件，故阿志除了與老闆夫婦及其子女歷練英文會話外，且時有機會偶爾間中與韓德夫人說幾句簡短的應酬德語，兼之經常承載西德來的客人或驗貨職員，亦可與他們淺白交談幾句德語，老闆夫婦亦咄咄稱奇。

有一次，阿志倒後小房車泊位時，竟將車後行壓在車房鐵柱上，車門砸成一寬闊凹深處，老闆看到也沒表示一句說話，公司的人皆以為此對出名吝惜的愛爾蘭夫婦，必然要阿志扣薪賠償。意料之外，老闆只要求保險公司賠款修理好後，便若無其事發生一樣。平時，阿志對自己本來出處一向諱默如深，充顯只是一位準時及超時出賣勞力的下人而已。老闆亦從不過問，他心中知曉阿志終有一天離去。似乎這一對主僕都各自擁用一股英國人及中國人頑戀自尊心氣似的。

如是，四季晃眼便過去。阿志因景況突然逆轉而擾攘結不成的婚姻有了轉機，岳母娘回心轉意，不再堅持將女兒嫁與一金龜婿，而決定許配阿志，求取一定但不甚大數額的聘金而成全此段婚緣。此時此刻，阿志也恍如光棍一條，所謂身無長物，與股市飆旺風光之時，簡直是大相徑庭。父親適值年事高企八十以上，恰巧將以前在沙田之潛建木屋已經轉讓他人，貞姐另自租屋居住。加上他入出醫院後養病，身體羸弱，寓居在大哥新置的兩房小樓層內，父子總也可以相互照顧。於是父親從私蓄中撥錢為阿志置家成婚，算是了卻最後殘年心願。阿志恰如無臂哪咤，雖有風火輪而打鬥舞動不得，行動聽任他人呵斥就是！唯仍存一念，日後重重回報便是。當然，自己亦欲將五、六年長的戀愛長跑來個終結，然後再算。

　　婚後，離父親住處鄰近，租住一小房間，暫時棲留，以便每天工餘時間，或多或少可以照顧一下老人起居生活亦好。阿志更為遠謀一些，以個人情面，將妻子安插在一間為老闆加工高品質之製衣廠內，當一名覆車各樣衣著樣辦為見習女技工，憑著她本賦有心靈手巧之質，冀望她有日精煉技成，或可有朝一日對自己事業以資匡扶一二。事實上，阿志對此一連小學尚未畢業的，樣貌娟好中中，頗善解人意的，家庭出身景況複雜的妻子也頗以為慰，深想如俗語所說，女子無才便是德，況她亦無隱瞞，坦誠相告了母、舅二人各擁多次不如意的婚姻往事。阿志雖然嘴上不舒表己見，心內實也深表同情。唯總嫌他們家族之道德教養是淺薄了一點，擔心日後在調教子女上會出現誤差及歪導。

　　阿志婚後三個月不到，父親病情急轉直下，相信是肺癌末期到臨，須要再送往醫院留院診治。這天，阿志在傍晚特意提早一個小時告假，直奔醫院探望，看見躺在病床的父親仍然是昏迷不醒，連鼻上的氧氣罩也推了下來，似乎早前彌留時掙扎過。阿志用手幫父親將氧氣面罩扶正好，用手緊緊地所握著父親手掌，輕輕地叫：「爸，我來了！」父親仍是昏迷，嘴唇緊閉不動，唯五隻手脂，緩慢地緊扣著阿志那隻手，沒有一聲回應，良久，他的手指也漸漸的鬆弛舒張了下來，阿志再多叫了兩聲「爸、爸！」也寂然毫無反應，阿志專注地凝望著父親的面孔，依然感睇到絲絲柔弱挺伏的呼吸。阿志兩眼中，雖覺有淚欲流，唯苦苦強忍著。心想父親或將辭世於忽然之間，唯總算是高壽，於心稍安一些！

　　時間一分一秒地過去，阿志呆呆地倚坐在病床側，窗外黃昏時的陽光漸弱而渾濛暗淡，點點豆黃色的街燈，如籠罩在霧氣之中，光射不亮的，阿志頗感饑累，茫然望了父親幾眼，站起身來，拖著緩慢的腳步走出醫院……回到家裡。由於工作疲憊的緣故，橫躺在床倒頭便睡。一覺醒來，大哥來告之，當他們一行眾人，去到醫院探望之時，父親已經與世長辭了。也就是說，父親死時竟然未有一個親生兒子環伺在側……阿志悔恨不已！若在醫院多耽留一兩個小時，則可能親身親眼送走父親於這一夜晚……

靈堂上，幾乎所有的戚友都有來弔祭父親，畢竟父親乃鄉中父老輩份較高之人。阿志大姐半跪半坐般，緩慢地將冥鏹，一張一張放進火盤中焚化，兩眼紅腫，而且淚滴間斷不綴的淌下，火盤中那熊熊的火光，搖蕩掩影在淚珠反光點處。一副極度憂傷，呆然不轉的眼神，令人目不忍睹，既憫且憐。這也難怪，在香港，她與老父在同一簷下居住時間最久，咸信備受嚴父嘮叨苛責會是最多。雖說生長在教養頗嚴之家，唯無緣完成小學畢業程度，非雙親不欲扶持，實局與勢變幻難測故。學庠既不深，理不甚明達，本來中中平平與已來香港的，曾經戀愛經年之男朋友，順理成章地締結偕老，自立家庭，甚至承歡膝下，那應是洽符初衷的美事。唯兩人職業，一為私人醫生護士，一為市塵販夫，日出而作，日入而息，故雙方處景在俗人眼中，皆以為距離相去甚遠，即使大姐意欲他能自強掙扎向上，立業而後婚。奈何歲月催人，雙方都已齒齡漸長，結果男方也不求上達，娶了一個平庸女子相擁度日，遠離大姐去了。這倒急了父親，諸方請託為媒，冀望能將唯一滯留在家，標梅已過的熟女，嫁將出去，了卻心願……

除了最小的一個妹妹生活已婚，留在家鄉外，一眾兄弟姐妹，只有二哥一房兒女嫡系孫輩，親臨跪叩父親。祭台頂上一幅由殯儀館代寫，頗為寬闊的橫披「福壽全歸」算是勉強應景的了。若以鄉村舊例，為年逾八旬死者治喪，也可當作笑喪辦理。兩位兄長，不多不少，兩眼頗顯圈紅，唯尚未下淚。阿志生來氣直骨硬，雖有傷感，唯不容易輕掉眼淚者。二哥的子女，香港出生，自少都是嬌生慣養的，平時爺孫見面甚少，遑論接觸言歡宴宴。現世的代溝隔膜，自所難免，故對爺爺之死，沒有什麼特別感觸傷懷。在他們的心坎中，大概可能是老人家應主邀請上天堂去了，故也不顯怎麼悲哀。阿志的妻子由跪在圍團上站起來，悄悄地走到阿志身邊，輕聲地問：「家姐看來哭得很傷心，大哥、二哥眼圈也紅了一點，為什麼你不大傷懷似的，沒有眼淚？」

「哦！父親對他們兄弟二人從少都呵護備置的，尤其是大哥，他的感觸會較深點。」阿志淡淡地回答。

「剛才二嫂偷偷地對我說，我也應該流點眼淚才合禮數，即是真的流不出，舔些少口水搽（塗抹）在眼上，不就是似樣了嗎？」

「那妳有沒有看到二嫂流出眼淚來呢？」阿志輕聲地問。

「那倒沒看到。」

「妳也不必要如此做，真的假不了，假的真不了。況且妳入我家門只不過才短短三個月左右，妳對我家人及父親都認識不深。若說與他們能有深厚情感，不知從何說起？現在妳什麼都不要做，只做回一個真的妳。此情此景，穆肅歸真就是妳應該做的事。」阿志凝望著這一位年僅二十一、二歲，算得是年輕貌美的妻子，循循善誘地說。

「我真的擔心外人閒語，說我一過門不久，就尅死家翁。唉！這一口實，教我真的跳進黃河裡也洗不清。」阿志妻子一面戇憨之色嘆喟。

「妳何須理會他人閒言絮語，單只是我一個人維護妳，愛妳，不就是已經足夠了嗎？」阿志兩眼款款地望著妻子的眼睛，隻手緊緊地握著她的左右手，微微笑道。妻子此時五指緊抓著阿志五指，脈脈含意地頭點一下。「好啦，前去繼續摺燒妳的元寶冥鏹衣紙吧！」阿志說完，在她背後用手輕輕地抵著，向奠台前側推了一下。

翌日正午時分，一切道教習俗儀式都完成了。靈柩被推至殯儀館大門口，升舉提放在開往火葬場的靈車上，三兄弟同坐在車頭廂內。大哥端抱著父親遺像，神情凄然，微帶輕聲哽咽，二哥坐在阿志側旁，腰板挺直，橫胸交叉著雙手，深深一呼吸，仰天長長地嘆了一聲，側著頭望著阿志。阿志本能回望過去，看到二哥兩眼充含淚光晶凝閃爍，雖無淚滴，確也難掩悲感。

　　車子顛簸在山路上，阿志臂靠在窗沿，雙眼呆然，目不轉睛的遙望著遠空，看著白雲層層朵朵的向車後倒移，心中隱約湧起一幕幕記憶：兒時雖然未怎樣領受父愛，唯一想到自己在大股災後落難的日子，依然是父親傾囊相助，始得完婚一節時，眼淚則不悠然奪眶而出，瀉若崩堤水湧，苦忍不住。

　　父親死後二十一天，俗稱三七，阿志夫婦帶同鑰匙，循例過去大哥家中豎立之祖先牌位敬香致祭。開門入屋，赫然發覺，原來父兄兩房相隔的壁牆被拆去淨盡，合二房為一。阿志妻子眼見目前境象，頗顯目定口呆，不知所措的樣子。正要張口想說些什麼似的，阿志伸手過去將其嘴輕輕掩捂住，示意不須說話。看看小小屋內，靜寂無人，在父親牌位前，香爐上，燃點並插上三枝香，然後悄悄地拖妻子的手退了出來。

　　「阿志呀！大哥急促拆卸牆子，是不是擔心我們會搬進去住老爺子的房間？」妻子疑惑地問。

　　「哦！大哥做事向來都是一個有條不紊，深思熟慮的。如此做法，當然有他自己個人的道理，況且樓房是他名下產業，他有權按照個人意向而為。我想，大概是他刻下正辦理手續，申請大嫂和子女來港團聚亦未定。」阿志氣定神閒，平和地答道。

　　「即使大哥的家人來了香港，也得需要房間應用呀？何須拆牆改建呢？況且，我們也絕對不應、不會搬進去和他一起住的。」妻子喃喃細聲地說。

　　阿志額頭頂著妻子的額頭，一手搭在她的肩搏上，一手指著她日漸隆脹的肚子，低聲說道：「我預算明年春夏之間，待我們的兒女出世後，即是成了三人之家，就可以向政府正式申請公屋居住，充其量多等一兩年時間，那時我們不是有了自己的家嗎？妳不用太揪心理會他人的事務了！」

　　夫妻二人，兩眼相怔互望，相對會意地微微一笑，就不多說話了。

　　1976 年夏初，阿志第一個孩子誕生，是女的，眼珠大大，鬼靈精的，頗得族中兄嫂各人們喜愛。阿志心想，要是一個男的，多好呀！

　　家中多了一個小孩，日後有否續添暫且不論，將來小孩的供養及教育問題，雖然不是迫近眉睫，唯始終有一天是要面對的。阿志按照自己的思維理念，首先，需要一個安定的家。權宜要做的事，便是一家三口，名正言順的向政府房屋署申請一間公屋，在未有足夠能力之前，卸放自己一部份負荷。再而思其次，組織並建立自己的事業。若能以四兩撥千斤之力而為最合理想。思前想後，細細推敲，現今算是和平盛世，除了兩大陣營冷戰對峙之外，暫再無廣闊地域，或世界大規模捲入戰爭的徵兆。即說越戰經年，各方對手都感疲累而平靜下來，破壞之後必定是休養生息及建設重萌。社會心態，衣著時尚消費定然是催生之物。無論紐約，巴黎及倫敦這三處西方之時裝中心，自當會引領風騷而表現生機蓬勃。鑑於老闆對德國成衣出口事業蒸蒸日上向榮的氣勢，阿志心存效尤，蘊藏意向已久。加上阿志妻子鍛煉過程已足夠且日漸成熟，技術環節，也算是攻克下來。剩下來的只是資金籌措，這一個節眼若能解決，就可以重踏征途了。

　　實際上，在香港經營對外出口事業並不需要太大資金，能獲取外國定單及信用證就是穩定的泉源。阿志伙同一位專門對日本市場出口的商人，早年留學日本的朋友，原籍山東，比阿志年長幾近二十歲，他哥哥是日本華僑，經營中華料理在日本也頗具規模。他也洞悉阿志能說應酬之日本話及其他語言，能力不拘一格，故一同合作專營對歐美澳等地的時裝出口生意，對他本來業務絕無妨礙，且有相得益彰之勢。為節約成本起見，目前分租借用他現成的辦事處先暫營運，至日後有重大發展前景，再作打算。

　　天道酬勤，阿志亦不負他人所望，先找到一位專營婦女時裝之西德入口批發商，以包乾形式為他專造所有時裝及上身襯衣，先將收支平衡穩定下來，而且，阿志以前學的半桶水德文也得有一個應用發揮之場所。再而覓得一個澳洲客及一個加拿大客之定單充添，分發與本港廠家製造，自己公司加派品質檢驗人手，實行貼身保證質量的服務式，為客人以一條龍式運作，直接包裝出口為主。控制好手工製作與質量，至為關重，客人也日漸滿意。為了開源，由發展局舉辦的，或是其他國際貿易場所舉辦之各式各樣的大小型推銷會等等，阿志都參與巡迴展覽。所行的路線，由德、法、英、西歐諸小國等，中東之巴林、科威特、沙地阿聯酋各國，美加紐約，洛杉磯，滿地可、多倫多等各大城市都去了。故訂單也日漸增加，生意頗為興旺。出國絕對不是休閒遊歷，而是去找營生。車船飛機頻頻轉換於道，夙興夜寐的。

自 1974 年 ICAC 廉政公署成立，直屬港督指揮為一特別部門。第一隻稱為大老虎葛柏 Codber 總警司在英倫被捕，1975 年一月三十一日引渡返港受審，其前手下韓德 Hent 警司成為污點證人，指證裁定罪名成立並判監禁（入獄）四年。至此，廉處完成了香港開埠以來最大、最轟動、歷史性之政府內部反貪腐案件開棻成功，市民拍手大表稱讚。日後，廉政公署，鼓其餘勇，乘勢追擊，繼續嚴查的案件都與警察有關。事實上，整個殖民政府各部門積習因循，由下層華人胥吏，至上層洋人官員，層壓式的層層貪索由來已久，冰凍三尺，非一日之寒。只不過，警務處人手最多、最眾、權力較大，面向性也廣，故民怨亦最深，首當其衝為廉署針對及打煞之第一對象，絕非只其污穢極甚而其他部門皆清廉者，因此，陸續來的貪污案件都先從警察部門中勾挑出來，乃理所當然。

1976 年底，阿志二哥被指名及提控貪污瀆職。是否他曾處事於 Mr. Codber 和 Mr. Hent 手下而被餘波牽連，抑或其他獨立事件有關，故本地各大小報章及傳媒，對這位總督察「藍雀」案開審，爭相報導，渲染火紅。阿志雖說是兄弟，而生活兩個圈子截然不同，平時家族晤面日常話題中，更無片言隻語涉及如此關重的私隱，阿志知道的確極度有限。大哥乃是他的同母胞兄，或會匿語多些，故阿志真的是無緣致喉。廉署曾多次來電話要求約見談話，阿志推說無暇應會，更聲言與他們手中案件絕無關連，以免踏進泥濘，事更多磨。相反，大哥則被廉署邀請飲咖啡多次矣！話雖如此，阿志心中十分忐忑不安，憂心忡忡的，暗暗深切關注事態進展。在法庭審結前幾天，更請託吳楚帆這位忘年知交，邀約當時極負盛名，最受演藝界推崇之相學大師藺震占卜禍福，而未得斷語⋯⋯

只諉言「自求多福」幾字而已！此案經由一位譚姓女大律師辯護，結果因證據不足而宣判無罪，但政府勒令二哥提早退休而不再翻案。後至1977 年十月二十八日，一大隊休班之員佐級別警員衝擊搗毀廉政公署，政府仔細衡量形勢後，猝然宣佈特赦令，倘若廉署尚未立案調查及大赦日以前之貪腐行為一律不予追究。至此，一場警廉風暴便終結下來。

1977 年以降，各行各業正飛躍發展，下層勞動人員日漸短缺不足應用。阿志交與各工廠之訂單都出現交貨脫期現象，品質好壞也漸現難於控制，工人們趨慕工薪高增而轉場頻頻。各類工廠老闆們也叫苦連天地鑽進巧搶豪奪熟練工人這個大漩渦裡。結果工人工資日益高企不下。為了貨期穩定，不多延誤，阿志決定伙同兩三位有能力而欠缺基本營運資金之內行人士，聯同大哥一起，開辦一間製衣工廠，寄望減輕部份貨期脫鉤問題。此時此刻，阿志的形象就是他們的經濟與精神支柱。在阿志的引導下，各人眾志成城，砥手礪足，加速步伐，倒也開創得如火如荼。實際上，阿志因避嫌，並不參與工廠股份及事務，只是由大哥去處決財務和各項庶事，阿志是放心的。

1978 年末，十一屆三中全會鄧小平復出掌舵政務。決議重點轉移到社會主義建設上，並逐步聯同美國相互開放市場。首先受惠的當然是，小手輕工業製品如潮傾銷到美國市場。製衣工業必然是最大項目。有見及此，阿志與合伙人商議，一同前往南洋商業銀行拜會莊世平老先生，這位香港中共革命時期財務掌櫃當家，允諾支持前往大陸開辦一製衣工廠以緩解工人短缺窘境。

早期開放以廣東為試點，投資國內，國家是嚴格有等級規定的。一百萬元以上者可選址在開放門戶前沿之深圳。百萬以下者，只得選擇廣東省內各地委市縣級地方。於是阿志選定自己籍貫地番禺（市橋）設點，簽約五年合同，以三來一補方式，與當地當時最大的工藝服裝廠（過千名員工）借用車間，供應機器設備，合作生產阿志的定單。

時隔十七年後，雙腳重踏故土，積凝在心中的鄉愁換上了另一種感慨，江山依然而百物未變。今番回來，可說是以微力支持國家建設，希望更多的後來者，聚集凝結力量，為祖國早一日擺脫貧困景況而努力，繼而迅速發展衝出去。此時情懷，與其年少時在鄉間受壓迫，忿然誓說報仇的情懷，究竟是誰對？誰錯？誰大？誰小？阿志想到這裡，不禁啞然失笑。

在白雲賓館安放好行李之後，立即安排了出租車（當時未有 taxi）直往兒時阿志經常落腳逗留的地方「中山圖書館」，在前門下車，但沒有進去。只是遙望裡面，庭景依舊，樹木蒼然。良久而叮了一口氣，似完結了初心的小孩模樣，從文德路北往中山四路步行而去。左拐至中山五路口和永漢路交界，廣州平民最熙來攘往之處。

明朝時代，廣州名叫番禺。是因永漢北路（現改名北京路）左右兩邊各有一個山崗冠名番山及禺山。東邊即現今之禺山市場，另對邊西面叫番山，因時代發展而被移平已久，故不可追溯。民國時代，中山四路毛澤東先生講學之農民講習所舊址就是前清之「番禺書院」，至今刻鑿碑牌仍在。

由大城（廣州）往番禺市橋（阿志工廠的地址）須於清早乘搭公交車經兩段人車渡河處，直至中午一時之後才可抵達。花時甚久，十分之不便。阿志與他的合伙人，一位能有資格經年站在天安門樓側看台搖旗歡呼，被稱為小紅貓的商人協議妥定，準備贈送一部小型 Mazda 麵包貨客兩用房車與工廠，以便利自己公司的職員及管理工廠人員們往返國內處理事宜，避免費時失事。

1979 年間，國內各類物資嚴重缺乏，一綑電線，一條霓虹白光管，全都由港商付運供應，阿志為著提速上馬生產，樣樣親躬其事，唯依然是七天拉不起一條掛牆電線，阿志的確十分火惱，但又奈何不得。相比霍家之大計劃，大製作，白天鵝賓館九天打豎不出一條椿柱來，算是小巫見大巫，五十步笑一百步之所謂也！既然霍先生好友遍交京華及廣東中上層官場，且合約乃副總理谷牧簽署的，好歹還須霍先生代為催促上層火速調配物料施展工程為禱頌。事至日後相繼引進香港長江、新世界、新鴻基等財團加進合力完成計劃為止。

　　公司贈送與廠方的客貨兩用小車，時間與地點及交接各細節明明清清地通知了廠方，按時派司機接收事宜。阿志悄悄地問那被派去接收車子的司機（共產黨員），按照指示，在某月某日某時前往黃崗落馬洲交接。阿志聽悉後，深知大事不妙。急促回廠詰問工廠年近退休之女老書記英姐。懇實地戟指告訴，她送車一事，始末完全是阿志決定。「我們贈車目的主要是作為便利自己員工往返路途所用，將來合約滿截後，亦必留下交與廠方，絕對是必須按例只能經由文錦道關口辦正手續進入內陸，而且日子是鐵定不改的。但你們司機所說的時間早一天及交接地點不同，為何信息出現如此大的誤差，假若你們解釋不清楚，我今天晚上即電話往香港，不須將車子贈運便是了。」阿志斬釘截鐵地說。

　　「這……」英姐頗有為難之色。「據規定，目前我們工廠這一級，是不能有權擁用小車的，我們這些低資歷的二十二、三級幹部，是無權過問縣局及出口公司級別行政之事。」

　　「那好，今天我就前去詢問你們局老爺的意向？」阿志忿惱地說道。

　　「你不用去問了，此事與我們局長無關，實際是局長的夫人，手工藝品進出口公司經理，欲將你的車子劃歸到她麾下，而我們工廠亦經常有部份歸屬於她們安排生產定單的。」

　　「那麼，當初你們的工廠不應答應與我公司簽訂合同，現今是履行合同時刻，卻驟生肘變。渾水摸魚的遊戲，我不參與，你的承諾與我的付出不能達到平衡，為保自己權益，我只有終止此事作罷！」阿志也色荏言厲地高聲說道。

　　「我個人對此事演變亦頗感氣憤。藍先生，這樣好嗎，今天晚上我去向局長請示一下，明早定然給你一個確定的答覆。」英姐誠懇地說。

　　車子是保住了，這是番禺縣歷史第一部以贈送形式進口的小車。事實上，廠方能爭回這一部小車也感光耀，多少有吐氣揚眉之感。之後，其他各局與阿志同檯面早茶午飯的相熟人士，攀車邊諸多請託，代為辦事，運載往返廣州市橋的人客接踵而來。「藍先生」這位不恐懼共產黨且愛國，第一位投資番禺縣的香港商人，名字不脛而走，響噹噹的。對於此類拜託要求，若是能力可遞者，通常阿志都不推宕。

　　工廠裝修進度依然十分緩慢，為監督工程而滯留於此的阿志，變得空暇時間多了。因此難得糊塗地乘車外出，往廣州走走，散一下心。阿志從小就喜愛美術，聽司機說，文化宮內有美術名家自北京南下廣州來展覽作品，於是阿志就去了。腳未踏進展覽館，門口外紅布白字的橫額上赫然飄動著「黃永玉畫展」幾個大字。阿志豁然一想，嘻！這不就是吳楚帆相識經年很久的老朋友？懷著肅穆心情進去仔細瀏覽，都是成名看家本領大小篇幅之水墨彩荷、紅荷、墨荷，及前期在香港報紙刊載那一類漫畫以及早期版畫等等都有。

　　晚上，阿志往郵局掛長途電話告之吳楚帆有關畫展盛事。他老人家不厭其煩地叮囑阿志以兩人身份名字在廣州（省城）致送一花牌祝賀。翌日，阿志重往廣州到處尋找鮮花店，皆言不曉如何紥作花牌而不得要領。幸好阿志有自己專用的小車，遵循老者指示，尋向舊日繁華處中山四、五路交叉口處橫街花檔，乃當時廣州國營最大的鮮花店，於是留下現金三十元交與該店負責人。該位年近六十之負責人手捧著錢，心情頗顯激動地說：「解放三十年了，今天我才重見訂造花牌業務，真的是無限感觸，好！好！先生，我一定立即將花牌造好，送至展覽館場不誤！」阿志再三致謝，辭別而去。

　　為了貼身跟進而不貽誤，阿志第二天中午再至展場看一趟，一個巨大的花牌正由兩個展覽服務員移動著安置在入口中央處，布條右下端端正正地寫著吳楚帆、藍志聯名致賀。偌大的展場，花牌就只有這一個，頗顯單獨孤零。經過文化大革命的衝擊與蹂躪，民窮國未富，百廢待興，正是休養生息，溫飽然後「追英趕美」時，故致送花藍呈禮的現象暫不大易見。「振興中華」之口號仍然高亢，一時之間，被破除了舊的道德人倫理性的觀念，得須時間緩衝及真的撥亂反正才可慢慢調癒。阿志趨前向兩位搬運花牌的服務員輕輕笑問：「同志，這個花牌是我致送的，請問展覽畫家本人現居何處賓館，我可否能接觸到他？」

　　「喲！這個倒難倒我們，我們只按指示擺放好這個東西。」邊說邊指著那個花牌。「其他的事，我們絕不知情，如你想詳細知道，最好往那邊門旁的保衛科詢問一下。」

「好！同志，謝謝。」阿志說完，便欠身半躬，準備前往他們指向的保衛科去。回頭正望到這兩個年輕人，詫異的雙眼怔怔地望著阿志這一位有禮的港澳同胞，然後咧嘴笑笑地舉起手道：「再見。」

阿志走至保衛科前窗口，對當值保衛員說明了來意。伏在桌上當值員側仰起頭，眼睛上下掃視了阿志一番，提聲緩慢地道：「哦！我們保衛科的規矩，通常是嚴格不許洩露展覽客人私隱資料。你可進展場看看展出人的生平介紹，不就是可以清楚了嗎？」

「噢！不是這樣，同志！我是從香港上來的，一心想晤見一下這位由北京千里迢迢來的多年睽違的老朋友，同志，請通融一下，告知我，他現在下榻在那一間賓館，讓我能去問候寒喧一下，明天下午，我須離穗返港了。」阿志懇誠地要求道。

「你與這名畫家真是認識？」保衛員重新上下打量著阿志問。

「是呀！且有戚緣關係。」阿志瞪大眼頗氣壯地說。其實阿志何曾認識黃永玉教授，所有淵源細節都是由吳楚帆那裡聽來的。這一次，真的是在踏腳大陸後，膽大妄為，睜著眼睛在撒謊了。經過幾個月的辦廠經驗折騰，深深體會到一句俗語真諦，就是「閻王易相處，小鬼最難纏」。

「你有回鄉證件嗎？」

「有。」阿志連忙從襯衣口袋中取出，遞與保衛員看。

保衛員接過回鄉身份證明本子，緩緩站起身來，來回地驗視著阿志及證件的相貌，默默地說：「好吧，你等一等。」然後走往牆角上掛著的電話撥動轉了好幾下，並要求對方接線員轉駁至 208 號房間⋯⋯

「喂！喂！黃老師呀！有人名叫藍志及吳楚帆送來一花圈，祝賀你畫展。他們要求我告知你現在的居所，希望探訪你，你同意給與他們詳細地址嗎？⋯⋯是！是！是！好的，我知道。」然後掛斷電話，在辦公桌上，撕下一張便條，寫了兩行字，遞與阿志並道：「你按照地址去找黃老師吧！」剛才阿志聽到「花圈」兩字，正忍俊不禁想笑出來，唯事正求人，立在人家窗口簷下，故裝作未聽到似的。

與黃老師夫婦攝於黃永玉八十藝展會上

點、線、面

　　早上，阿志驅車前往恭誠地拜謁了黃永玉老師一趟，他下榻在海珠橋北東側華僑飯店，正為該大廈繪作大型中國壁畫。他老人家詳細垂詢了老朋友吳楚帆在香港近況、阿志北上開拓進展情形，及各細節等，然後「嗯」一聲，叼含著煙斗，吐出濃濃滾動的煙圈。稍微停頓，並用手將煙斗抽離齒唇，緩慢而意味深長地對阿志說：「在大陸無論營謀什麼也好，都要上、中、下三級拉扯揉和關係才得心應手。這樣吧，今天中午，你就留下和我一起午飯，我介紹一位仁兄與你認識，他為人忠厚，且頗有古道熱腸，我想他定能幫助你解決一些問題的。」

　　「好，黃老師，我先往省紡織公司辦理一些業務，然後回頭拜會黃老師及你的朋友。」阿志說完，就恭恭敬敬地辭別出來。

　　中午時分，阿志不敢怠慢，準時抵達飯店，在間隔別緻的廂房裡，席上坐了六位會餐的人。黃老師見阿志踏進來房間，尚未坐下，即揚聲說道：「來，來，阿志，我介紹你認識……左邊這位是陳角榆，市二輕局副局長（前省重工業代廳長，茂名市市長），對面那位高而清瘦的是譽滿省港澳的粵劇名伶羅家寶，柳毅傳書的主角啊！旁邊那位是目前在座唯一的女性，紅極一時之名伶林小群女士。哈！哈！他們都是今天之臨門債主，呵！呵！」

　　「對啦，我們今天都是為了追討畫債而來的。呵呵！哈！哈！」陳角榆調皮戲語一出，即惹來了哄堂大笑。

　　「在我右側的是張貴一，廣東省中旅社社長及華僑飯店（大廈）的負責人，眷惠我一切起居飲食的重要人物！阿志，在你旁邊的是我文聯及政協老相識，年邁趣緻之老頑童商承祚教授。」

　　「噢！」阿志躬身半腰地伸出雙手與這位和容庚教授（中山大學）齊名，擅長金鼎文書法大家之老先生緊緊地握住，表示尊敬及仰慕。

　　「唉呀！永玉，看來我得多寫一幅字條了！但能換回你一張畫，那值得！值得！」說完，呵呵大笑起來。

黃永玉也呵呵連聲：「好！好！商老，絕沒問題，以文會友嘛！」微笑著回答。「来！来！来！我們都坐下，尚有兩人未按時應約，孫老頭孫樂宜副市長，聽說公務纏身，不能來了，另外葉帥兒媳，葉二公子的愛人恐怕是有事延誤，那就不等了，來！來！請！請！」說完即舉杯提起筷子，示意各人一齊用膳。

通常，這類應酬，都是設杯盛載茶水飲料而不置酒醑的，今天，這一席算得是文與藝之酬會吧！話題天南地北的，趣涉生活小節及怪異聽聞等全都溶入觥酬交錯之中。席上氛圍正濃，一個銀鈴般嘹亮的聲音傳到人們耳朵裡：「對不起！對不起！我又姍姍來遲了一點。」話聲未落，一位衣著趨時，面目娟俏，身材豐潤而不顯肥的中年婦人，左肩穿掛皮手袋，右手挽提一個竹簍，足有好幾斤重，沉甸甸的，裡面裝載不知道是什麼東西，匆匆忙忙地踏進房間，直趨主人家面前並說：「黃老師，今早為了等候這簍新鮮合時運到上市之洋澄湖毛蟹，故負來遲之罪，懇求恕諒並笑納。」說完便雙手遞上那一簍大閘蟹。

「好！好！太有心了，謝謝，來得正好，坐、坐。」黃老師指著旁邊的位置，對中旅社社長道。「貴一呀！不如叫服務員拿往廚房，囑咐廚子烹蒸出來，與大家一同分嘗這等美味時鮮，可好嗎？」中旅社長站起身來，正欲去處理剛才黃老師所提議之事……

「不！不！黃大師不必增添菜餚了。檯面上這麼多剩菜，可說是篁盛豐富，咸信眾人撐闊肚皮也吃不完，那就不再浪費了！一可秉持中國人之食德，飫和即止，二則更可成全葉二少夫人對你敬奉之誠意，不亦悅乎？」靜坐在對面的陳角榆嬉皮笑臉地說。

「對！對！黃老師，陳局長說得甚是，我們也吃得太足夠，真的不用添加什麼了。」久未發言而正襟端坐的羅家寶附和道。

「偶此一個好機會，本應與各位分甘同味，如吳下之人所說，大快朵頤！事實上，眼闊肚窄的，若食不下這麼多，真的不應浪費，那我就恭敬不如從命了，請暫且記下我這次吝惜之過，以便日後補償吧！哈哈，來來，我們繼續，祝各位身體安康，筋骨健朗，舉杯……」黃老師縱情地說。

「咿！龍女三娘，除了『柳毅傳書』手本戲外，妳最近排練什麼新的粵劇戲軌，準備登台演出？」葉家媳婦清脆高亮的嬌聲又響起來，指著林小群問。

「那妳直接問柳毅相公吧，他復出不久，鴻圖大志，計劃多多的，我這個三從四德的娘子，唯以夫郎為馬首是瞻。」林小群手指向著羅家寶，笑著回答。

「省市文藝工作正鼓勵我們多開一些抗日以及國共犬牙交錯，忠奸分明的戲路，刻下正由編劇組構劃安排。」羅家寶滿面謙謹地說。

「屆時記得為我們預留幾張戲票，以先睹為快！」

「一定……一定，當然……當然……」

阿志眼見賓主相互勸酬欣勤，氣氛熾熱，就悄悄起身出去大堂服務櫃檯面處，意欲埋單結帳，作為自己宴請客人，廣結相識。唯服務員推說今午謙酬一切費用，全由中旅社社長包結，他人不可越俎代庖。阿志聽聞後也不再表示什麼，又悄悄地退回席中座位上去！

飯後，當時國情演繹多是人們回去休息午睡一晌，以便更有精神繼續午後工作。主人家黃老師懇誠歡送了所有賓客之後，囑咐阿志隨他同往一飯店特別安排作畫的工作室走過去。

畫室內置放一幢掛壁大畫約九尺長、六尺寬之大型壁畫「報春圖」，畫中橫斜老茁梅枝掛滿梅花，著色有紅、白、綠、墨，春意盎然，顯表構圖新穎，惹人綺思。看來這應該是為華僑大廈而創作之巨型作品。旁側九十度角牆上畫氈直掛著幾幅尺寸不同的小畫，有艷荷的、人物故事詠題的、貓頭鷹等及海岸沙鷗之類的，相信是應酬客人指名索要的。

阿志怔怔凝望著，打量著，抓耳搔腮，似醒而未悟地問：「黃老師，以你現今名氣，為什麼仍須出血般酬對於不同層次人流之中？豈不鎮日騷擾極甚？」

「在我個人人生哲理中，客人對你趨索纏求，也即是眷愛擁戴的見證，俗語說；拔不出毛的鐵公雞是不會叫聲響的！芸芸眾生相中，相互糊塗路自寬，哈！哈。」

「你這幅大型壁畫，大致上都已完成妥定，為什麼還不落款簽章著印？」

「哦，是這樣的，畫中尚留部份虛白，待著葵青顏色點綴。張大千大師平時頗多特意著色葵青，盎然顯著於畫上。刻下我派人搜購整個廣州城都買不到，如你近日返回香港時，請代我購置一、二斤此類礦石顏色回來，則十分感激不已。」

「我回去一定從速照辦，黃老師。」阿志誠懇地回答。

「喲！幾乎忘記了，你我真有緣，你喜歡什麼，我畫一張，送給你作為留念。」

「那太好了，夢寐以求之的。黃老師，謝謝！好日不如撞日（擇日不如即日），就牆角上掛著那幅壓鏡彩色荷花吧！黃老師！可以嗎？」

「有何不可？哈！哈！就這張。」於是黃老師提筆寫了阿志上款，蓋章後取下並捲起，笑著遞與阿志。

阿志誠惶地接過這張畫，呵呵笑得闔不上嘴，躬懇地辭別說：「謝謝！謝謝！黃老師。」

「有空你可直接這裡找我，我想，仍須耽待在此處多一段日子作畫而未離去。」黃老師喜悅地揮手向阿志說道。

阿志回到工廠，思前想後，先獲他人饋贈，若能第一時間內回報是最實至的。前賢所說曠日費時，不如只爭朝夕。於是徑直趨工廠老書記去了。

「英姐，妳姐本身工藝刺繡（粵繡）前身應該是經常使用顏料、色粉、甚至各種類配線染料色素等，有否用到葵青色這一類礦石粉的？」

「這個嘛！好像是有的，不過……我可不大清楚，我得先去物料貯倉部問一問才敢肯定。藍先生，你要這個做什麼？這與你的製衣事業，看來是風馬牛不相及的？」

「哦！是這樣的，黃永玉老師囑我代找此種顏彩，為華僑大廈作畫用，奈何遍尋整個廣州城而不獲。我想整個廣東省內，粵繡系統總會有貯存的，所以求詢於大姐，或代向各地如江門、順德、新會、佛山，甚至汕頭各姐妹分支廠社，代為購讓一、二斤以應急用。」

「你認識黃永玉這位全國聞名的大畫家？」

「是的，昨天剛與其一起午膳，妳問跟我的司機就知道如是！」

「啊！真的有眼不識泰山，眼拙了！」

「如英姐妳幫我解決這個難題，我當找一個機會，相約他老人家來番禺一次參觀工廠，並與你們晚飯，可好嗎？」

「好！好！求之不得，為我們爭光一下，好極！」英姐堆著滿面笑容地回答。

翌日早上，英姐走來通知廠內尚存兩斤左右葵青色礦石粉，著意先拿去應用，算與不算，日後再算。

阿志欣喜至極，真的是心隨意遂，時來風送滕王閣。第二天一早，提取倉裡包好的顏料，歡天喜地的直奔往華僑大廈去了。

「黃老師，說來還算僥倖，與我合作加工之工藝服裝總廠倉庫中尚存約兩斤重左右的葵青顏色原料，我已全取帶了出來，省卻回香港搜購的時間及麻煩。你看看是否合意中用者？」阿志邊說邊打開那包顏料。

「好！好極了，正是此種葵青。你為我解決了刻下這個困擾，難得！難得！呀，那我應按價付錢啊⋯⋯」

「不忙！不忙！鵝毛雪片之事，請不要掛懷，那不是錢的問題。黃老師，信是有緣，廠方誠意懇請你老人家撥冗走訪一趟，一者以輝貼廠方顏面，二者以壯助後輩我微增聲威，以便日後開展工作較為順利，未知黃老師你可否抽暇？其他細節，我自當打點安排一切無誤。」阿志恭虔地說。

「好！好！絕無問題。」黃老師大聲笑道。「就這個星期六，我當會約多一兩位朋友同往一湊熱鬧⋯⋯哈！哈！」

阿志回去後，悉心安排了一桌豐盛的晚宴，準備接待，即將蒞臨的客人，一併盡禮邀請了廠方直屬上司頭頭們。

《Cowboy》

黃永玉贈與作者墨寶留念

　　好不容易午睡時間之後，接齊了賓客連黃老師在內，一行四人，浩蕩出發，阿志擔心渡船排隊過河延誤，預先交兩包外國名牌香煙與司機打點一切。車子抵達第一個渡口時，眼見人車雜沓，特別是星期六、日假期中，回程車龍排得見尾不見首。阿志示意司機直往前行，打尖將車子停在最前位，然後司機下車，前往打旗指揮車輛上落渡船的那一位工作人員，側頭交語的遞塞一包香煙在他手裡便走開了。待渡車船抵埗，人與車都清場後，阿志淺藍色閃亮耀眼的新型客貨兩用小車便第一位登船而上。車子停定之後，阿志舒然放下心中一塊大石似的，慶幸著至少省回一小時的輪候時間，心內自感踏實了許多。

　　當車子駛到第二個渡口時，司機將車停下，他自己下車徒步至渡口指揮員旁邊，遞上一口自己平時抽用的香煙，搭訕了幾句，然後回到座位上，耐心排隊等待前面的車子移動。阿志把一切都看在眼裡，心裡清晰知道，今回司機肯定是因循按秩序排隊不插尖了。暗自提起手，看看錶，估量在此會拖延大半個鐘頭，仍無大礙的趕得及時回去，故亦不欲哼聲，曉悉此乃耗子偷油法黑道夾吃的，只不過為一包香煙額外酬勞而已。頓然想起父親所說，讓人半步，好留一線容己通行於道。況且當著自己客人面前，亦不好叱白說破，只好啞忍便是了。難得車上之客人，頗有耐力，見怪不怪的，天南地北的閒談扯說開來，不感鬱悶。

　　好不容易捱過了渡頭，阿志心急如焚地催促車行，返抵廠中時，阿志與廠方合作的工廠已逾時下班很久了，只剩下幾位廠中負責人陪同書記英姐依然等候未走。見到阿志歸來，大喜不已！由於時間匆促，囫圇吞棗般地引領一眾客人參觀工廠各部門，並惠贈了黃老師一條出口西班牙通花勾織的披巾，以及其他三位客人每人一條提花（手織）檯面布為禮物，更催促阿志等人前往酒家赴宴，因為她們的上司們已等待很久。黃老師也來不及道謝顏料的事，便被擁推上車起行去了。

　　腳踏進酒家一間別緻的亭閣式廂房內，赫然見縣二輕局正副局長及財務股長在坐。阿志剎然想到局中攜帶財務股中人士赴宴，是否與阿志爭付讌席費用？待眾人入坐後，阿志正想引見介紹各人認識時，縣中二輕局長已站起來，伸出手，向著陳角榆握手道：「陳局長，歡迎蒞臨視察並指示工作改進為盼！」

「啊！是你，原來是宗兄局長你，久違了，記得上次在市局中開會時，至今恐怕仮有兩年了。聽說你們近日營運靈活，除了服裝加工行業外，尚有鋁製品加工等。舊有的汽車裝嵌工業及木器傢俬製造業，進展如何？」

「都好，一切都按部就班進行發展，根據上面領導頒佈的指導精神，嚴謹遵守，活用創新，拓展前途，生機無限。呀，是啦！我來介紹，左邊的是我局的黃副局長，右邊的是財務股股長，一位我們的保險鐵閘之把關將軍。」

「好！好！我也來介紹，這位是從北京來之大名鼎鼎畫家黃永玉，另那位是廣州市交通運輸兩局書記周介之，這邊是省民政廳副廳長丁鐵重，都是我要好的朋友，今日順道來參觀一下藍老闆與你們合作的服裝產業進展，別無身帶公務，既然大家都相互稔熟，我們不談別的。看來今天的佳餚都是地道名菜，嗯……這是蟠龍烏耳鱔，那是紅燒班點鮎魚，還有清蒸虎門黃油膏蟹、鮮炒極少捉獲的珠江鱘龍片，全都是好東西。哈哈！黃老師，你長在北京多年，恐怕很久未曾偶此機緣，堪足解饞，大快朵頤！」

「是啊！這些海鮮全都產自伶仃洋鹹淡水域中，季節性的，鮮嫩肥腴美味。來，來，來，請各位提筷品嚐一下，請，請，請。」縣二輕陳局長熱誠地勸食。

一圍八人，檯面上氣紛逐漸熱烈，雜八無章的常情話也溜出嘴邊了。各人本抱矜持的態度也漸寬舒下來。黃老師不愧是見識廣博的主角，時而幽默帶笑地妙語偏離政治話題，更顯賓主言歡晏晏，毫無芥蒂。因為是第一次半官方宴會，阿志不敢備用酒精飲料，然其氛圍是如此融洽，於願足矣！唯可惜的是，廠方原本是主角的，竟然沒有遣派代表出席宴會，而阿志反而變成了叨陪末席年紀最小的一個，形勢使然啫！阿志腦中仍然清醒的記得，不待席散，必須搶先結數才對。

一場外交戰打下來，工廠進度也漸快進入佳境，阿志如釋重負。當然，阿志十分清楚，懇誠勉力，才是天道酬勤。諧和上下各級，方可得心應手順景者。這是鐵真的道理。待一切程序都進入軌道時，阿志騰出來的閒暇時間多了。於是前往拜謝伸手幫扶的人。

國家對外開放初期，外匯來源並不寬裕，節本開源理念當然放在第一位。直屬機關廳局級之老幹部，若非主管重位的，通常都是三人輪番調節合用一輛小房車的，故此阿志擁有一部小面包型房車就大派用場。除了方便接送交際應酬之外，更可串連聯絡各方，實際是得天獨厚的便利。加上陳角榆這位老叔台，與全國文藝戰線老一輩的名書法家及名重一時的大畫家，十分稔熟，人面脈絡縱橫，廣交朋友。得此利道之便，且日漸耳濡目染之下，阿志積習了收藏字畫的嗜好。日後更邅然與這些名人結交往來，川流不輟，獲益良多。年紀與自己相若的，便以兄弟相稱起來！故京廣滬杭認識的朋友就越來越多，不在話下。

為了望女（1976 年龍年出生）成龍，徵得黎雄才大師首肯，樂意贊助此美事而討取得一幅兩尺寬、四尺長，他畫的大壓鏡山水名畫，落款著名贈與一位同村名叫達鎏的宗兄（時位香港教育司副司長）謀求取得香港最有名之一流女子中學附屬小學（百多人爭考七個外放名額）學位入讀。迄今，親朋戚友皆不曉阿志為何有此能耐，將女兒推入令眾人羨慕的學校，阿志甚至未對妻子明言原委。施行了婉委求成，低調，不驕不矜，為政不在多言的古訓哲理。

既與這些清流、名氣高，飽蘊學識之士們往從。平時交流多涉及書史國粹之學，所謂書畫同源，旨趣都離不開諸子百家及史籍，人物傳記，形而上學及至胸懷意景等。阿志雖然學養蓄貯一定，唯感不足乃詩詞歌賦之基礎不夠厚，於是痛下決心惡補其短缺。故閒暇時多下工夫於此，冀或他朝與人即景吟詠而不遜色也者。

《Cowboy》

1989年探望黎雄才老師夫婦時攝於羊城瑞寶舍邸並贈畫留念

一天，母親老遠從省城（廣州）跑來阿志駐廠地，述言屋子過於殘舊，隨時隨地有倒塌下來之虞，建議拆卸重建，徵詢兒子意見如何？阿志聽後毫不驚訝，依稀彷彿憶起兒時在鄉間曾有一夢，深夜暴風雨中，屋頂蓬然巨響，驟塌下墜，破磚碎瓦斷桁滿壓在阿志身上，砸得阿志鮮血濺流破頭披面。潛意識中，阿志臥睡中腰背，猛然立起，滿身冷汗，原來只是南柯一夢，頗覺恐怖的。刻下聽母親一說若似情景，霍然連忙說道：「快、快、快回去統籌核算所須花費，著手重建舊居，以免臥立在危房之下。」

母親接著說：「來之前我已敲價重拆，重建兩層，花費約在二萬八至三萬元人民幣之間，我手頭中約有兩萬左右貯存，即使留下分與你們姐弟妹三人，每人所得有限，不如將款項用於重建，冀或有朝一日，留下一片瓦頂與兒孫遮頭也好。尤其是我只得你這一兒一孫根子的」。

「好了，媽！妳的好意，我心領了，妳兒我生性不算聰敏，戾倔脾氣的，也是頂天立地不論爺娘田地的漢子。此事也不需要再諮詢我的妹姐兩人，速速進行重建，免生枝節，總之，花用多少錢也好，不足之數，我個人全部負擔填補就是！今次妳猝然到來，我沒心理準備，明早我會由廠方調借五千元，妳先帶回去，好好打點一切。」

一宿無話，母親得獲兒子阿志的承諾，滿懷歡喜，第二天午飯後便回廣州去了。

阿志近年事業與家庭生活狀況，可稱順景愜意，壓按在銀行之屋子借貸已經加速供斷完畢，正如俗語所云，無債一身輕。兒子也適齡送往幼稚園上學，因循舊徑，把兒子安插在女兒就讀的（香港著名）小學之附屬幼兒院園內，全女班的單只他一個是男生，可說是空前破天荒，難以想像的事，況且免卻分送兒女上學之苦。

正當暗自慶幸上天眷顧有加，心想添加一些什麼品種經營，擴大並拓展一下事業，因為自己在中國大陸上面的人際脈絡，的確是擴闊了很多，行事總算是順心如意的。細緻琢磨地將計劃提出與合伙人商議，冀望答允同步前進。唯合伙人卻也語重深長，誠懇推心的釋說：「由於自己年紀日長，已至耆暮退休之年，雖然精神尚好，卻有力竭之感。加上多年來在大陸跑龍套式的經營，有收獲也須奉獻。眼底下開放以來，老中青幹部更替，人事變幻難測，新上位的多是別徑而為，各自標榜絕不因循。往往在溝通上，心意難捉，即使是如李超人這般商場老手，也難與後輩領導者們，若魚水融歡，暢酬交往者……代溝見解不同故也！值得自己開懷的是，錢是有了，家鄉中之一子一女，都已移居（批准）香港。唯英文步階，他們必須重頭學起，若要求他們能好好接班，但失去了先天培養環境，相信不大切合實際，畢竟是學識高低問題。刻下，經營的皮草（皮草）生意，頗有起色，交由兒子處理，亦用不著經綸滿腹的學問。餘下的屋宇物業，且由女兒把關，手板眼見工夫，更不用高擁學識。自己嘛，澹將日子飴弄兒孫好了，再用不著殫精竭慮的……日後樂得清閒。假若我隱退後，也將股份轉讓與你，哈，哈！年輕人，用心去闖吧！」

阿志聽完，默不出聲，心中很明白，他所說，實乃衷情之話，對自己而言，無乃也是一個極好的機會……。

前往外廠查貨的 QC 檢查員報告，阿志大哥之廠家已經完成準備裝船的貨品質量或有問題，不敢擅自負責放行，故敦請阿志親自下廠走一次，以作定奪。阿志於是下廠一趟，除了與長兄照面打了個招呼之外，便聯同那一位比自己年輕約七年八載，長髮披肩的時麾青年名叫小許，是阿志介紹與大哥一起辦廠之合伙人，在零距離接觸下，邊檢查邊聊天的談話，得悉在設立工廠這兩三年內，營營役役，天天趕貨生產，依然是半虧不蝕的狀況，心氣已洩，頗灰心的。或者將有一天，離去也不定。

「嘻！兄弟；聽說你正覓地，打算另起爐灶是嗎？」阿志兩眼凝望著小許，親切地問。

「是的，在默默進行中。」小許釋然大方地答道。

「那你是準備與我大哥拆伙，還是全盤頂讓過去的做法？」

「我也不知道！反正我兢兢業業了好幾年而毫無結果，這條雞肋真的很難啃下去！」

「照我所知，你們倆在廠內，分工是清晰的，是否我大哥工作偏離了軌道或是有什麼不足之處？」

「他的出勤率是最高的，早到晚歸甚至協助包裝出貨直至通宵達旦如是者。」

「哪！你對他做的各分類帳目，是不稱心或有疑竇之處？」

「我也曾審閱過，似無疑問之處。不過……你兄長所造的各面大小總分類帳目，全以現金接駁而成，與我們以前所做的確不大相同。」

「哦！他的年齡與你我幾有半輩之差，學的都是舊式掌櫃入帳法。假如你對帳目有疑問的話，可直接向我兄長相討及澄清就是嘛！」

「唉！份屬同股合伙，諸多啟齒於事無益者。」

「嘩！小許，我比你添長幾歲，交往無邪，若推心置腹的朋友，老實說一句，這個廠你是老大行頭領軍的，應酬商行接單非你不行。我長兄本是一名門外漢，處理庶務及造帳還可應付，其餘的則只是輔助做些微力工作而已！當初合作時，我已開章立義的闡說清楚。若你離去這間工廠，我大哥絕對支撐不起來，我個人衷誠冀望你能打消去志，和衷共濟地再合作多一段時間，以觀後效，可以嗎？」阿志語重心長地說。

「大佬呀！承蒙你多年眷顧，時伸援手濟助，舒我困境於逆時，真的實是感激不盡。唯我自己已至存亡關頭，況且經濟支持我的人亦絕對不願與你大哥伙拍一起經營下去者，我也不應用我有限的青春與你大哥耗下去，脫身求變者，是我唯一出路，真真的敢請見諒……」

「也好，言白若此，兩端面背皆知曉去向，不是壞事。你我無論如何，日後仍是朋友，但願你在處理分擘瓜葛時，能多留一點情面，則幸甚！幸甚！」阿志帶點唏噓傷感地道。

「大佬，我會知進退的，你不要過份擔心，就此決定，一切大家都會很容易過去的！」小許說完懇誠欠身，慢慢走回他自己的辦公室裡。

聽微見著，一葉知秋，阿志由頭到尾，都沒有向小許追問一句突生肘變的原因。本來，用些微資本與人合作，而自己亦非熟悉門路的人，吸吮他人現成膏血與勞力的成果是上算之舉。既然人家可以獨立重新創業，非親非故的。在一個典型之利慾商業社會裡，古道熱腸日漸少見，應是無可厚非者。不過，細細迴思一下自己兄长品性，幾年蹲處此間，應該是絕對吃虧不了什麼。過兩天，阿志詢問了長兄，大哥也確認事態是必然的結果。於是也放下心來。既來之則安之。反正，自己亦有心理準備，大哥出來時也可以協助做一些同類的工作。

1982 年中一次不大不小的股災，對香港經濟來講，不算是大傷筋骨的事，但不多不少令阿志損失頗重。適值剛剛全力將舊拍檔股東之股份頂讓了過來，原來跟隨阿志的一部份職員離去另謀發展。恰巧，長兄也剛剛由他和小許合股的工廠退離出來，一如阿志前所計劃一樣，延納他入為股東，繼續奮鬥，這就是兄弟二人第三度攜手合作了。

幸得上天眷顧，幾乎整年三百六十五天，都是忙得不亦樂乎地為客人加工、生產趕船期的，人也輾轉磨得疲累至極，一心認為鴻鵠將至，一年結算，大必有斬獲如意者。誰料拿起年終帳目平衡表一看，微賺幾等於零。看各類分帳，全部依然是以現金帳目與總帳連結一起造的。阿志心內頗為納悶惆悵。

翌年一開始，阿志除了擴大接單數量並增開國內加工點外，更三令五申的敦促兄長，所有往來支付都以支票形式與客戶交割，除了部份小量現金雜項支出外，實行現代會計制度，分毫絕不混淆的做法。再者，阿志準備親躬每兩週或月底省視帳目一次，實行以商言商，循理而為，不再顧及弟不恭、兄不友之傳統倫理觀念了。長兄沒有多說一句，也沒有完全按照阿志指示去做，卻也造出一個半支票半現金的較為清晰的帳目來。阿志見自己目的已兌現一定成效，故把絃線也放鬆了一些，不再繃緊過份追逼。於是本抱底線，真的每半月或一個月時間的查看帳目，絕不鬆懈。

不多久，一位與長兄要好，年紀相若，兒時一起耍玩的名叫偉韜之宗族堂兄來訪，關心地嘮叨了一會家常外，悄然輕聲地問阿志：「聽說您們公司近來生意旺盛，加班增時的，甚至無暇返港安過大時節令，是嗎？」

「哦！算是吧！韜哥你也是看到的，我連妻子也推上最前的生產線上，不敢鬆懈，所有參與的人也都夠辛苦的。堪稱幸運的是，去年母親被批准單程來港團聚，代為照顧打點一雙兒女日常起居，學校往返送接瑣碎雜事，舒減了我夫妻倆的牽慮！」阿志頗顯無奈地回答。

「你大哥近來情緒低落，唉！看來竟畢是年紀漸長，精力與體力都有日感不遞現象。如可能的話，阿志，酌量輕減他的工作負荷為上，真的擔心他支撐不了！」

「是呀，韜哥，我略有所聞；最近我們有一批貨，客商驗貨扣壓著，聲言品質有問題，或有退回和強迫壓價之嫌。刻下尚未知演變如何解決，頗令大哥心驚受怕的。」

「這也難怪的，你大哥憂慮的是他抵押進銀行的那一層樓，若因此事而稍有差池損失，而不知如何是好！」

「是的，這個我明白。其實其數目不大，做生意是經常有發生的，大哥早也對戚友遍言此事，若天大事似的。迫不得已時，我也會將自己的屋契押進銀行，減緩大哥的憂慮。放心吧，韜哥，尚未到得知結果時，亦無須諸多猜想了，我會盡量將事件擺平的。」阿志淡然地说：「是啦！極之感谢你的關心，我父親生前經常稱許，紜紜眾子侄中，唯是你會經常攜妻帶兒的去探望他，真的是很有心意。」

「那就不敢當！三叔（阿志父親）是我們的一位德高望重之族長，有空暇時問候一下，是晚一輩人應該做的。」韜哥謙遜地回答。

「呀！對啦！上次三叔死後不足一月，你與大哥聯手急速拆去他房間之間隔磚牆，頗費力氣的，是否有……有……什麼特別原因這樣做？似乎……真的有點對三叔有屍骨未寒，不……呀……不敬之嫌？」阿志特意歪側著頭，斜斜微闔眼睛，望著他問。

「這個嘛……唉！……不知應該怎麼說……始終是你家中各人自己想法的事……我……我真的不應多說了。」偉韜族兄期期艾艾的，不知所措地答著。

「那倒沒有什麼大不了的事。韜哥……不用介懷。那……今次你到來補牆，抑或是特為說客的？」阿志漠然地問道。

「哦，沒……沒……沒什麼。只是……只是順道上來探望一下啫！真的沒有什……什麼的事。對啦，我那邊有一點別的事要辦，阿志……就此告辭。」偉韜族兄別過後就匆匆下樓回去了！

阿志望著他的背影離去消失後，久久地左右兩手交叉相互緊抓著雙臂。然後長長地舒了一口氣，悵然地頗有感觸的勾憶起一句俗語：「曹阿瞞也有知心友，關紅面亦有對頭人。」其人際關係，真的不可掉以輕心處理啊！

貨物抵達彼岸入口商手中多時，而貨款仍然扣在出口商手中而不發放，天天去追問，總也是徒勞往返，無濟於事，的確令人心煩，發惱的想將貨物由買家手中取回來算了。唯過程中涉及更多複雜手續與金錢花費，絕不是上策，唯有忍氣吞聲。思來想去，回家撿起一張一張黎雄才老教授畫的壓鏡山水畫，心中躊躇不定，疑慮著若將此一名畫拋出去，苦痛日夜煎心，確是難受。倒不如孤注一搏，算是迂迴地死馬當活馬醫吧！或有意想不到的結果亦未定。

主意已決，第二天早上，上班時間，阿志帶同已裱好一張不大不小的名畫，捲起包好，便堂堂皇皇地上出口商行，找它老闆去了。通過辦理落單及抽取回傭之相熟的職員，拜會了其老闆，一位美籍五十來歲的商人，笑說到來之原意，不是追討貨款，而是要求將貨品由美國海岸退回了事，不再拖延下去。順此呈贈一幅掛壁之中國畫，以謝貴行三番四次的眷顧落單以惠，姑且勿論日後再有往來否！

這位外籍商人，展開畫卷掃視良久，然後與帶阿志進來的職員細聲耳語了一番，滿面堆著笑容，和藹地對阿志說：「藍先生，事情亦未到如你所猜測的地步，我本抱中間人之角色，絕對保持公正，為進出口貨物兩方面爭取權益，你稍微耐心多一點，不要太擔心，事情一澄清，我立即知會你所有的結果。我也懇誠地希望，日後你仍然與我們好好合作下去，創造各方面共贏的局面好嗎？藍先生，你的心意，我恭領了！」說完將畫卷遞交與他的另一個女秘書，攜入他的辦事處。跟著欠身頗為謙恭的送阿志出去。

至此，阿志尚未得到什麼切實的答覆，心中依然是像十五個吊桶，七上八下，心內無底的，更遑論有什麼自信與把握？算了吧！既來之，則安之，俗云：「買兒莫摸頭，橫著心讓他去罷！」

一週過後，那位與阿志相熟的職員興沖沖的走來對阿志說：「阿志，天都光亮了，什麼事都沒有了，你們的貨款，可以如數取回。哈！阿志，你真捧，真乖巧，老闆收到你的名畫，欣喜至極。他詢問我，你為什麼能與這些名人結交，我只好直說，因為我由你手中也得到一張名氣稍遜一些的名畫。真的謝謝你，我叮囑太太把它掛在廳中當眼處，以綴壁增輝，親戚朋友看見了也稱許不已！阿志，日後我們應有很多機會並肩進退的。哈！哈！」

這一仗打下來，清點一下，除所有開支外，淨賺多十幾萬港元。真的是一生福禍難占……事件結束至一段落了，阿志由始至終，都未對長兄或任何人提及半句有關其中幕後運行之事，謹抱老父囑訓，「為政不在多言」之中國人傳統式儒家理念。在心底處，阿志深恐終有一日後悔自己將摯愛之文化精華，送與一位不曉中華國粹，非我物類之老外，而行施厚遇之道，以利換益的做法。

吃一塹，長一智，阿志感覺形勢，公司需要擴大經營範圍，意欲引領二兄長兒子進入公司協助，順勢訓練侄兒在商場歷練一下。稍後更將意圖轉告長兄，希望他們侄伯兩人全部接手，按現行線路營運，而阿志則另闢一徑，經營其他與內陸往來之生意。大哥示意他個人能力不逮去擔當如此繁重的責任而暗軟地推了下來。阿志不得要領，也只得如連帶附的維持原來現狀不變。

隨著「九七問題」困繞，香港各階層人士思維，都擾攘不已。1983年中，金融行情突然一夜之間，黃金及外幣急劇狂飆，升至不合理水平。黃金在三兩日之間，由六百多元一盎司上攀至八百多元一盎司 (ounce)。全港各階層人士都驚愕起來，不知所措。謠聞身居中國國際投資公司之超人大戶理事，由北京開會回港後，即帶頭拋港幣，兌換黃金及外幣，而激湧起如此巨大瀾濤，跟風的人，當然是推波激浪，起鬨不已。以至全香港陷入一片恐亂之中。後財政司 Sir John Henry Bremridge 出面調停，並施之以港元與美元掛鈎的財政措施，才使風波平息下來。

大哥驟然也趨慕跟風，意欲將公司所賺的錢，轉替兌換成黃金或外幣什麼的。阿志鑒言辨色，心知長兄是欲速分取紅利貯入私囊己袋者。阿志撿視一下帳目，知道今年努力沒有白費，即使未到年終結算，也有四、五十萬元現金結存在手，適值市場陰霾散後，金價漸漸回落至六百多元一盎司左右，於是著意長兄提錢，兌購六十盎司黃金現貨，順便提議少許部份現金紅利分與二長兄及胞姐兩人，以獎勵其對公司初期之些微力量鼎助者。出乎意外的是，大哥竟斷然地說「不用了」，阿志細細思量，此時此刻，不應也不須頂逆兄長決意。心想小蚊型式支助冀望能有回報的意念和想法是應該的，無可厚非的，深信日後自己仍有極多環境與機會對胞姐及二兄回饋亦未遲。故是作出決定，兄弟兩人各自先分三十個一盎司重的金幣，添以七、八萬元現金以先填長兄慾望，當然預留貯備繼續經營。這樣做，既可緩和一下與大哥的摩擦，也可偏佑兄長之私慾而又有小利於己，借力順水推舟之小本經營的商人本質。經此一事，阿志心中，卻也疙瘩久留，耿耿於懷不已！

隨著事業營運得心應手之際，加上阿志人事脈胳伸張闊延，廣識諸方司廳局中下層級人物，在當時社會，人情開放之氣氛下，阿志個人頗有所獲，私交篤融取獲大小名人字畫共有八十餘幅，可稱廣結文緣，可算是年輕與有名的老中青輩份之交遊，親戚與朋友皆羨慕稱奇！頗為可惜的是，父親仙逝，無緣見證小子能以蓁桅樗材，廁身於名氣長青之松柏林中，遊顧自娛而不諾諾謙卑者於中青之年，詫得可以矣！唯有一點，阿志很清晰地自己知道日後更非深造鑽研國學，以資自我增值而不可。餘暇之時，必到古籍書店撿購書籍及流連竟日於字畫古董肆店之間。

由於業務依然在擴展，阿志個人應酬日漸繁多，人生在俗世，幾許世故物理也如是，須要多化時間去蹭磨，阿志覺得，自己的時間真有捉襟見肘之感，恰巧，二哥長子正賦閒在家，於是徵得二哥同意，誠邀侄兒過來匡助處理一些纏身事務，二則可見習一點營商歷練，冀或日後可有自立之道。再有進者的想法，阿志自己抽身出來主辦一些與大陸雙邊往來的進出口互貿活動，趁著內陸諸物乏缺，短欠外匯之際，加上自己人物邊際網絡廣闊，無往而不利者。

隨著大陸開放形勢發展迅速，阿志終於下了決心，向長兄提出了一些自己的思維和想法，關於日後公司發展之大綱，那就是由長兄與侄兒接手目前經營之加工業生意，這只是蕭規曹隨，因循不變之軌蹟，繼續營運下去，而阿志則將身抽調空騰出來，專營內陸貨物互換進出口事宜，雙軌俱進的做法。唯長兄表示他個人不能支撐大局，寧願因循下去，否則捨棄而不為者。阿志聽後頗為沮喪，深感此乃狹隘暫短視野，且拖後腿，絕非振作圖強之計，難展大志。至此，阿志對小蝙蝠滿足於吮吸些量血液的做法，漸感心灰而且厭惡，若是自己自立門口偏離舊蹟，或一意孤行創新，難免墜落飛揚跋扈，背棄親故之口實，必招流言誹語於日後。若是因循不改，自然是糟蹋自己的才能於無形。面對著道不同不相為謀的景況及難於切斷的親情，心中真的十分糾結及苦澀。

隨著「九七」時限逼近，舞仍然不停的跳，馬繼續跑，鄧小平穩定安撫香港社會的策略正被受擁資族人挑戰。移民浪潮正逐步推高。「移民」此一話題，在社會議論上日漸熾烈。經歷過文革洗禮，國內有識之士大多自律言行，甚至噤若寒蟬，對國家大張旗鼓開放的政策，仍然抱著「騎著驢兒看唱本」的心態，不甚積極參與。至於那些搖旗吶喊，在位執行政策，精忠不二之黨徒們。他們的見識及視野，實際上不甚明睿，特別是五、六十年代出生的共產黨人，解放後才跟黨走的，故在開放運行中顯有偏差，「寧左莫右」之神髓不易脫淨。這也難怪，他們圍困於國內經年，無緣外出遊歷，缺乏對比的眼光去衡量事與物之正確性。以鄧老總為核心之領導階層，早也已如雍正皇朝施行正式的平籍法，解決及釋放了七類分子等疚病。更效法李鴻章抽取一二流尖子學生，供給公費放洋深造，冀以訓練人材為將來建設所用，即使日後人數不會全部回流，若能有十分之一，於願足矣！按照此條道路走下去，國家前途一片光明是可預期的。

「開放」高舉此面大旗，此志不移地進行階段，除了摸著石頭過河，戰戰兢兢積累經驗的同時，為修補弊端而衍生的黨人意識傾向，偶爾顯現。為了打擊猖獗之犯罪份子行動中，連一些年輕的十七、八歲青少年罪犯，也驗明正身，押赴刑場槍決重判以鞏法典，絕不賦予自身改過的機會。阿志妻子，親歷目睹此一矯枉過正的情景，口中頻頻連說：「不應該，不應該，不至於此吧！」經此一事，妻子雖然贊同阿志心存愛國及剝削同胞賺錢這個意念，同時也心存震慄。鑑於子女日漸成長，香港目前僅有香港大學，中文大學及理工學院三間而已，如不再發展添增，日後香港的適齡之學子們，教育問題應是頗費周章的。阿志妻子感染了當前社會潮流意態，頗多唇舌嘮叨涉及移民一節。阿志雖厭其煩，日久也漸漸關注此題目來。偶遇機會見到黃永玉老師，就子女赴外國求學一事並徵詢他對港人移民之個人意見，他懇誠地表示：近一百年來，國共兩黨政策都是比較善待僑胞的。

恰巧阿志認識了一位為朋友辦理移民事宜的尖子律師，在朋友慫恿下，半有意識的，半不意欲地報名全家移民去了。兀下也自有盤算，一邊辦手續，希冀能多拖一兩年再作打算。豈料兩個月後，律師正式通知阿志之移民申請，已被加拿大當局接受，並催促盡快束裝上道，這倒使阿志驚愕地亂了手腳。剎時間，阿志怎能拋下事業，踐赴他鄉而從頭起灶另煮，的確是一個大難題？思前想後再三：

公司的業務千斤重責，阿志是一肩挑的，經年推磨下來，商業信用，亦算顯著，來之不易，突然撒手捨去，真真可惜。大哥也曾表示過不願接手這趟依然是賺錢的攤子？如何妥善安排度過，頗費腦筋的。阿志仔細多方忖度衡量，終於想擬出一個折衷方案，於是硬著頭皮，找一個較為適合的機會，對兄長清晰地詳談一下：

「大哥，前段時候，我申請移民加拿大，已經批訖下來，假如半年內不踐約前往，批文全當作廢，當然，所有支付之律師費用，都飄水渺去。」阿志開門見山，誠懇地對兄長表白說道。

「哦！這麼快呀？那公司將來的事業，你打算怎樣安排下去？」長兄也不驚訝，悠然地問。因為阿志行事之整個過程，他都看在眼內。

「我想是這樣吧！目前交往全都是熟客戶，為數不太多，你都稔熟了，總可因循繼續經營，應無大礙及波折。況且，國雄侄兒，一位飄流英國留學回歸的年輕人在公司歷練，也有相當一段日子，在英語為主流的商業社會上，跑東跑西的，也能協助你分卸部份擔責的。」

「唔！這倒也是，那你不回來主持事務了？」大哥平靜地問道。

「我考慮過了，全家到加拿大後，總也得重生立業養家。至於做什麼行業營生，待抵達後，諸方探索再作決定。如安頓穩妥的話，不再回流了吧！昨天我也曾諮詢過二哥一下，欲將自己的股份全部無償轉讓與侄兒國雄及不參與業務的貞姐，在你主持下，繼續經營，冀或能際此機會與侄兒，有一個實在磨練境域，再者，或有微利分潤與貞姐，則吾心安矣。二哥亦頗贊同此一舉兩得之見。」

「好吧！那麼就照你的提議辦。」長兄毫不猶疑應允道。這一回答，倒反而令阿志兀然驚訝，事情進行得如此順利。心想反正自己周詳安置，在人生過程中，無愧於心便是。智者，有時亦應曉懂糊塗的真諦，不必也不須去戳破糊紙內之景象，讓其嘗試自然發展下去，或許是一個圓滿的結局亦未定，何須戚心多慮哉？

大事鐵定，於是，空餘時間中，往廣州古籍店，分批購置了一大批國粹書籍及文房用品等，分程攜回香港，準備裝箱轉載移民之途，阿志深知今番一去，夷域那邊絕對難有機會搜購得到這些物品。

移民各項大小瑣碎事宜，一切打點就緒，特地再去拜趨訪那位居副教育司位之堂兄，託請代為將女兒的學位退讓出去，以示慎重移民決心。這位堂兄呵呵笑言：緣來緣去，皆自他手，咸信此一炙手可熱，香港數一數二，最搶手的聖保祿女子中學附屬小學學位，乃成千上萬名家長夢寐追逐之物，必定是內部人士競爭的盛事。他更不諱言，因此事而獲得阿志饋贈黎雄才大師中型名畫一幅，真的是極之僥倖及叨光……文人交往，沒齒難忘之美事。

難得浮生半日有閒，好不容易才在家中吃一頓飯，阿志兩眼凝望著母親，輕聲地問：「媽，今次我全家移民，妳有沒有打算與我們一起前往他方？如是的話，我會在落腳後即為妳補辦申請手續。」

「哦……不用啦！我這把七十開外的年紀，本來跟隨你們一起，看著孫兒們長大，是享受天倫之樂。唯在外地，語言不通，變得又聾又盲又啞似的。一生人中，大半世習慣了南方生活，一下子轉往冰天雪地，應該很難適應。如你所知，留在鄉間你那位半廢不殘的妹妹，婆孫三代，都是圍繞我腳跟長大的，尤其是那小曾孫女，仍然稚嫩，怪教人放心不下。若我剎然遠去，遙長遠路，不相問聞的，我不知如何自處。況且，她們家境不甚寬裕，日後那些農村分地建房雜事，無論錢財籌措和人際網絡關係請託方面，都頗費周章的，我當留下照應協助她們完成才是。還有，這兩年來，我與你媳婦相處，平常沒有什麼齟齬隙嫌，但總覺得我倆是貌合神離的。不知何時何日，驟起波瀾也說不定。唯一我擔心的是，今番你揹負一家大小這個重擔，遠涉重洋而再闖事業，人生路不熟，的確十分困難。阿媽我雖無深廣見識，不多不少亦猜懂你打著口號為兒女學業前途移民，而實為跳離這個複雜，情理難纏的家族。唉！真的難為你了，那又何必呢？」母親頗為傷感地說。

「阿媽，兒子知道妳懂得忍讓，事事以大局為重。以往媳婦多有衝撞得罪之處，懇請原諒！更感激妳早起晚睡，悉心地照顧孫兒們。我較為牽心的是，日後妳怎樣安置妳自己？」

「這倒不難，我可以搬回與你姐同住，依然可以顛東簸西，奔跑往返廣州香港兩地，照顧一切。」

1984 年初夏，為了感謝黃永玉老師攜贈與子女的兩張韓美林彩墨渲染小動物壓鏡綴壁畫，阿志特意地將離港路線改為經由北京停留，經東京然後轉飛多倫多移民落地報到。抵達北京後，阿志一家大小四人乘車趨訪黃老師在木樨地家裡，適值黃老師離國外出，只得師母一人在家。寒暄問候各人安好，得悉其家一雙兒女黑妮黑蠻都遠渡外國求學未還，對師母闡明折道來意，順便攜同妻兒遊覽故宮一次。師母欣喜歡迎。七歲稚齡幼子，淘氣頑白得可以，隨處在黃老師家中奔走，嚇得師母急忙彎身伸開兩手尾隨稚子，生怕他推倒什麼似的。阿志眼橫一掃，意念中忽也驚恐起來。急忙喝止小兒不可胡亂奔跑，待得小兒停頓下來時，額上捏了一把汗。客廳傢俱中擺放陳設，全是酸枝或紫檀木的，几上案頭置放的，不是唐三彩就是古漢陶具，精小盤栽之類。架中擺列著，各種明清名貴瓷器，或大小形象不一的精緻骨董雕塑之類，偶一不慎翻倒其中之一，價值難算？從師母口中得悉，對門隔壁之華君武先生也已出門國外活動未返，無緣致候，心中暗忖久多逗留無益，仍是早走為宜。於是謙恭地辭別了師母，攜同妻兒返回酒店中去。

第二天，按照計劃，連同妻兒往故宮遊覽一趟，阿志雖是第二次重臨，但卻無暇，無心細覽詳觀，頗生感概。妻兒她們的中華文化根柢不深，只感到新鮮好奇，過眼睹慾而已。同是駐腳瀏覽一物，心情各異。女兒也憨戀童真，竟然爬越攔繩，欣喜地上台一試坐上龍椅的滋味，恰巧附近也無管理工作人員在場，當時尚未有監窺視像設備，故可逃避被控之虞。囫圇吞棗式的完結行程了事。由北京飛抵東京之日，日本即東京 Disneyland 新遊樂場開幕之第二天，於是乎匆忙地帶同妻兒入場參觀，是因其闢地甚廣且部份建築尚未完臻，難能竟日完遊各處，況妻子極感疲憊，更兼時間緊絀，於是草草拍攝幾張相片留作紀念，總算是了卻心願……

飛機緩緩減慢下降高度向著多倫多機場移動，艙內氣壓漸升脹逼耳膜，令人好生刺痛之感覺。阿志的兒子突然哇哇大哭起來，驚煞機艙內眾人，都以奇異眼光朝阿志這位七歲大的兒子這邊看來，阿志妻子用手掩著兒子雙耳，一邊噯噯連聲「不怕不怕、不痛不痛」地將兒擁進了胸膛，連說：「就到了就到了……」好一幕母子關切之情，湧現在眼前。近座位的人，都顯關懷詢問，孩子是否病倒，是否須要喝水或需要什麼幫忙及藥物似的？阿志低聲連說「沒事，沒事」並感謝各人關注，而腦海中閃動出一幅幅的畫片：歐美西方世界中是那麼人情味較厚一點？真假不須闡說；總不似香港隔鄰對住，老死不相往來。即使路人密密擦肩

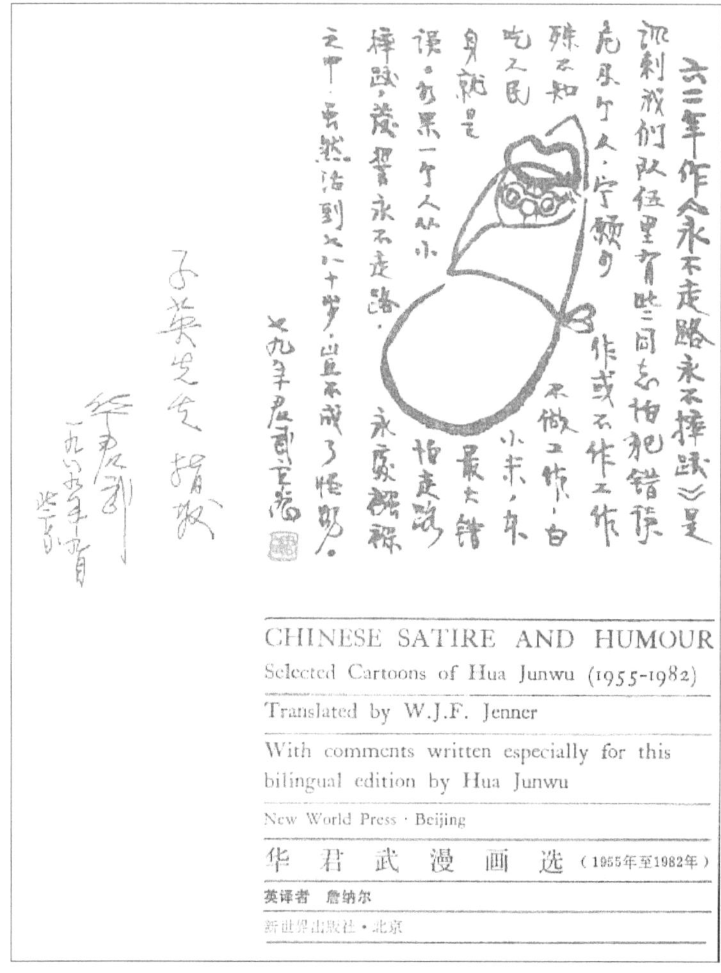

而過，見有仆死老翁，繞路避行之夭夭其速，不欲召警煩纏。鴿子籠般的摩天大廈雖是櫛比鱗排，若災火萌生，即相驚錯愕，走避不多互伸援手，俗語所謂「各家自掃門前雪，不理他人瓦上霜」。唯一顯現視屏或傳媒的公益捐暮善事，頗顯活躍大方，更不吝惜大灑金錢而冀望圖名。道德觀念薄弱，幾乎全面市儈式道德崩壞，是否乃香港特色之過份密集住戶環境所至？不得而知。

　　再觀大陸，即使朱元璋及潤之先生再世，也難根治此一私欲橫流之理念。酷如元朝霸狠，十戶同使一把菜刀者；三十年後，依然是煙花滿楊州。所謂共產難以泯滅私欲，蘇聯如是，中國也如是。短短數年之間，阿志認識國內四、五、六、七品官員，可謂不算少。觀微知著，厚黑賄賂之事，阿志在當時算是尖子一名，難辭其咎。若謂其敗必先緣於內者。後散至科級以下，稍握實權者，皆欲分羹而啖之，大大小小依附脊椎之蛆蟲，皆須飲足食飽。即使是下層白丁，也須與他們攬頭抱頸，稱兄道弟，方為知己，更遑論呼盧猜拳，吆喝終日。對於多讀詩書之人，陪以品格，何堪此苦哉……？

　　罷！罷！罷！意氣闌珊之餘，急流勇退，遠離市纏而隱於野，無乃是最佳解脫方法。此乃真真，阿志之胸懷肺腑。旁人雖親如戚友，能理解者又有幾人？若吱吱喳喳責咎阿志移民者，實拙不識荊者矣！無論如何，統治當局者，能將土地價值撐起私有化讓黨徒及黎庶，共享其益若西方國家或前朝那樣，則民主漸分強權實利於時日也。阿志深信三千多年來有文字記載的這個文明古國，治民源於儒家，效果安定見著，何須蹺企宗望大鬍子主義哉？自漢、唐、宋、明、即使外族君臨之元及清，皆捧為圭臬。忠信仁義廉恥，儒家教誨，重臨中原之土，阿志終生所望者也。

　　登陸 (landed) 報到加拿大移民當局後，暫時駐腳在朋友家中，等待付運途中之傢私及整套機械設備到達然後再作計劃。閒暇時到處拜訪一些老移民，探詢有關設廠經營製衣廠事宜，皆言此處勞工薪金起點不低，更是法例上諸多保護勞工者權益，密集勞工，實不易為。工人越多問題就越繁複。阿志到處探風再三，證實景況如是。在律師婉言指引下，決定中轉計劃改為設辦真假難辨的進出口公司營運。停留此處，伏櫪三年入籍後再作打算。故提取機器後，分批轉賣出去，以補生計。盤算生活費足夠應用三年後，自己立刻扯帆回航。樸實的生活，除了柴米油鹽醬醋茶之外，偶爾會去泡泡館子，好好打一頓牙祭。其餘空暇時間多了，正好趁此閒散時光，將帶來之國粹書籍，充分地多研覽幾遍，以補學庠之不足，可算是自嘲的「自強不息」吧！絕不荒費光陰。

在此兩年之中，阿志雖是隱於市塵，與世隔絕，湖平心靜的。忽然一位領有政協銜頭，來自廣州的著名畫家，與阿志稔熟稱兄道弟的，在此間舉辦個人畫展，因其女兒滯留在多倫多美術學院修讀，順道探訪。不知怎的，右派文人落力捧場，非親共報章宣傳火熱。反令中國領事館燙手起來，事態反常罕見。揭幕之日，作為小弟的阿志，自然義不容辭充當主辦人員招待嘉賓，為單柏欽兄在展覽會上來回奔走，協辦一切瑣碎事務。更是落力吶喊撐場。領事館文化參贊帶領副領事二三名連同副手到賀，右派那邊廂居然是由郭英殊老將軍親自到場熱烈祝賀。敵對相方，同場統戰，未共握手言歡，唯場面的確熱鬧非常。所有字畫作品都被貼上標籤，認購一空，可謂盛況空前，阿志亦不敢怠慢，要求畫家單兄將陶淵明之《歸去來兮》那一張隸書寫的條幅留下認領，以便日後返國應用。

際此緣機，巧遇郭英殊將軍而重逢於異域。阿志與此老雖非稔熟親摯，然因何世禮將軍之《工商日報》關係，十八年後，又再見面，故或緣也！郭老自然也親熱相迎，一敘悠長閃失歲月。阿志剎那間好像重會一位可以傾訴的長者，頗有他鄉遇故知的感覺，欣慰莫名。正因為這個緣故，日後阿志間中多有機會與郭老及一些多倫多唐人街俊彥交往。一天在品茗共敘中，郭老問阿志，可有興趣投資入股一間位於唐人街的粵菜酒樓，約可容納三十餘圍酒席者。

聽後，阿志以尊重的情懷，頗顯興趣，細意地詢問郭老其原委：「郭老，這間……這酒樓是否值得投資者？願聞其詳。」

「哦！賺錢嘛……倒也不一定。店鋪在唐人街最旺盛之處，筵開三十多桌，所有股東都是我的摯友；一位是水產供應商，一位是蔬菜供應商，另一位是與酒樓業毫無關連的中國畫畫商，你應該認識的，他是加華畫廊的老闆。」

「呀！是趙少昂入室子弟那位黃先生？這個在單兄畫展上有一面之緣，我可算較為相熟一點，以前在廣州裱畫場中見過，其餘呢？」阿志虛懷懇摯地問。

「應該沒有了！呀！再有一個是以前的股東，已經退出了。為了遞增一位添補上去，這就是今天我問你有否興趣參與其事之緣故。」

「郭伯，」多倫多華人社會都如此尊稱他的，是一位極負名氣的年長老人。「譬如說：一份股份參與是多少錢？」阿志不厭其煩地再問。

「五萬加元，入股後可你以管帳 finance control 式為全職行政管理，大小事務統理，領有微薄薪水，至於能否獲得花利分紅，那得看你與樓面各員工協作關係而定。」

「郭伯，實不相瞞，我來此間幾近三年，計劃三年入籍後便買歸棹而回，再戰江湖於精壯之齡。留下妻兒在此間繼續學業罷了。人生也無甚大志，刻下帶來之現金，也已化掉得七七八八。若有時間允許，或可籌集充裕也未定。一時三刻真的頗難決定。待我回去周詳運籌一下，稍後再答覆你老人家可以嗎？」阿志誠懇地回答。

「很好，年輕人凡事多加深思熟慮，可見穩重，你回去推敲推敲，然後答覆亦未遲，豈或你直接與你相熟的畫廊黃老闆面議亦可。」

「我會的，我會的」阿志唯諾連聲的致謝辭別了出來。

一如慣例，回家扭開了電視，聆聽即日新聞報導。但今天較為詫異，心緒不寧的，腦子總是縈思著與郭英殊將軍之一番對話，頗感困惑。先不置論，自己是否被他人錯覺選為對象，亦或他人真誠眷顧。若細心去分析，為人操守應當對長者給予一個回覆交代。其次，該慎重考慮自己實際景況量力而為。深深推思一下，假若投資入一個陌生行業，俗言，不熟不做，乃理所當然。若逆理而為，只可諉稱為挑戰嘗試，駕馭那人人生畏的勞工老問題，冀或成功轉業，殺出一條新的血路。若然固封不變，必是走往一條賣（變賣）、當（典當）、借（借貸）的老路，終將手中如滴水般少少錢糧唷光淨盡。如果執意歸舟回航，年少備受監護的子女，固然無緣置喙，唯妻子必是千萬個不願。如苦苦無為地撐持下去，也見不到前途光明。是亦難，非亦難，應否另求別徑運行，正是阿志思維鬱結所在。阿志低著頭，兩眼凝望著地，苦苦沉思之中，依稀悟出一條似通非通的一條曲線來。

第二天一早，阿志特地拜訪了畫廊老闆，據稱其曾奉趙少昂為師學藝多年，少昂與黎雄才關山月皆為嶺南派二代翹楚，份屬同門師兄弟，弟子遍留海外與國內，門派鼎盛傳承。恰巧阿志與雄才、山月兩名大師緣聚多次，且獲墨寶數幀作為紀念，偶其緣也。今番與黃君交往，話題卻不是藝海絮語，而是銅臭學問，真堪嘆息！

「黃兄，昨日郭伯與我詳談，力邀我加入你的酒樓事業。唯我對飲食行檔實乃門外漢，心雖嚮往經營，謀業以活兒養妻，立足於此，奈何目前拮据一時，難以足湊數額以填股份。此番趨訪，敢懇請教能否指示一二，可有變通或寬限之處，讓我考慮籌措籌措？」

「藍兄，言重了！我本乃一繪畫又賣畫之人，對於飲食品行業，何嘗不是一竅不通？何有經驗可言？況且，我從未親躬參與其事，絕無半點實益回饋。大股東實也只是外股而已。其餘兩大股東也未參與酒樓事務，唯較為好一點就是，他們是供應商，頗有貨價溢利。事因經年累月虧蝕，冰凍非一日之寒，實質乃內部壁穿，敝流不綴，今番意欲革新，找一幹練之人，監督並鏟除陋習，以圖改革將事業撥回正軌，冀或重新有一番作為，以遂吾等意願而已。藍兄一介儒商，可謂文武兼備。故我特邀郭伯代為說項，以表懇誠。」

「哦……原來如此。」阿志方如夢醒，接著問：「本地行中老手甚多，為何不選取一穩實幹練之人去完成任務？」

「藍兄，打一個譬如，放一位親力親為且有切身利益的股東下去處理改革好呀？還是聘用一個雖有經驗唯是投鼠忌器且因循的人較好一點？你試選擇，如何？」

「饒有道理。啊！此也難、彼也難……」阿志頗有感概地說道。「黃兄，酒樓經營既存宿疾，即使將我投進去，也未見得可以施藥回春，立竿見影的。」

「這個道理我們都懂。至少冀望你能縱理疏導，抽絲剝繭式地將癥結逐點剔出，讓枯萎之樹去蟲後而重生。」

「黃兄，恐怕是你將我看得過重了。問題是，我現時根本沒有如此多閒資投入，即使有心而恐力有不逮之處。」

「藍兄，我們對你的錢與能力兩碼事一齊考慮的。知書識墨，你是肯定的了，酒樓就是欠缺一個這樣的人。股銀豐薄或可酌量以內部問題商榷。首先是你有沒有決心投身進去，其他的事都可商討的。」

「黃兄，今次晤談，深感你的誠意，先予致謝。敞開天窗說亮話，你們相邀共事，更請得六、七十年代香港文壇，叱咤風雲，左右激烈統戰之龍頭大佬，郭老將軍代為說項者，十分難得，此老與我在香港六十年代初實有夙緣在先，你等應是不曉悉者的。故在情在理，我應允諾如善，不敢推託才是。唯現今我真困拮在手。如俗人所說，剌宰死豬，連毛帶屎，諸方湊集，斤量不重於加幣一萬五千元左右的現金，頗有杯水車薪之感。另通融別徑可行者，乃我手頭尚有少量現代藏畫，你們看看或可以展覽標賣形式籌措多一點銀碼充數，以合拍成好事，得讓我攀船共渡吧！否則，我只好婉辭敬謝不問了。」

「好！好！藍兄，我們再碰頭商議，明日再往酒樓午膳，確定此事好嗎？」黃老闆滿面堆笑，連聲說道。

阿志辭別後，踏出了畫廊，長長的舒了一口氣。回想此舉無疑是曲線厚黑攻略。首先不亢不卑的，禮貌地給予郭老一個答覆。二是進退皆稱規度。三者若不成事，正中下懷不已。四者若真成事，則可以說在加拿大這個所謂人權的地方，環結他人之實力，以四兩撥千斤的手法，面對和見識一下人人談虎色變的勞工問題了。

事態進展，一如推斷一樣，他們接受了阿志的提議「藏畫展覽標賣」一途。事實上，他們亦想探究一下阿志之經濟實力及學識達到什麼程度？既來之，則安之，阿志絕不爽約。近百張中，選取大大小小約五十張，大多是畫家落款送與阿志的現代畫，名氣大小兼備者，交與黃先生去籌備展覽事宜。

為了節省開支，黃老闆選用了自己畫廊作為展場。開幕那天，既沒有剪綵也沒助興排陳，唯在美洲版《星島日報》副刊整版頁刊載其事及展品圖片，郭老將軍簡文推薦，可算隆重其事。故當地部份僑領或好事者，皆有所聞。故唐人街內，多了一位不明來歷之華人藏畫家。至於使館方面有否相關文化線路執事人員知曉，就不得而知了。自此之後，郭伯更多引見介紹了唐人街內，頗多露角鷹揚之俊彥，如賈納夫女婿，《星島日報》美洲總監姚守一，北美詡稱第一才子許之遠（家驅）、香港移民名醫陳存仁、僑領翹楚洪世忠、香港左派著名影星傅奇等，與阿志認識。

　　就是如此，阿志在願與不願之間踏進了自己認為是地獄的困身行業。在當時依然是一個節衣縮食的保守移民領域中，多倫多舊畫市場是一潭死水，看畫的人頗嫌畫價高昂，多不願意沾手購入。故藏畫銷售成績不著。只有三幅，其中一幅關山月之壓鏡「紅梅」疏影橫斜，畫得極為精緻。另外一幅黃永玉兩尺寬、四尺長掛軸靜墨鍾旭嫁妹，及另一幅五、六尺左右之中堂壓鏡荷花（頗為有緻可玩的），這都是阿志至為心愛，在香港長掛家中壁上的，為畫廊黃老闆以每幅千元加幣買下，以作固本投資貯畫之用而絕不出賣，更揚言若阿志需要，當可回頭贖回。細想人家巧以抽取龍筋式，半人情半以商言商之墨家本利手法套取，阿志在對畫家討畫過程中，也有使用相同手法者；繼而想及自己手中尚持有頗多，如俗語說：「禾熟不怕鼠耗。」再者，人家在畫展時，雖有郭老匡扶，而廣告宣傳，細意打點各節都顯有金錢痕跡。罷！罷！罷！還是賣兒莫摸頭，忍痛割讓與懂畫之人算了！（結果 2000 年期間意欲贖回時，黃先生言沽售出去多時矣，阿志深悔不已！此乃後話。）為了保持信諾，阿志再從保險箱提走一張可兌換五千盎司白銀信票，僅以每盎司美金三元七角五分，最賤市價沽出套現後，提取一萬五千加幣，連同賣畫三千元再添現金七千，總共二萬五千元加幣，踐約加入酒樓為股東，並正式進駐成為職員，處理日常大小庶務。

　　時柏欽仁兄尚未返回中國，滯留在留學多倫多的女兒家中。阿志撰文推讚其畫藝時，間中外出與右派文人唱酬，阿志多是叨陪末座的。有一天，單柏欽兄與許之遠先生原本是以文論藝的，不知怎的，話題涉及政治有關蔣中正與毛潤之誰可稱得上偉大一節。兩位來自不同極處之名

關山月大師惠贈紅墨梅花兩幀紀念

人學者，一是來自大陸之廣州政協委員，另一是來自台灣頭戴國大代表
之銜，正因各自觀點而爭論不下，雖未至面紅耳赤，實也持平不下。阿

志插言道：近代史中，兩者連同孫中山先生，三人都是偉岸之人。翌日，許家驅先生在《星島日報》他自己的專欄內刊登當日與單兄舌戰議論蔣毛二人誰偉大一事，陪同單兄來的朋友（指是阿志）也折服並認同他的論點言指蔣總統偉大。當阿志看到這段報導時，真是哭笑不得，卻也十分氣憤。思前想後，於是拿起疏懶練字的毛筆，用文言寫了一封信，拜託郭英殊將軍轉交與這一位北美第一（中文）才子，全文如下：

許之遠先生閣下：

偶讀大作，內容牽及在下義乖言詭，慨然憤懣難舒。竊思區區如我，一介無聞小子，初抵異域，苦為儲粟而奔營終日，沉負哺兒活妻之肩。適逢其會，與君論涉時政駁議，仁智互呈，盡皆並實，理有所據，絕無誕辭妄說。在下學識淺陋，咸認孫氏、蔣氏、毛氏皆乃偉岸之人。位異道殊而功用有別。昔孔丘見棄於時，可知法政之家，自有所持之術道。然只褒顯於後世，忠孝仁義，並歸帝王所極用。正所謂有為無為於時利也。蔣氏承孫文雄烈，一統中國，足驕顯耀膽識謀略，毛氏據位，以漢人充徒揉合各族，竟漢武雄志於別徑，小子雖遭其苦歷，唯以法政身位而衡量事物，迄今絕未存半點怨懣咎責之心，自曉政策為益效所用。運籌措著以用其極，古今盡然。後搦管繫囚千萬以拱勢位，自剪枝幹，謀亦奇哉詭矣！唯以生靈為賭注，不亦愍乎？今雖蓋棺，猶未定論，若以功過褒貶，日後必粲然載顯於史冊。時人議論紛紜，多出自怨忿之心。小子狂簡末學，不以朱紫同色而苟同俗議，更不願矯情屈意而承附高見，敢謂秦皇雖暴，明君可當矣？

閣下文章詞意，罹我棄友滑變之嫌，非我本性。細慮初臨此地，一介閒人，不繫名聲韁鎖，未諳同塵和光之道，偶或言詞激撲學長兄台，誠請見諒於一二。故敢簡書足下，以申一隅愚見。

縱觀海外華人，甘願寄客他鄉，更生作育，苦不堪言。先見笑於異族，再而見嫌於同類，不相濟渡，更以機端相互攻訐，不亦悲乎？環顧多市文壇，善能搦管為文如閣下者，已是鳳毛麟角。人能博識學廣，絕非一日可為功，兄台當曉感個中苦樂。以中青之年，書畫俱能若單君者，已屬難得多見，可知藝成之不易。趣譖惜保羽毛豐艷，不亦慎乎？庶或以君聰慧亮達之資，振臂一呼，環圍集結，統攬志同道合者，添增中華文化光彩於異域，不亦美哉？

——1985 年十一月十八日於多倫多

（註：許之遠（家駒）先生出自台灣大學，文學系碩士，台灣駐加拿大區域國大代表，謂稱「北美中文第一才子」，名彥也！）

　　正因為這一封信，陰差陽錯將阿志牽引進入了一條懂得如何運用文字去辯駁及抗爭之道，由腦海中抽出默藏已久的學識，淋漓盡至地揮發出來應用於日後。那真的要衷心地感謝這位才子許老兄，機緣巧合地引領阿志出關……

　　酒樓上場之初，除了雜亂無章，做一個迎頭送尾之勞役小廝外，並無重大意義的工作，幾乎所有的職員都用奇異眼光看待這位從天而降的新同事。更有惡作劇式戲弄的，被樓面經理指令去洗刷及修理廁所，施以下馬威似的。什麼接單收貨拖掃樓面的，倒油拉垃圾的，阿志都照做了。一為現場見習，二為按圖索驥，熟悉各部門環境及實際運作情況，以便日後對症下藥。變更也好，改革也好，都是一個名詞而已。

　　這間粵菜酒樓三十多名員工，位座唐人街最熙來攘往之地。阿志算是「九七」幌子下的第一批移民。那時華人社會尚未出現有一間超級市場。這條唐人街，彷彿是華人家庭之肉、魚、菜市以及副雜補給物品中心。傍晚四時半後放工的華人們，大都擁往此處購買剩菜肉類、燒臘、海鮮等佐飯東西回家。單是兩條十字路 Dundas St. W. 和 Spadna Ave.，即使在橫街窄巷欲找一個車位也頗頭痛，十分的困難。大部份新來的移民大多堆在東面 Scarborough 區域居住。有敏銳觸角，緊握商機的華人投資者，正大力在這裡發展最大的超市連鎖店，成為新的華人中心，此乃後話。

　　阿志的酒樓分三個部門，早上茶市七時乃以點心部員工及部份樓面人員半班參與，午飯後再準備好明天各種用料，連叉燒包都蒸妥，明日待用，然後可以收工回家，至翌日早上六時重來。中午茶飯與晚上飯市筵席以及夜宵直至凌晨三點之時，都由廚房及樓面以一班半完成。半個月後，所有員工都須經由阿志手中發放兩週薪金，廚房及點心兩部門是以統包形式，一筆總數交與兩部領軍大廚手中的。人們開始知道阿志位置是有點份量，背後被人笑謔起了一個綽號叫「幹部」。阿志也絕不介意。

後來樓面部經理不知是試探式，抑或才有不逮之處，要求阿志代為書寫一些菜單。更變或減價促銷原本屬於他份內之事，阿志都替他幹了。說句真心話，這些瑣碎事對阿志來說，卻是手到拿來，輕而易舉的事。後至什麼酒樓掛壁之文字廣告之類，都出自阿志手筆了。更有甚者，客人要求選寫筵席上之喜慶對聯，阿志都代為選作，用自己私人之文房四寶，大筆揮寫。左右聯意對，平仄工整，人們看了都讚譽有加。至此，「藍先生」尊稱之名也奠定了下來。上下各員工，對阿志都較前敬重多了。由於參與樓面事愈來愈多，阿志要求分取一份 (tips) 花利之謠言，也不脛而走，愈煽愈旺。阿志的工作負荷正日益加重，連嫁娶喜慶筵席訂單也權宜代為辦理了。往往當班直至凌晨三、四點，將當天現金收入結入帳內後始回家睡覺。

特別是夜宵這一班，幾乎是通宵達旦的，大部份酒樓都不願經營。顧客多為越南人，豪惡迫人，手槍短劍帶在身邊經常露現，見怪不怪的。紅男綠女恣意高談，旁若無人，若問以何職業謀生者，不得而知，亦不敢隨便詢問。咸信是美國由越南撤退後遺下之阮高奇黨羽，在美加之餘孽吧。站在營商立場，開門求財，人客就是上帝。通常這一班次多由樓面經理及兩位越南青年當值。時有部份酒水菜錢少算帳者多有的是。阿志雖是看在眼裡，唯此乃前朝因循舊事，若要變革取締，牽一髮而動全身。這類服務事間過長之生意，還得理據及數字齊備，方可案提於董事局衡量得失才可表決，故目前仍得因循下去。於是，有心人語阿志取代樓面經理地位之說，更甚囂塵上。

　　由於銀頭緊抽在阿志手裡，以前放任各部門隨意自決訂購，現今進貨非得先經阿志首肯允許，否則絕不支付分文。雷厲風行的事終於出現了，尤其是廚房部門，以前原箱冷凍的豬大腸、鵝腸、鮮魚，無頭殼及連頭殼的鮮蝦，甚至干貝、肉類等，若銷流不暢，逾時過長，延留在雪櫃冷藏下去終將變質。往往作為員工膳食剩菜也消化不了這麼多，而員工天天對著所謂餘剩殘料，漸生厭惡。到頭來亦走不過如垃圾傾倒之惡運，令人握腕痛惜，損失全是東家的。假若分發與員工帶回家去，當然皆大歡喜，唯是此例不可長，以鞏規章制度也。是故按實際需要計劃酌量訂購物料，才可堵塞漏洞。因此，阿志必須每天視察廚房點心兩部門雪櫃內的貯存，而作供給調整配搭。

　　問題立即來了，廚房部以軟性回彈手法，揭露出過往訂購的蔬菜、冰鮮海產和水盤魚翅都是由本酒樓兩大股東處購入的。怪不得阿志見此位海鮮股東老兄，經常跑進廚房向大廚討要訂單，送來貨後，阿志仍得簽單了事。交來各式大小規格一公斤裝急凍鮮蝦仁，將其解凍脫水後，實得百分之七十或更少。即是說，剩回七百克重淨值可用，且肉質鬆軟變型。與他人供應品質上乘的可有百分之九十實用相比，優劣盡見。再者，那些用哥士的化學液劑泡發脹大的水盤魚翅，放在熱湯中越煮越燉越縮小幼如粉絲者，哪可保持質量？為了稍微平衡內部利益，阿志半解死結地，決定二十五頭、五十頭及七十五頭蝦仁，廚部出菜用的依然交由股東供應。其餘最大宗的九十頭、一百一十頭的，則向別的優質供應商採購，以保點心部每天銷量最多之蝦餃及燒賣（混入蝦肉）之營市質量。至於菜商的那一位股東，若不願意再供應蔬菜時，則選擇附近菜店新鮮菜類填補，相信也無大礙。跟著阿志在股東大會上，詳細列出數字理由引證近半年經營，營業額並未提高，唯內部漏洞卻堰塞了不少，應對了他們將阿志引進來之效用，以天鑒正，問心無愧！故阿志在桌面會議上提出三點建議：

　　「第一，開源節流，現正逐步並繼續堵塞漏洞，以免崩堤其速。至於開源：細看數字，顯示未必能有過大改善。加拿大境域，普天如是，冷凍天氣長達七個月之久，特別是在漫天風雪嚴寒那一段日子裡，人們寧願呆坐家中也不欲外出，故酒樓早夜市總是門堪羅雀的。早上六時至翌日凌晨三時半的冷暖氣消耗，絕不因生意小薄而稍減，這是一條極為關重的頗大數字。自從上次發生越南人以匕首傷人事傳開以來，夜宵市每況愈下。在此事件之前，夜宵營業都是入不敷支，只是沒有人詳列數字戳穿而已。若刪除夜宵之市，廚房部大小七位廚師中可每月節減一名及廚房打雜人員薪金約二千多元支出。同時亦可省回三至四名樓面服務人員約二千元者，連同省卻水電燈油火蠟開支，至少約為六、七千元加幣，實在不是一個小數目。」

　　至於開源這一方面，阿志也提出了自己的見解；「縱觀中國華人舊理念中的嫁娶、生、老、喜慶宴會上，花費仍算穩定。俗例上年中被認為好的農曆日子。年終歲晚都以預定全滿，特別是背離家鄉之越南人，對子女後輩之婚姻都較為注重，不論窮富，大都張羅熱鬧慶祝一番。唯獨是咱們經營這一間酒樓，地方淺窄不夠寬敞，幾乎連超過三十二圍檯面之酒席也無緣接應下來，故營業額難以增加。刻下隔壁同層有兩鋪位樓上空置。敢請在座各位唐人街老大們，前往跟業主洽談一下，增租其中一鋪位大之樓層，擴大營業以放手一搏，業務料或有起死之望。若添租至兩鋪位，則嫌過大，早午茶市不易為之餘，三個部門尚要添加人手，則可能又是一闊三大了。以上稟呈，各位共加深思裁決好了。」

　　「第二，我來時，酒樓信用已降至地平線下水平。目前也沒有太大好轉跡象。只能以每天營業額現金結集去應付務必支付的日常開支。前段時期欠下街帳皆已暫停支付。或盡量退一返三地支付和購進，供應商大都要求貨到現金支付，在座的林兄老闆也如是。現金流動已達燃眉之急。若無新的現金來源添入，恐怕在幾個月後，酒樓將會難逃倒閉之厄運。我在此謹提議眾位股東是否考慮重新集資此一不得人心的意見，確保公司運作如常？」

　　在座眾人默然半晌，姓林的股東兀然站起來，提起嗓子大聲地說：「我贊成藍先生建議，增租隔鄰鋪位，擴大經營一搏，以圖反手迴轉向好。」跟著毛遂自薦繼續說：「我與那空置相連之業主稔熟，這兩天就前去與他相討租賃之事。還有，有關集資的建議，據我所知，藍先生尚未集齊股本交來，可否速完此事，再議其他？」

「好！好！稍安勿躁，林兄……報告前我聲言有三大建議，我尚未說完，你就急不及待地打岔插話。現在我繼續再言第三建議好嗎？」阿志再不理會各人反應，繼續發言：

「當初，我力言不欲參與，礙於你們郭老大大情面，故有婉轉賣畫一節，才能與君等有緣共事，在座黃老闆可為見證。多月來事事親躬，夙興夜寐的，採集了確鑿數據與事實，總結所有結徵與弊端，攤諸於會議桌上，祈求一挽救解決辦法，以拯危機，心本明鑑如湖，未求分毫淺益，反遭利欲當頭指責。既是猜疑互踐，縱有良方醫藥，不施驗癥何用？俾由繼續庚吃卯糧，讓其病入膏肓可矣！再說林兄慘蝕於始，我更無稽隨蝕於後，真的是五十步笑一百步矣！何益之有哉？再有甚者，若由林兄領軍試試，能否聘請到一位，處事疏理入微，甚至忍辱負重，薪給每月只取五元兩毛五分時工計算，至微至薄之廉薪總經理嗎？」阿志不卑不亢的，清晰的，穩重地吐出每一個字。

「我僅要求各位在會股東，我為了避嫌，站立桌旁不表立場，由你們三位表決一條，就是先行凍結欠付彭、林兩位股東以前積聚的貨款，暫不追還，以便緩緩度過目前這個難關，而再日後圖算。否則，我無以為繼這個無米之炊的角色下去。」阿志鄭重地說。

會議氛圍頓時沉了下來。良久，畫廊黃老闆首先表態贊同。繼而斜斜地眼望著其他兩位，沒作一聲。

沒有多久，蔬菜供應商姓彭老闆咧嘴微微笑道：「意取沛公不成，林兄你的意見如何呀？」然後舉手續說：「我贊同與黃老闆一樣。」

「既然已經是二對一通過，我反對又如何？」林老闆兩肩聳了兩下，灰灰然答曰。

「是了，藍先生入息實在卑薄，我提議由樓面抽出半份花梨 (tips) 與他以作津貼如何？」黃老闆詢問他們兩人的意見。

「可以，我會向新來的樓面經理，可囑其事落實的。」彭老闆迅速地接著說。

阿志沒致一言可與否，至此，黃老闆宣佈散會。

待彭林二人離去後，黃老闆凝重地用似有埋怨的語氣向著阿志輕聲地問：「我的藍先生呀！你究竟走唱那一齣戲，事先又不與我溝通一下！令我幾乎應對不了！」

「哦！是這樣，在我推想之中，你沒有利益夾纏在內，一定贊允的。餘下兩位掛帳得益者，特別是彭老闆，深知欠帳一時三刻難以追回，況且，刻下由他改組樓面部門，徐圖後算，未可作為全輸之局。反之，一向得惠於廚房部門的林老闆，當感沮喪一點。而你這一位引頭奉獻供銀的大股東，絕不可能得益於此。反而會得益於日後在我那三張名畫上，好好地收藏，越長時間越好。今天我表述的，全都是你積累多時，礙於情面而不敢宣諸於口的心中話，我代你吐說了，你應感舒暢一點才是。再者，飲食行業，士嘉堡區新聚華僑移民越來越多，將來會發展更好，地運使然者。反觀唐人街日漸老化，實乃此消彼長。兄台應盡早引入他人投資，冀或尋求一個退計為上！我與你倆，算是以文相交，緣或盡結於此，逝者已矣！夫復何言。」阿志語重深長地說道：

「藍兄，我真的愧咎將你帶入困境矣！」黃老闆歉意地說。

阿志也不多言，敬辭後駕車回家去了。

往後的日子，阿志盡忠職守，恪守本份，依然辛勤不怨，默默耕耘地分配好各部門業務。站在刀鋒浪尖之上，真真正正的如自己戲言所說的，移民加拿大後第一次親身實驗中，面對最扎手又複雜的勞工問題。即使倒了下一去，而問心無愧足矣！

1989 年夏五月下旬，天安門廣場烏雲密佈不散。群聚結集井井有條的學生們以悼念領袖為契機，囂叫高呼民主自由。這批運動之學生，大部份原是共產黨得享天下之高幹子弟們，更立自由女神像為象徵標干，頗有更替天下為己任之磅礴氣勢。黨頭老大，小平哥哥未見坐鎮京城，晃似失蹤，未知去向。總書記大人公開在廣場與學生們對話之時，家寶仁兄則廁身其側。後至總書記聲稱十億人民支持他時（據報章雜誌載道），此乃共產黨與國民黨團伙中之最大心諱者。阿志斷言：鎮壓必將開始。全酒樓的職員皆嘩言不以為然。阿志與當時多倫多大學化學系客座教授的摯友陳漢文先生談論時，認為可攀援宋朝太學生造反舊例，斷論今次學生運動必將失敗收場。後局勢演變平靜時，阿志更揚言，平亂官兵必受褒揚備至。眾人皆指責阿志為冷血動物。嘿！無識者怎能知曉秀才能論天下事的道理？其實並不玄奧，深諳史實記載的知識（臭老九）則明矣！

記得老母親由七類份子轉正為平民之時，欣喜莫名，高聲稱頌鄧小平偉大，焉知此措施實如雍正平籍之法，援用而已。再者，毛周親自與尼克松總統握手結束越戰並對中國開放，二者老矣，體力難撐。誰能為國為民平穩度過擔此重任，在國家再不可動亂的前提下，尤其是軍隊。葉帥安於穩坐內庭參謀本色，雖擁資歷而不欲攀據出頭鳥之位，由老政委，慣走穿梭巡迴軍旅中之鄧總出任，最為適合。敢於冒頭對頂，再開放，此志不移。後被推褒頌讚為「總設計師」，居功至偉矣！局勢創來不易，謹望後人珍惜。阿志曾為第一代實際參與開放之回流之牛虻，當知因由結果，澄懷觀論世道於大者是也。

牢騷發盡，還得走回現實之處。縮瑟風雨，見落葉而知秋。阿志已不寄望酒樓景況好轉，自當部署日後前程。適值黃老闆告知有遠親入股，稍後會駐場上任。阿志本已意氣闌珊，更不願再理會他人如何長袖善舞者，待新股東進場，即盡量轉移交割責任。跟著定下路線，直飛北京，折回南京、上海、下落廣州一行去也。

1989 年九月十三日深夜十時左右抵達北京，由一位領有法學碩士名銜，暫居多倫多，陪同妻子正在多倫多大學攻讀博士課程的冼姓朋友，介紹他在北京兒時姓唐摯友往機場迎接。抵達後，一同乘坐機場的士直奔王府井附近，已預定的和平飯店入住。車行至天安門廣場前一個十字路口，由軍隊架起交通障礙封道，四面有幾位士兵荷槍實彈把守，停車檢查，任何人及車輛不准通過。一個士兵過來，拿起阿志護照左看右看，全是英文字眼，應該是看不懂吧！兩眼端詳再三阿志的容貌與相片是否對照相符，不再查問，反而對阿同來穿著樸實的朋友嚴加盤詰起來。索取身份證明之餘，追問住址、職業、單位、家中直屬人員等等，再次來回多次瞪望他的居民證與相貌；然後左手將疊在手中的護照及居民證交回給他，右手揮揮，提高聲調地說「回去回去」四字，也不闡說理由，便走回他的同袍士兵處抽煙去了。

朋友的朋友不得要領，咕嚕咕嚕連聲的不知說些什麼，領著阿志這位第一次認識的加拿大來客，登上原來的計程車，返回他的家中去。車子拐進一處有幾棟約九層高大廈的院子裡面，一位持槍橫胸，身立筆直之哨兵，走下台崗詢查，只見他們兩個嘰哩咕嚕了片刻，士兵示意可以進入。於是車子在其中一棟大廈停下來。阿志因下機還沒有兌換代用券，朋友的朋友只好代阿志付了車資，攜同行李，走上二樓，一棟兩伙對門的，用鎖匙開了門，引領阿志踏進一所頗為寬敞，約一百六十平方米左右，四房兩廳的屋子內。只聽到中一間房中一老沙啞聲音言：「是崇德嗎？回來了吧！」

「是的，爸。」跟著，阿德引領阿志進了他自己的房間，放好行李後，再次出去他爸的房間叩門入去了。阿志依稀聽到老人那沙沙微弱最尾的一句說話好像是：「明天一早，就好好送客人回去」這幾個字，接著聽到崇德連聲「是是是，爸我知道」。不久開門出來返回自己睡房，眼看阿志正襟危坐著。趨前幫阿志打點，舖設好床被，和顏悅色地對阿志說：「藍先生，夜深了，今晚就請委屈在此，好好休息一下，明天我將帶你往飯店報到，那我就不騷擾你了。」說完，兩手夾著棉被，反手帶上門後出去了。

第二天一早七時左右，阿志朦朧中聽到大廳門外急促敲門聲，阿志側耳傾聽，得悉是昨晚門衛的口語，上門催促崇德早一點踐約，帶客人離開此處，以了卻他的責任！至此，阿志「唉！」一聲深深地嘆了一口氣！心想：京畿重地，「六四」至今已經過去好幾個月了，情況依然是如此嚴峻緊張，真不如外地呼吸自由，哀哉！

　　到飯店安頓下來，阿志終於舒了一口氣，對崇德說：「很感激你昨晚為我奔勞安排一切，今次來京滯留應是三夜四天時間，今明已預約兩位朋友晤面，今天正是中秋正節，中國家庭團圓圍坐一同吃飯的大日子，那就不再煩纏你啦！可否於明天，我前往你的辦事處拜訪詳談，看看我們有什麼能相連在一起於將來，可以嗎？」

　　「很好，很好！絕對歡迎。那就明天早上九時半，恭迎候教。」崇德熱情地回答。

　　「一於這樣，明日早上按時按址趨訪兄台不誤！」阿志說完緊握著崇德雙手，親摯地送到飯店大門，然後揮手告別。

　　阿志回到房間，拿起電話撥了一個除了北京地域外，國內其他地方及國外都被掛斷線而打不入的，應該是中南海內一位姓許人家的號碼。鈴、鈴、鈴，今次電話是通了。

　　「喂！喂！喂！我找毛毛，他在家嗎？」

　　「我是柳維，毛毛暫時不在家。」一把嬌滴滴清翠銀鈴般聲音回答著。

　　「我是從加拿大多倫多來的，姓藍，陳漢文教授的朋友」

　　「我知道了，老師信上都寫清楚了，說你昨天到來北京，歡迎！歡迎！你現在住在那一個賓館？」

　　「和平飯店 204 號房。」

　　「那好，今天下午四時半，我帶同愛人來看你好嗎？」

　　「好極了；那我就在飯店等你們吧！」說完之後，阿志慢慢地掛上了電話，思潮起伏。離下午約會的時間尚長，阿志踏出飯店 (hotel)，信步沿著王府井環遊一圈，看看北京這個黃金地段是如何的繁華景象，漫無目的的。繼而向天安門廣場走去。白天是沒有宵禁的，算是好奇地看看今昔景況如何？除了長安大街沿北面廣場，疏落間距站立有軍警外，人民英雄紀念碑前，依然是有三五成群的小孩，嬉戲奔跑其間，或手牽長線飛放風箏，閒靜有緻的，看不出如傳說那般蕭煞。目前北京城唯一的地下鐵軌道沿線車站行人上落都如常運行，或許多了一些如平常民眾一樣的便裝人員罷了。上兩次來北京時候，都無暇參觀毛澤東紀念館，怪可惜的。今番重遊，離遠看去，應是閉館期間，再也緣慳一面。茫茫然直朝西面公主墳那邊走過去，不知不覺轉入了橫邊的小食檔，吃了一碗炸醬湯麵，再看手錶，已是下午近二時了，想著今天約會，放心不下，於是提早趕回飯店去了。

信守時約是阿志一生中最為重諾的，遲與早不會超過十五分鐘。在地下大堂，隔著寬闊高大的玻璃窗板，全神貫注著每一輛汽車、自行車及行人的進出，生怕錯過偶一不慎的疏忽。阿志頻頻地看著手錶，超過約定時間近三十分鐘了，仍然未見到自己希望的影像出現在面前，頗有焦燥之感。良久，遙遠看見一對年輕人騎著自行車駛進了堂前大院側的單車欄前停下，把自行車鎖好後，並肩言笑晏晏地走進大堂。阿志兩眼細細衡量著這對穿著比較時髦，年約三十左右男女，男的個子高高清瘦英俊，雙眼陽光炯炯，長長深灰一條藍斜褲，腳穿亮靚皮鞋，上身棕色夾克，衣著頗顯整齊乾淨。女的裝扮較為摩登，頗為窄腳合身的灰藍青年裝褲，黑亮扣帶皮鞋，身束白色襯衣，外穿一件淺黃色窄腰外套，燙了一頭烏黑頗為時尚品味的短髮，頸繞著一條輕盈薄薄的粉色絲質圍巾，樣子娟好，明媚照人的。

阿志在揣猜中緩緩地從沙發座椅中站了起來。心想：應是這對年輕人了吧，誰不知，那年輕女子靈敏如脫兔般，搶步上前趨向阿志：「請問，你是藍先生嗎？」

「呀！我是……請問妳是……」阿志尚未說完。

「我是接你電話的柳維，這位是我的愛人毛毛，許海星。」說著一邊迅速用手牽拉那位年輕人的手，向阿志介紹。

「很高興見到你們。騎自行車老遠趕來這裡見我，辛苦嗎？」

「不，我們住的地方離此很近，就新華門側旁那入口處不遠就是。」毛毛懇實地回答，跟著問道：「陳教授在加拿大情況如何？」

阿志也沒有多說什麼，打開自己的手提箱，從裡邊拈出一封密口的信，遞交與毛毛，隨著說：「這是陳教授叮囑我當面呈交與你們的。」

　　毛毛小心地拆開信件，細細讀了一遍即轉交到他愛人手上道：「妳也看看吧！」柳維在信上約略瀏覽了一遍後，將信紙交回毛毛手中，然後輕聲言道：「你跟藍先生說吧！」

　　海星（毛毛）有條不紊的緩緩說道：「藍先生，今次來得不是時候，事件雖然已過，勢態依然極為嚴峻，陳教授囑我代為推薦各線路營商的朋友，以俾協助你在國內發展，極為善意，我當極力成全才對。什麼批文往下放達都源自北京中央，刻下正是肅煞時段，何人敢於犯難冒險，走向熊熊熾碳上拾取火上之栗？待日後情況綏靖下來，我再為你籌措打點一切，好嗎？」

　　其實阿志真的不知道陳教授信中所寫的內容，經小許如此說白，當感陳老兄他真是相知交往的摯友。事事都為阿志打算周全，貼意窩心的。再者，小許所述亦是實情，回答也大方得體穩重。自己雖有私欲，仰仗情面而請託權貴，非親非故，無利無益相連，是不易為功的。阿志有自知之明，當下連說：「合情合理之至，若形勢好轉，冀或下次再來叨擾如何？」

　　「無任歡迎之至。藍先生回去後，請代我夫婦二人向陳教授致以問候。」小許謙謹地說。

　　阿志看看手錶，將近是傍晚六時了。因是普遍人家晚飯時候，於是提議小許夫婦二人道：「偶此機緣，好不好我們一起晚膳，度此中秋佳節於北京，也是我人生之中巧碰的第一次？」

　　「多謝你的美意，藍先生，我倆仍得趕回家中，一家大小圓圍夜飯的。老頭子是不喜歡我們節令時外出應酬不顧俗例的，尤其是中秋與年晚兩個中國人的大時節令。」

　　「既然如此，那就不勉強了！下次有機會來北京時再見。冀或你們出國去加拿大時，不要忘記打一個電話與我或陳教授，好讓我們一盡地主之誼。好嗎？哈！」阿志邊說邊從胸口袋中拈出一張私人地址的名片交與他們兩人。

　　「那麼就有緣再見吧！」他夫婦二人起身揮手，手挽著手向著外院的自行車棚中走去。

看著他倆的車子和背影消失的同時，腦子也正在沉思，他的父親許鐵如老先生，規教嚴明，足見老一代革命者操守謹樸，不忘初心，若能薪火相傳下去，國家還是朗途寬廣的。宵禁再過一些時候更要實行了。阿志也沒有外出，在酒店餐廳隨便叫了一些東西吃完便回房中去。首先早點睡眠，重新適應東西兩半地球的時差，明早還要會晤崇德仁兄的。

翌日一早，起床後匆忙梳洗一下，連早點也未沾唇就接時按址赴約去了。當計程車抵達偌大的一座舊院，兩層舊式建築大廈，阿志舉頭一望，大門口掛滿一大堆豎板招牌，大都與機械工業或進出口產品業務有關的。阿志也不理會，直踏上石階走進大堂內面，往詢問處說明來意。接待員也很客氣說：「你找我們唐處長？與他有約會時間嗎？」阿志曰：「約會時間九時半。」

「那請等一等，我去落實一下。」接待進去不久然後再出來，引領阿志進入一間接待室，泡了一壺茉梨花香茶，然後說：「我們的處長很快就出來，請先喝杯茶稍等一下。」說完返身走了出去。阿志慢慢啜了一口茶，正茫然默想間，崇德推門走了進來，兩手夾拿著兩大公文袋，裝滿什麼似的。「昨晚中秋節比任何一年都較靜寂，可安睡得好嗎？藍先生！」他劈頭就問。

「託賴，能入睡，應須多過兩三天就可適應，就恢復正常了。對啦！崇德兄，我有一好奇的事問你……你與多倫多小洗的關係是……？」

「都是五十年代初出生的幹部子弟，父親們也是老戰友。副總局級了。我和小洗是要好的同學摯友，文革時對我倆衝擊不大，算是造反派吧！1970年我高中畢業後參軍入伍，一待就是十多年的軍旅生涯。日後父親也曾遭受一落重上，經歷五七幹校苦劫，自此以後身體健康大不如前。改革開放後，家母早逝，姐與妹遠作他鄉婦，苦苦無人照料，家父催促我轉正回流，各方面諸多請託，結果以軍階副處級轉正，歸依此機械總公司作為庇護所了。至於小洗嘛！雖然其父親坐鎮青海酒泉科學軍事要地，中央三令五申，不能衝擊這個地方。但他亦不能遠保北京戶口的妻兒。聽說小洗也被分派下鄉一小段日子，其他細節就不大清楚了。因為當時我在軍營，除了幾封家書外，其餘都是隔絕的。後至他回歸上大學法律系直至考取碩士及結婚這一節，我則是實不知情，無可奉告。小洗在學校是尖子，聽說他的愛人也是尖子，否則那能攀讀得博士銜？至於他的愛人是不是李鴻章式的留洋公費生？小洗為什麼隨去伴讀，我更無緣致喙了。對啦！小洗現在多倫多的情況怎樣？藍先生可否告知我一二？」崇德關心地問。

「姑勿論他的愛人是不是公費生，即使能獲取國家微薄的一定津貼，兩人的食用及房租，交通日常支出都是數字，可算是艱辛的，除非他們兩邊老家賦資鼎力相助？」

「照我知，他父親雖據高位於酒泉，然那鬼地方的確是磨轆碾穀糠，難以榨出什麼油水的。丈母娘家怎樣，我真的毫不知情……」崇德低聲咕嚕著。

「那你可放心，美加地方，近三十年來，從未有餓殍一事，小洗現在一家連鎖酒店作臨時工，賤力而為掃地、抹窗吸塵，擔床拖架的，以每小時五元七毛五分，八小時算，每月約得一千一百五十元，工薪扣除百分之十五入息稅後，實收九百五十元左右，加拿大例，購物尚要抽聯邦稅，本省稅等百分之十的花費。按加拿大收入，絕對是貧窮線下之家庭，支撐的確吃力。他的愛人更加要咬緊牙齒，專心攻讀，否則功敗垂成，沒面目見江東父老。再者，學成後是否能學以致用，尋找對口職務，尚在未知之數。不過有一點肯定的是，學成歸來，政府都納用無疑，兩人都可大有發展。單是小洗的法律系碩士頭銜，已是一個檢察官資格。將來前途無可限量。我曾多次勸他，待愛人學成後即返國一展所長於孕育自己的國土上，不可賤力委身於異族。唯最擔心的是。六四事件之後，不少專才的莘莘學子皆棄故國而謀求他國一籍，蔚為成風，令人握腕痛惜。」阿志頗為傷感地說。

「憑其自己取決命運吧！冀望他們能穩住定位方向，我得以摯友誠心，寫信去勸說一下。呀！說了這麼久，幾乎忘掉了正經事。藍先生，我此處有兩袋資料揀選與你的。一是民用大型自動電梯系統製品，人流過票裝置櫃檯面，倉庫物流自動輸送系統裝置，這都是我們公司目前大力推廣的，適合機場、地下鐵、機鐵檯面站以及大型倉庫用的。另外是有關兵工廠常規產品出口類別，你看看，那一類產品你能代為國家奔走推動一下？」

　　阿志首先打開一袋資料，隨手翻了翻，眼見都是常規武器，長短槍械，AK 四七衝鋒、卡賓槍類、肩負反坦克火箭炮、各種彈藥、小型坦克，輕型炮艇都有。稍略瀏覽之後，隨即塞回入公文袋裡，並推移回崇德手中說：「我乃一介小商人，既無外交特殊待遇，更無軍方背景。此等令人家國紛亂，血雨腥風，生兒沒屁股的事，我不願為，敢請見諒！」

　　跟著啟開第二個文件袋，所有目錄及說明書等，細意將它們分作二堆，接著解釋說：「刻下香港赤鱲角國際機場動工，如火如荼地展開。所有機場設施，各條內外線眼都瞄準，不眨一眼的，各方人事活動，也正角力進行。相信香港機場管理局也懂得如何擺平衡去做。將來一定會有部份中國設施中標安放設置在那裡，應用不著你我這些蝦兵蟹卒促成其事。假使外國有如此大的工程計劃，都是財團在前，政要在後才可以衷和拍合的。只是……國家對外開放十年多左右，你所提供這一類產品之國產原材如鋼鐵、鋁合金在冶練技術及質量方面，稍嫌尚未達到國際標準。千萬不要氣餒，假以時日，中國人必然會向著精益求精之方向走去，日本人走過的路，我們也應照樣可走上去。照我個人意見，目前這些產品，應該主力向國內推銷，摸著石頭過河，一邊製造，一邊積累經驗，一邊改善，以致日後口碑漸佳，以達品牌效應，總比以賤價推出而多會引來質量合約紛爭較為上策。國家創匯固然重要，但價廉物未美必引來煩擾多多，以上只算我個人偏頗之見。無論如何，我將攜回你這一堆較為小型成品設備說明書，去推薦與有關行檔經營的人，詢求他們意見及著力推銷為望。我本非此行業人員，擔心對此事稗助有限，崇德兄你意下如何？」

　　「那好極。藍兄，回去盡量推介一下，集腋成裘，人多力量大，若遇上對口經營的人，懇請介紹直接與我們聯絡是幸！」崇德摯誠熱望地說。

「一定一定，你我雖是偶緣相交，畢景是朋友的朋友，日後多保持聯絡，冀或有一事可成者。」阿志也熱誠地回答。

辭別了崇德，當天下午電話約晤了居住在北京多年，以前是陳漢文教授的女學生，拜託她代為購買一張前往南京的火車票，準備明日離開北京，繼續自己的行程。

翌日下午，阿志坐計程車按照約定時間前往西單側旁之新北京火車站前，看見一位軍裝穿著整齊，肩章銜顯兩線一星少校級別，兩手推扶著一輛自行車，兩眼炯炯有神地盯視著車站大門前如鯽穿梳進出的每一位人客，像等待什麼人似的。阿志下車後，用眼來回地掃視了兩遍往來匆匆的人群，然後快步地拖著自己的行李，直趨這三十開來歲佇立凝望的女軍人，向前開腔詢問：「請問這位女同志，妳是徐姿女士嗎？」

「是、是、是，我是。」她很誠摯恭謹地答道。

「哦！你就是陳漢文教授口中所說的，出色敬業之得意弟子？」

「不敢當、不敢當，你……應該是我老師信中所說的藍先生吧！」

「是！我正是。妳在北京住了很久了吧？」

「也不太長時間，六、七年左右吧！」她邊說邊右手按著把，將單車推向車站旁的自行車排內，將車子後輪鎖穩停妥，然後搶過阿志的行李，拉著走向車站售票處，並親摯地問：「陳老師在國外，生活可習慣嗎？」

「唉！怎麼說呢！一個人孤單地生活在異域，目前只專注寄情於學術教學上，更要死攻硬拼好英文底子，可不容易啊！」阿志頗有感觸地說。「如妳所知道的，他的愛人（妳的師母）和他的女兒依然滯留在南京，即使能有機會出國，相信也必須辦理很多申請手續。他是全國化學系統一名出了名的尖子專家，國家當局對他的將來怎麼想及安排處理，實在不好猜測，隨緣去吧！希望真的能踩上這次開放主潮流。今番我去南京，必然往其住家探訪一次，算是向她母女倆攜帶一個信息吧！呀，對啦，現在很多人都嚮往向外走一趟，這個念頭有沒有觸動著妳？」阿志懇誠順便地問。

「意念也曾經有過，結婚後住在北京，孩子（男的）也四、五歲了，實是不太容易移動。而我的職業是在軍醫院搞化學研究，安坐尸位，不是跳繩子的人物。本也胸無大志，我想還是待孩子長大至專業程度向洋求學之時才算罷！喲！對了，藍先生，你有否攜帶代用券（外國人兌換人民幣用的），還有你的外國護照購買軟蓆睡臥車票是不須排隊的。」她帶點緊張而關心地問。

「哦！我來此間已三夜四天了，不多不少也在賓館飯店兌換了一些備用。我們就一同前往那個外國人專售窗口買票吧！」頗為幸運，這個專門以代用券出售火車票窗口前面排隊只有三、四人。阿志扶推著行李，一邊從褲後袋中抽出銀包，抽出一張五十元面額代用券，並將護照一併遞交與這位年輕女軍官代為打點一切。恰巧，買了即時班車，為了不誤點，匆匆忙忙地拖著行李。趕往候車室剪票進閘，新建車站是不設送客站台的，只得深恭地向這位青年女軍人簡短的多番致謝，然後跟人流爬上月台指定的車廂去了。

抵達南京站大門出口時，陳教授另一位姓萬的學生舉起註寫著阿志名字的紙牌已在恭候了。這是教授的老家（金陵），也是阿志今次來的最終目的，第一件是要做的便是連同小萬趨訪教授夫人及其小女（當時中國政治氣候是一孩政策），從手提箱中抽出一封頗長的信，遞與嫂夫人。教授老兄曾言及，欲將這位十六、七歲女兒攜至國外留學，或完一家團聚的心願，當然信中應有詳細敘訴，或綴寫有吳下婉言膩語，阿志是無從知曉，只是猜測而已！

教授夫人看完信後，長長的呼了一口氣，緩緩地說道：「感戴藍先生千里送歸鴻之情，我自知曉如何回覆漢文，決斷日後家庭飄外或留國的問題。今番遠道而來，本應熱誠招待。唯是我母女兩個婦道人家，頗有不便之處，敢請包涵。那就由小萬（手指著站在她女兒側旁之小萬）招呼先生一趟吧。」

「師母請放心，我會盡心伺待藍先生一切在南京之行程，直至他離開為止。」小萬頗為恭敬地答道。

於是，阿志辭別了教授夫人母女，連同小萬逕直驅車出門前往中山陵一遊去了。三百九十二級石階，一鼓作氣，攀登而上，佇立在國父孫中山衣冠塚前，放眼向下遙望，兩行青蔥松柏拱衛，視野無阻一直延伸至長江邊，塚後青山圍繞，宏偉盡顯鐘靈毓秀之氣勢。阿志凝望良久，深深感佩偉人事跡之餘，更為其能得此地中國風水堪輿如斯大象者讚歎。倘若阿志他朝一日得其息壤萬分之一如此者，何其美哉！怔怔中，一陣清風襲來，吹醒了阿志的冥思。緩緩的咧嘴「嘻」聲一笑，搖晃了幾下腦袋，吁了一口長氣，無可奈何的，散懶地，和小萬二人就地取景拍了好幾張照片，以作留念，然後便下山而去。

來到秦淮舊地，一河污黑臭水，兩岸相隔，新起的仿舊建築群，顏色鮮艷，那有像清明上河圖般古樸熙攘的感覺。大名鼎鼎的夫子廟，嶄新塑造，倒也簷角崢嶸。雖然牆刻碑鐫林立，遊人如鯽，阿志總覺得欠缺了些少恬靜的文墨氣息，只是世俗人趨暮覽勝而已。阿志雖是到此一遊，心境淡然。經歷了中山陵數百級石階攀爬上落之後，體力實也虛耗不少，肚子確實感覺有點餓，也沒再選景拍攝便默默地找尋食肆去了。

與小萬二人選擇了一間不甚起眼，專門本地廚藝的小食肆，入座並叫了兩斤初臨季節，平價推銷的（大閘蟹）毛蟹，清水煮蒸做法，一碟涼拌之南京板鴨，一尾紅燒鯽魚，配以刀切薄如蟬翼，爽脆清甜可口的生藕筒片，加上稍用開水飄泡一下的，幼細長條的胡蘿蔔和大蒜，口感軟硬適中，條條幼如髮線般的辛辣蔥白和薑絲奉設佐食，難怪人稱讚，江南刀工絕天下，絕非妄言。待得一大盤熱騰騰毛蟹端上桌，沒有京華都市慣用的剝拆工具，只得用手擘其蟹蓋，撕扯其肉，沾些大紅浙醋或蒜蓉佐食。正如吳下鄉人所語，大快朵頤！這一頓，是阿志有生以來，品嚐江浙鄉間平民地道、簡易，縱懷解饞之食法，不亦樂乎！

火車抵達上海車站，阿志匆忙召叫計程車，往錦江飲店辦理入住手續。馬不停蹄地即往南京路口一間頗有名氣的食肆中，趨暮名牌菜式叫了一尾紅燒黃魚，大概是冰鮮貨色，饞極也吃不出如他人讚口不絕的味道。由於時間緊迫，匆匆在古玩市集上選了兩塊怪形石頭塊，囑咐販賣者馬上雕刻上「澹居少主」和「劈山雷語堂主」兩尊石印，緊跟著便往黃埔江外灘轉了一圈。以地標舊匯豐銀行為中心點，沿江上下，信步閒遊瀏覽。這邊岸的燈火，總也不覺得如典故書籍上所描述那般美艷糜爛璀璨。對岸陸家嘴，黑綠油油的一片稻田與婆娑樹木，尚未開發，依然是那麼的怡靜安詳。只見得滔滔揚子江水，正浩瀚奔湧流入東溟，好不壯觀。阿志也無心戀顧，拖著疲憊的身軀，一隻手叉著腰身，緩步走回飯店去，因為明天一早，便得趕往虹橋機場，乘機飛返老家廣州去了。

回到番禺市橋，這裡對阿志這位開放年代首位回歸之投資者來說，自然是相熟至極。於是約會自己的摯友，姓何的海關兩關關長（貨物進出口及入境碼頭）兼縣經貿委主任，順便同邀也是姓何的原縣長（後升格稱為市長）者，一起在酒樓午飯，順便試探一下，在依然繼續開放的政策下，能否回來有點作為，無論配搭是私或公者。

市長大人笑著說：「目下六四過後，大部份投資項目都暫時停頓等待調整，特別是上馬以後之土地建設類別。藍先生今次回來也正是時候，重新再作第二次投資，為祖國作出貢獻，我們肯定是歡迎之至。」說完用手指著坐在阿志旁側之好朋友，接著說：「何經委，你好好為藍先生掂量一下，有何項目，可安排為藍先生落腳，開拓投資事宜籌措一下。」

「好的，市長，嗯……正好，目下在我以前轄下之蓮花山港區域內已經建設好的工業區中，有很多地方及廠廈空置，不如……提議藍先生記名買下或租用廠房，去發展自己屬意的行業於將來。不過，目前國外人士仍然未能正式登錄土地轉讓，聽說中央將來會有條例出台立法允許的。」說完，用手指向坐在身旁的一位較為年輕的人繼續說：「呀！是啦，小賈，你這位工業專屬區主任，應可提供更多更詳細資料與藍先生參考一下是嗎？」兩眼炯炯地望著他。

「是！外經委主任，我會的。藍先生是早年第一位來番禺縣投資的人，當時是新鮮的第一樁大事，幾乎無人不知曉。那時我尚稚嫩年輕，藍先生當然是不認識我，日後若有什麼需要支援，我自當全力以赴。」

「由衷感謝市長（原稱縣長）及何主任諸多攜提，且待我回去先作安排一下，回流的時間及財源各節。很快便會再來一次，以作定奪。」阿志很禮貌地回答道。

經此深入探索，阿志確實感受到自己去國幾年後，國內開放後的形勢更變蠻速。由早期之順仰姿態改變為以平等站台，甚至反要求叫板，反客為主了。時移勢易，理之所然。阿志在開放初期，對人無論是升斗市民或在職幹部皆如是說：中國在日後將來，若把土地價 jet up 捧高，國家與庶民皆受益而共享富有，此乃還富於民之嘉策。觀之，國家現在已懂曉急速地大量印發鈔票，將各條戰線所賺取已得之外匯，嚴律貯留在自己口袋之中，再而按價兌換，甚至允許籠內溢價炒賣，回饋予企業和私人，不再堅持一成不變自我封值的人民幣政策。更以莊家態勢積極參與世界金融上推下壓，或謂以資本為主位，進出有序，甚至活入活放之投機倒把伎倆而去平衡利益，無論是財經及政治方面皆如是。敢信，中國人民日漸富裕，軍事和經濟必然壯茁，指日可待。

唯是，要臻至全面富強，除貯有龐大外匯盈餘之外，還得人民幣與外界接軌，自由兌換，彰顯在地球村內。中國人口眾多，除了強盛之購買力外，印發鈔幣數額也巨，自然是現今領頭羊強國美利堅之假想敵，必然諸多處心積慮，設置障礙於道，千方百計，盡力擋拒中國自由兌換貨幣於美元區內。中國要走的路，看來依然是任重道遠，總之，勇往直前，逐一搬開礙道之攔路石，堅毅不氣餒，有志者應是竟成的。

想到這裡，阿志感到雀躍及興奮，正要舉手喝采時，兀然一陣吹來之深秋冷風，不由然猛搖了幾下頭，跟著慢慢地低下頭來，清醒地默然思索，此乃國家政略，吹皺一池春水干卿底事。哎！真是……目前現實：幾年混下來，自己現金及積蓄幾乎耗盡，生意虧蝕，股票投資損手，財不入急門，再因填補 margin 倉額，連手上三十個金幣和五千盎司白銀兌現證券，也得賤價拋售應對。最為婉惜的是，此三十個金幣，其中一半歸妻子所有，日後必難自完其說。手中剩下的些微財產，也不敢擅移變賣，尚能應用的已不多。當然，尚有一些字畫，不應隨便賤價變賣，手頭實在拮据萬分。恰如中落敗戶，十個埕子六個掩蓋的，顧此失彼。欲與太陽初升，有國家嘉策及國家銀行支持之社會主義特色，黨營事業作對手檯面上推牌，實不能為。以前尚可持平，目前人家財大氣粗，倘若真金白銀的實資掏出來，此消彼長的形勢下，必相形見絀。更要與年輕冒升上來的黨內菁英打關係周旋……阿志越想越感氣餒；罷！罷！這趟不應再賭了，還是回去固本培元，先保一家大小穩實才圖後算。

生意上的逆境及失意，生計日漸窘迫。爲了添補收入不足，阿志終於也踏進了以賤力按時賺取報酬之路。和自己酒樓臨時工一樣，每日 full-time 八小時夜班（星期一至五）由晚上八時至凌晨四時，在一間大型連鎖酒店當起 house-keeping 這服務行檔來。穿起制服，拿著笤帚（掃把）和毛巾，挽提水桶及洗潔精，在酒店門前內外，刷洗抹淨兩邊寬敞透明之玻璃門子，經常都要攀爬梯子，上上下下的，稍一不慎踏空的話，便有仰翻下跌之虞。有時，房客需要拆床、加位、換褥墊的，或一些日常用品如牙刷、肥皂。生果刀甚至牙籤之類等等瑣碎事項，也須第一時間遞上，不得有誤。偶然遇到一些蠻不講理的客人，仍需恭從謙退，不得爭辯。這倒好，此一逆轉環境，啓發了阿志人生觀中一個折角拐點，更曉得深誠驕躁，應以平靜心態去疏導縱理於困惑之時。

至此，阿志的工作時間分配已變成：星期一至五每天下午一時半左右回酒樓，巡視及監督各部門，與眾員工一起午膳後，便開始日常各類自己應做的工作，及應對供應商們上門追討支付和銀行交收事務等。稍有空閒，就追補接續好前一天未完成之各類大小帳目，直至七時半離開往酒店上夜班為止。此外，星期六、日兩天一早六時半返回酒樓，最重要的依然是，統控日常收入與支出，兩星期一次，分發工薪與各部門員工。通常喜慶宴席都是排在這兩天日子裡面，營業額較平常大，故阿志會值班至凌晨三時打烊後，整頓好現金收入，封存入包投放進銀行收款箱內時已晨曦露現，然後駕車回家。往往一躺下床便呼然入睡，也不曉得妻子和子女他們怎的，或何時外出、上學或已經回來，經月未能照面一趟。日以累月的，晨歸午出，平均每天工作十四小時以上，用自己本能勞力，身兼兩職去賺取微薄給養以維持家計，不知何時何日終此生涯而走出谷底，阿志偶爾想起也自我惘然失笑。

一日，適值阿志抱恙休假，疲躺在床，睡夢正濃。彷彿間感覺被蓋下正被騷弄，半勃不起的。潛意識中該好好應酬她人需要，正欲集中精神亢奮，頓然一洩如注，頹然靜寂不動了。可人兒緩緩卸下身來，喃喃細聲叨語道：「哼！死條條的……」便下床去了。阿志怔怔地，清醒的望著天花板，思潮起落。心中對這位血氣方中，年近三十五、六的妻子，頗生歉意，心想，日後多為她圓夢便是！

事已至此，阿志先前的優越形勢已經蕩然無存，由腦力轉而體力營生，正日漸磨蝕著這位中年新移民，而阿志腦海中亦從未放棄過琢磨著如何去改變這困境。妻子也確實領略到事態的嚴重性，自動地前往工廠重操故業，當起按時取酬之百搭員工以幫家計。阿志正慶幸自己，深得可人兒懂曉鼎力協助而能稍稍舒緩肩上重負。

唯一令阿志越來越擔心的是，妻子自從融入社會後，時有夜歸而子女亦不知她何時回來，且對唐人街婦女團體事宜及政治事項日益關心。這位家庭小主婦書不多讀，經常掛在嘴邊就是什麼民主、自由、平等，不分族類一人一票的，似乎連飽學多識，能言善辯的議員們也得祈求她們高抬貴手那般。恰如共產主義信徒們，覺悟高漲，頗有以天下為己任，我為人民服務的氣勢。而阿志偏偏就是熟讀歷史，又諸子百家論理集然於胸，諳曉厚黑之道，且是由左右兩扇政治門縫閃溜出來的一位踏實小商人。從不主張又不參與，且甚厭惡那拉幫結派之小圈子政治遊戲，更遑論會竭斯底里地搖旗吶喊，去為大小政客站台饒舌惑眾，騙取選票或謀獲權位。非不能為也，不願為也！這算是父親之「不從政就不參與」的遺訓吧！

劍走偏鋒，再戰江湖

　　窘寞的多事的一年已過，一雷驚蟄，正惹人激思來年新計，阿志正沉緬細想怎樣打破這沉悶的死局。固其然長期竭盡地出卖自己的勞力，倒不如再扎扎實實回流放手一搏，創出另一局面為上策，至少仍可運用人面脈絡及自己善長之處？此念頭，無時無刻一直都縈旋在腦海裡。於是，阿志向妻子將此懸念詳盡闡釋，分析現際實情，力言此乃以遠水救近火，釜底抽薪求變之長策。日後，夫妻倆依然可回遊兩地，待孩子將來長大學成，去留就讓他們自決可也！

　　「那……你怎樣安置我們母子三人？」妻子疑慮地問。

　　「妳當然暫時留下陪同照顧他們兩人學業為要務，我嘛！回去再創事業，主要為賺錢養家，十分清晰的一個宗旨，真的，總比屈憋在此有前途。不過，一時三刻，未必能得心應手，三年五間會令妳委曲於此，在所難免！」阿志望著妻子，慎重的回答。

　　「委屈也不算是什麼，但……」妻子欲言又止，雙眼有點紅潤。

　　「我知道妳的憂慮，我不能信誓旦旦的怎樣怎樣，但我會努力，盡力是肯定的。」阿志堅定地說著。

　　「你回去仍然和大哥合作做生意？」

　　「應該不會啦！天下這麼大總會找到有緣人，即使沒有，自己也會闖出來。此番可說是再求三上了！好不容易全身躲退跳出兄弟姐妹的磨擦，齟齬，隙嫌深裂之是非圈子，揹負一家大小，移民至此。亦因經濟拮据而自己首先獨自回流，正如俗語所云，人往高處走，水往低處流，只得向現實低頭而再攀荊棘征途了！於心不忍的是環境迫使，連累妳嫁雞隨雞，嫁狗隨狗，嫁著我這隻猴子就只好隨山走囉！」阿志說完，凝望著妻子，用左手緊緊牽握著她的右手，然後提起自己的右手放到她的前額，曲彎出中指，輕輕地拭抹她兩隻亮泛淚光的眼睛，低聲說道：「笑一笑！放心吧！」

　　阿志繼續說：「我已郵寄近二十張超過百年歷史之扇面古畫與蘇富比（紐約）拍賣，希冀能湊足百分十五至二十之首期房值，安頓好妳們然後啟程回航。」

　　「唉！只好如此！」她聲帶埋怨說道。

　　拍賣的結果，蘇富比 (Sothebys) 來函通知扣除傭金後，實得一萬八千多美元左右。阿志頗為費煞思量，這筆錢數在 Toronto（多倫多），不足以十份一購買房子，只足夠在 Montreal（蒙特利爾）買一間普通屋子。適值 Quebec（魁北克省）公投獨立那政治波瀾過後，總理麥龍尼 Marlonry 掌政，大公司企業移遷潮流尚未歇止。加拿大以前號稱第一大城市（能在 1976 年舉辦奧運會）的 Montreal，正逐漸式微衰退。阿志頗為疑慮及擔心，由於自己有限米之炊緣故，於是親自駕車上去該城觀察一趟。

　　這個有加拿大紐約之稱之法語省份城市，其規劃，在北美當時相對來說是最好的，一切都頗具現代化。輕重工業及商業顯卓茂盛，舖設有三條半地下鐵，七十年代來說是先進城市，房價相宜三分之一。於是選擇了一間上下兩層的 bungalow 小屋子，鄰近英語學校的。因 Montreal 地區，有百分之四十五人口是說英語，更有一所人稱世界十大頂尖之大學學府 McGill，是英語系統的，醫科最負盛名。學童們在此間地區受教育，日後都變成雙語流利出身，較有能力應付加拿大任何一處地方謀生，甚至歐、非兩洲法語區域。試看加拿大目前，十個省份九個省長都是叭啦叭啦英法語流利純熟，出自 Montreal 這個城市的。即使兩會議員，各政黨頭目，若不懂雙語，如何應對會議當場質詢及答辯？故可以說加拿大的政治社會菁英，大多出於此處，阿志越想越有信心，安排兒女就讀於此地冀以將來。

　　唯耿耿於懷者，這個地方對妻子來說是較難適應。對於在香港有兩年法文基礎的阿志而言，只要努力追補一下，應無大礙。退一步而言，天地雖大，待兒女成材後搬回去自己愜意的地方居住亦無不可啫？於是阿志立下決心，向地產中介公司落下訂金便回去多倫多。

　　臨近房子交收接手時候，阿志特意連同妻子再去蒙特利爾一趟，展示妻子此獨立屋上層三房，主人房連浴室廁所，另兩間較小獨立房間，廚房連客廳約七十平方米左右。另樓下地窖 basement 中設有一客房，另外一房洗水乾衣沖涼連同坐廁，又特大雜貯物室，約一半空間可提供孩子們嬉戲、學習及置放鋼琴書台電腦等用……房子兩層雖不算大，外圍整整超過七百平方公尺過外。前庭 (front yard) 三百平方米植有四棵修飾的柏樹，另外兩棵高大雪松，青蔥有緻；後庭 (back yard) 約三百平方米草地內，設有一直徑五充尺圓型游泳池供小孩戲玩的。另建三米寬、九米長之工作室及貯放工具雜物。兩株高大青蔥柏樹，豎立後園兩邊角底，頗有中國人那般迷信風水格局。屋旁右邊蓋搭一車房連同柏油車道，可容納六至八輛小汽車停泊，上手主人乃西婦，起居收拾較為用心，故整個格調頗顯別緻整齊。

「妳看這房子，如現時有什麼意見，尚有修改餘地，一旦入住後，家具堆滿時就較難騰移改換的了？」阿志細聲地看著妻子問。

「都決定了，看來一切都很四平八正合用。保養得頗为標緻乾淨，不錯」。

「佔地如此範圍的屋子，在香港只有半山或九龍塘別墅式建築才會有，可算是平民的貴族享受，搬遷過來後，妳一定要悉心照顧好兒女，安心讀書，冀或其中一人考入 McGill 大學，那麼就是我們最大的欣慰。我一定盡速將按揭餘數供滿，待日後回來再作打算。」

「我會的……不用長氣累贅了。」

阿志看到妻子嫣然一笑地回答，心中釋然放下一件大石似的喜悅。經約定，阿志一家大小和搬運公司將一切傢俱安設妥當後，遷徙這樣大的事，終於完了一段落而舒下一口大氣來。

經過整日移動及裝嵌傢俱，體力實勞累不已！阿志仰躺在床上，怔怔地望著天花板，心中想著一對兒女對著陌生異地的第一個夜晚，未知能否熟睡，正欲披衣前往兩間單獨鄰房去看一究竟。忽見頭頂壁鏡在幽暗的床頭燈光線下，兩眼掃望，磷光閃閃，再凝望著那兩扇如門，鏡面嵌壁的衣櫃，清晰地反影著自己夫婦兩人的睡姿，堪憐有趣。不由然腦泛遐思，伸手過去妻子身上撫摸幾下……妻子懶然轉過身子，似醒未睡喃喃言道：「太累了，休息去吧！」說完便轉側身體，掀上被子，獨自睡去。

第二天一早，妻子搖醒了阿志：「快，快，駕車把我送到車站，我要回去多倫多，快，快，快起來。」催促地嚷著。

「嗯，多睡一會兒可以嗎？」經過昨日一整天搬移擺放重活，阿志疲憊地答道。

「不能……那我自己搭車前往吧！」

阿志聽到這句說話，霍然坐起身來。揉著一雙懵忪的眼睛問：「妳昨晚不是很疲倦熟睡的嗎？」

「這個陌生的鬼地方，我那裡睡得著，好不容易熬到今早天明。我答應老闆必須去趕工完成那一批貨然後再算。

「哦！是這樣……其實妳學識不高，無論在加拿大哪處差不多都是出賣賤價勞力賺取廉薪的人。這邊是最大製衣業發源地，找一份工作不大難，亦可省卻在外地房租、交際應酬等雜項支出等。既然已經全家搬進這裡，不如因地制宜，也好挨近子女照顧他們學業，豈不是兩全其美唶！」

「不！允諾他人的事也得先為兌現……」

「那好，我去叫醒兒女們一起前赴唐人街，吃一些點心，飲完早茶順便送妳去灰狗 (Grey Hunt) 長途車站，好嗎？

「嗯……那就快點叫他們起床，早一點走罷！」

難得在轉換新居住環境第二天即可嘗試地道美點，孩子們自然雀躍歡喜，他們當然不知曉大人之間的想法如何？歡天喜地的大快朵頤，撿取平時自己喜愛的點心狼吞虎咽。說實話，阿志心潮起伏，那有心情如他們那般了無牽掛的吃得痛快。夫婦二人都沒細語嘮叨，心情各異的。短短一頓早茶，頗有如坐針氈似的，內燥外安的。好不容易待孩子飽餐之後，即將妻子送到長途汽車站，剛好尚有十多分鐘班車即開，買好汽車票再無多餘時間閒話，阿志只細語叮嚀了幾句：「早點回來，待我有充分時間打點一下，再拼江湖於未來……」跟著輕輕推她走進排隊的人龍，目送她踏上長途巴士梯級為止。

「再見媽媽！早點回來，我們等著妳。」兩個孩子高揮雙手異口同聲叫嚷。

「我、我、我、我會的……」阿志依稀聽到這幾聲半帶哽咽，微弱不清的字眼。

時近黃昏，回到家門，阿志抬眼向西邊落日望去。半輪火紅墜日，雲霞片片團團圍繞，飄逸有緻。而另一半邊卻由色近淡薄，越遠越濃墨雲遮蓋著。沉日光球，周邊稀薄烏黑雲層處，透射出一線線長長燦紅的光線，恰似激光耀眼，美不勝收。阿志雙眼定定地凝望著此夕陽黃昏景色，心情激蕩不已，想起今天離別情形，一時間眼眶有點發熱。猝然驟聞身邊響起已經算是十二歲稚子興奮的叫聲：「哆地！拿鑰匙來開門，我要趁著如此好天氣，早一點收拾我自己的房間，舒舒服服地睡一大覺囉！哈！哈！」

「哦！是，好的，阿志漫不經心地答著，隨即睨視了一眼這天真無邪的兒子，從褲袋中揪出一串鑰匙交給他。一雙發熱略帶溫情的眼睛，強忍著將要溢出的淚水，喃喃地細聲語道：「天滿烏雲，將要下雨了。娘決意出門，由她去吧！」站在旁邊才十四歲的女兒，怔怔呆呆地望著父親，一片茫然，大惑不解的，也好似懂非懂的……

為了抓緊時間，阿志一早便攜同所有證件前往學校辦理好兒女入學手續。繼而自己報名入讀聯邦政府半年資助的法語速成班，雖然阿志曾下過兩年工夫，在香港學過法文，都是淺讀基礎文法。若要全面應用在法語區域職場，絕對不能得心應手的。為了速求一份職業養家，更投身進入一年制之地產經紀課程，希冀迅速考獲牌照經營。阿志明知，遠水不能救近火，依然都去做了而問心無愧。

日子數下來，法語 Advance Level 文憑及地產經紀執照也獲取了。唯是一時三刻，也吃不到熱飯。多番催促妻子回來照顧子女和家庭，自己可以束裝就道，回歸拚搏，唯妻子在電話中總是推諉什麼趕貨，資方勞工短缺，好像甘之如飴，離不開那廉價勞力市場似的。既然人不回來，諸多理由推宕，阿志深知自己將她錯帶進入一個傲稱人權泛濫自由的社會，即使當著你面前，出軌乖行，也是奈何不得。

更為擔心的是，女兒十四、五歲之間也日漸有裝扮傾向，阿志雖然疾言厲色地，諭示以學業為重，唯背地裡她依然偷偷嘗試。難禁情竇初開，雖無鍾情小子，女為悅己者容。阿志深慮自己必將離去，時不與我，不得要領，於是從書籍中，撿出《三字經》，每天教示一兩句或一小段，或謂不求甚解，唯欲女兒強記於心足矣！默念至婦人三從四德一節，阿志心中知曉，現今年代婦女何能秉持如斯貞烈思想者？自己也頓然失笑……只不過意欲播論一點道德觀念與她而已！

阿志三番四次催促妻子速速歸來，好讓自己早日回去香港找出路。唯妻總是推說工廠趕貨頻忙，無暇抽出折返，對一雙兒女也如是說。阿志淨心一想，在加拿大下層工作收入，多倫多與滿地可兩個城市差異不大，焉何她不回家，反而樂於在外，且需多添支付外宿租項，更須在外午晚膳，以及出入交通費用等……即使收入一千，除卻各種稅類雜項支出，實得淨收入七百而已。而她樂此不疲滯留於彼，與當初允諾，行為大相庭徑，細細想來，越想越覺悚慄。若人心有變至慌無可慌、惶無可惶之時，就讓它來個痛痛快快了結也罷！無須終日縈繞於腦間，狐疑及再胡思亂想。心既釋懷，頗有置諸死地而後生之局面。

於是阿志孤心詣向，時不與我，把女兒推去 Mcgill Royal Observatory 音樂學院，一名鋼琴教授的私人教導下，阿志親自督進陪同女兒，每日三小時，煉獄式的魔爪手指彈式訓練，考取（美加）第八級鋼琴 Diploma 後，偶爾在一眾大小同學面前演彈皆獲稱讚，始略舒一口氣！總算為她日後的修養，增添一些餘資。

阿志雖然獲取地產經紀牌照，唯適值魁北克省 (Quebec) 獨立公投後不久，商業萎頹不振，新來的移民，因法語難學，更疑慮政治環境不大明朗，大都轉移到其他省份落地駐腳，故地產經紀營運若死水一潭，這對阿志急於賺取營生之慾念，事與願為。再者，阿志的銀行授信 Visa，深顯庚吃卯糧的現象。欠貸過期而未能償還，銀行頻頻催繳未果，頗有停止貸與之勢。再遲疑下去，恐怕連賣棹歸資也籌融不了。心想先回香港看環境如何，回頭再安置子女問題，若妻子堅不回家……想到這裡，阿志自不然地將貯放在樟木櫃籠中的盒子打開一看，發覺妻子連同子女們的護照全已不翼而飛。頓然恰如一盆冰水自頭淋下。一下子全都清醒過來。深深知曉妻子三番四次說謊暫時不能回的來由。至此阿志再也心無懸念，狠下決心，動用 Visa 餘下限額買了單程返回香港的機票。

夜深了，孩子們正睡入夢，一切靜寂，萬籟無聲，阿志肩上披搭著外衣，默默地，呆呆地怔望著窗前，樹葉盡落，枝椏髣秃的楓樹，紋風不動，樹腳下融融飄灑滿一地，片片金黃色的景象，是令人多麼陶醉，入迷。阿志深深抽了一口氣，然後長長緩緩地舒吐出「唉！」一聲，走回書桌旁，正身端坐在椅上，左手拈起一張信笺，平整方正地放擺在檯面上，右手提起那千斤重的筆桿，伏案低頭，凝重地寫了一封信：

「丈母大人在上：遷徙經年，乏善足陳，日漸匱空拮据如是，熟慮深思再三，決意回航再戰江湖，腦力營謀是為上策。唯大人至爱之掌上明珠，正值精力旺盛之際，留戀家外，不思歸中，置護育幼雛之天職而不顧。長女適近花訊年華，情竇初開，若無長輩監管在家，傾刻有壞變之虞。刻下母女二人皆至生理疑惑年齡，小婿惶惶怵恐不已！況父代母職經久，多方催促，規勸而無效。為長久計，毅然釜底抽薪以止湯沸，冀以枯死重生之家於萬一。餘不多扯，謹忍淚奉情告稟不贅。婿……拜上。」

一個星期日的晚上，阿志把女兒叫起床到樓下地庫，她日常練習的鋼琴邊旁，右手緊握著女兒的手背，左手舉起一張明日啟程返香港的機票，用凝重而帶苦澀的聲語，顫動地說：「囡囡，明日我要走了，此程爹回去，主要是為挺撐養家，並無異志。心存不安的是，依然欠妳兩年時間，不能再陪伴你考上（美加）第九第十級鋼琴而提早離去，十分愧咎於心。我走後切記切記，無論環境如何艱辛，堅毅不撓，繼續完成此與才育修養悠關之鋼琴課程，絕不可半途而廢，明白嗎？」

　　女兒默不作聲，一雙大大，平時轉閃亮麗的眼睛，淚汪汪的一直流淌直下腮角，上下牙關緊咬，依然抑壓不住她內心激動的抽噎……那隻嫩滑的小手慢慢由阿志手中抽脫出來。發力迅步奔回樓上她房中去。阿志對於眼前突發，始料不及，真的不知所措。莫非稚嫩女兒對於人生經歷，畢竟是未經人道，一下子由一隻小白天鵝，跌在泥潭中變成了醜小鴨，一時間難以接受而精神崩潰下來？

　　阿志正斜斜地癱坐在椅中，茫然沉思間，女兒靜寂無聲地走回來，手中遞起了一條串鏈，繫扣著半盎司重的一塊金牌，兩眼通紅掩不住淚水流駐的痕跡，淡靜地說：「爹！我這鏈塊是婆婆在移民前送給我，隨身配帶的，今次你回去，重新營謀，當不容易，此番將此物帶上，一可睹物思人，若真的需時，亦可變賣急用，對於年少的弟弟，我自會督促安頓便是……」說完用手擦了擦兩眼中的淚水，並將那條金鏈塞進阿志手掌中去。

　　阿志鑒此情形，正欲將項鏈退還給她，回心一想。難得女兒如此懂事明理，不如先收下，日後再歸還，以免在推讓間，大小二人都悲淚縱橫。於是，手指慢慢合攏那隻顫動的手，接過那條金鏈並好言細聲道：「乖！乖！囡囡，難能可貴，我走後會盡速多寄錢糧回來，你們姐弟兩人不可荒廢學業，逆景求進，自強不息，便是我家門祖訓，切切……那妳回去睡吧！明天早起，如平常一樣上學……可以嗎？」阿志望著女兒含淚點了點頭，便用手，輕力引帶的，將女兒推上樓梯回房去。這是一個沉寂難奈的夜晚，雖然兩眼緊閉，而腦海中，一幕幕展現出來，如畫片的跳動不息，阿志強忍地用手掩著嘴，不由然兩眼發熱「哇」一聲，淚如泉湧，感覺恰似上次護送父親靈柩時那般滋味……

　　1991年辛末年春節過後，心懷滿腔希望，第一次抵埗越南，因被戰火蹂躪災劫後，欲仿效中國，在1986年宣佈開放大門，養悔生息，特別是與美國戰爭後，欲迎還拒的曖昧關係，手抱琵琶半遮面，撲朔迷離的政治關係。美國接受了大量越南難民亦算是施恩在前，當然亦冀有回報之處。特別是中國經濟和軍事日漸崛起，美國手中除了日本、韓國、台灣、澳洲、菲律賓、泰國之外，越南這隻棋子必會爭取利用，依然是一條圍堵中國的海外環鎖鏈子。絕對是不須犯化大本錢，充其量是給予一紙解禁之待惠國約令而已。阿志是從中國開放時最早走過來的人，深知機遇時間的重要性。況且，由法國主導歐洲共同體已宣佈同時優惠待遇施放，並協助建設開發越南、柬埔寨、老撾這三個前屬法國殖民地的國家。當然美國這位老大必會姍姍遲來一些……看準這一點，阿志這位從加拿大回流的商人，順理成章地認為絕對是一個上佳機會，不應放過。於是試圖前往探索找一個落腳點。

百多年前，越南、柬埔寨、老撾這三個支那半島的弱小國家被入侵後，成為法國殖民地。特別是越南，原為清朝藩屬，故文學記載及科舉制度，都是以中文為本。法國人為了統治容易方便，有系統地以拉丁文字，用漢語單字拼音，更附以法文文法，規限地改良而變成今日之越南文字，尤其是形容詞大都在名詞之後。再加上拼音除了平上去入四聲，多冠加了法文之促短的兩個音符號的拼法，故越文每一個字幾乎多至有六音符拼出，而字義也大致與中文相同。阿志算是有多少法文底子的中國人，稍學拼音便可掌握越文句義，如中文一樣。加上當時在位的老一輩官員們，多以可講多少中文及法文為有識之標榜。剛剛恰巧地適合阿志雜講雜寫之長處。很快地在胡志明市（西貢）認識各種形式及身份的朋友。在交往過程中結識了一位阮文紹時期的代議士（議會議員）Mr Dinh Muon Jap，是他，在阮文紹逃離越南後，代表越共直接與阮文明代總統，斡旋談判入城接管事宜，是他，安排引導越共第一部坦克衝破總統府大門進佔。阿志與此一學識豐博，英法語流利，面上掛著中長五絡鬚，束髮如馬尾，逢酒必酗，難得糊塗之人相交暱甚。更沿以點成線、成面，偏多結識對自己有匡助作用之有位有力人士，行事便利且通暢，可說頗為得心應手，很快地駐腳穩站下來，在一間 INEXIM（官方出入口商）之大廈租賃一單位作為辦事處。

越南開放，本乃沿著中國軌轍走來，且有愈放愈速勢態呈現。比之中國，幾乎沒有什麼意識形態規條，但絕不可以個人登錄記名公司及土地擁有權益，故回歸僑民多以戚友名義營運，跟中國的早期開放政策一樣。其餘個人生活模式及言語自由皆無限制。真的好像法國人統治下一樣沒有什麼拘束，總之少論政治命題，多言酒色，便安穩無事。

阿志除了以香港為本源，引入一些三來一補之產品輸往歐洲，繞避了那個基本限制配額問題。餘下的時間，多是與各國營公司和工廠有關主管人員應酬，往往是夜夜醉不知醒，K歌達旦，偎紅依翠。非所願也，實不可不為也！此間世情，竟畢是巴黎遺風甚盛。唯是每每念及遠在海外孤雛時就盡量克制自己，只是徵歌酗酒，不逐色，便心安理得是了。外貌上給予人家一種放浪形骸的感覺，但倒也逍遙自我。

因Mr Dinh的人際網絡關係，認識了一些當地頗有名氣也有學識之清流人物。如名畫家、交響樂總指揮、大學音樂鋼琴教授主任、報人編輯等……尤其是可堪敘述之一瑣碎事，乃起闐追隨由《前方日報》（越南最有影響力的報紙）主催越南第一屆選美盛事。結果，Miss Kiu An當選花后為越南第一屆小姐，此女能彈得一手好鋼琴，是胡志明市國家交響樂團總指揮Mr Jo的女兒，也是統合大學音樂系主任鋼琴女教授「德容」的高足，都與Mr Dinh相互稔熟。是年農曆年初二，相互串訪家居，都在Mr Jo即Kiu An家中依中國人例，吃開年飯時，師徒兩人都特別對阿志這位客人各彈鋼琴一首娛賓，以示敬重。阿志不敢怠慢，即興朗吟一詩回贈如下：「十指蘭花彈飛絮，一行樂韻跳新歌。抑揚頓挫隨心發，玉手閒操意吟哦。音旋律轉和柔合，飄入人間化干戈。琴棋書畫源一處，養性怡情詠趣多。」日後更邀善寫書法，有識之士，注寫越文詩句裝裱以贈，算是阿志有生以來第一次在外國與外籍人士唱遊之舉，故特書寫記之。

隨著政策愈來愈開放，胡志明市（西貢）施政隱以中國為楷模，擴闊周邊幾個所屬縣份，名正言順可讓公民私人擁有土地權益，更多設工業、生產專有區域。一時間，各地省政府、中央（河內）各機關要部，甚至軍區駐軍，都立案營商，風起雲湧，踵趨跟隨，掀起了一片圈地熱潮。未知是機緣還是巧合，Mr Dinh引介一位現役軍隊中校Mr Xong與阿

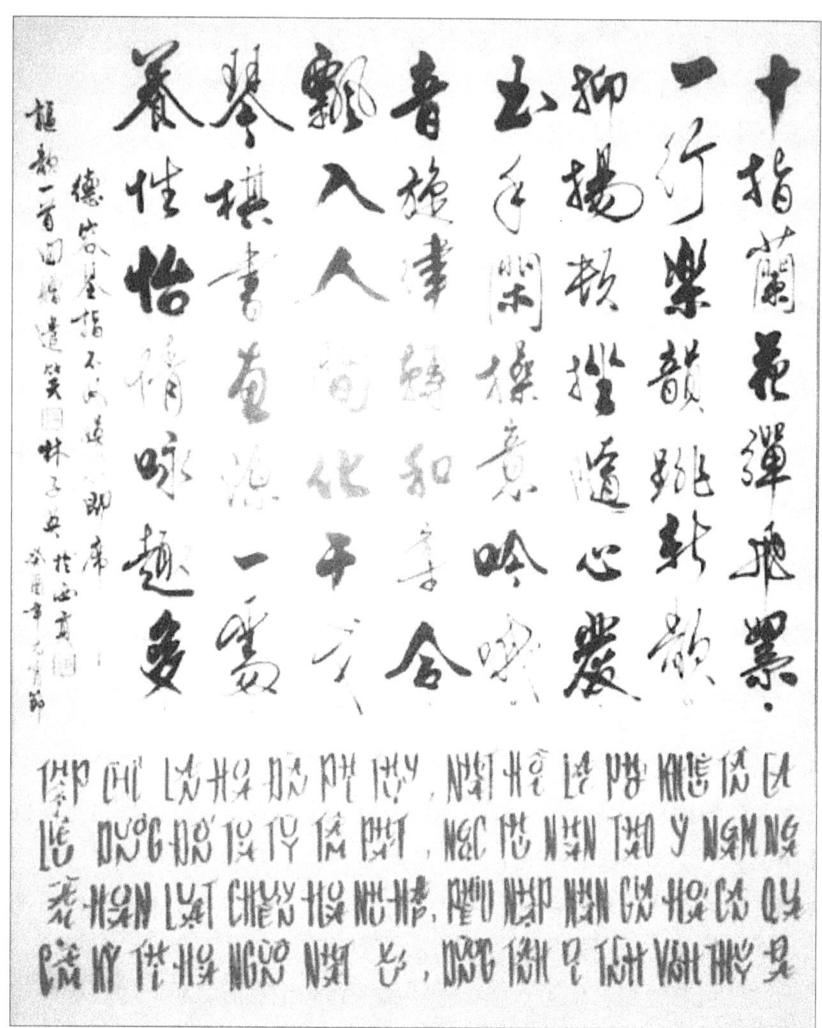

志認識，闡明軍隊各部正殷選軍人代表下海營商，正如中國大陸一樣，開設公司找尋機會與外國人合作，任何行業均可。阿志表陳，公司若無擁有土地，萬事不行。Mr Xong 言土地多的是，但須有生產計劃才可向軍部申請調撥，雇用人手愈多愈好，且可紓解貧困的越南就業問題。阿志猶疑了一下子，便提出一個方案與他開設一大型製衣工廠，若軍隊目前最大規模之服裝廠 X-28 一樣，一邊經營加工出口大衣外套及襯衣，另一邊製造國內軍需服裝及內銷成衣等。聘用人員過千，事實上，阿志亦有女襯衣訂單交由該廠加工出口。Mr Xong 聽後拍脾叫好，懇請阿志代為擬出一份計劃書，遞交國防部上級申請事宜不誤，並允諾事成之後重重酬謝！

　　這位中校仁兄顯得大方豪爽，三番四次宴請阿志和 Mr Dinh，夜總會中吃香喝辣，抱軟暖懷，酒酣耳熱中，Mr Dinh 言語透露，若此事成功，Mr Xong 可予一層樓宇回贈阿志云云……這些說話，對一個雖非百毒不侵的阿志而言，實在也激不起了千重浪。唯阿志所想的是，一既然已入虎穴，不進去摸一下虎兒子的頭以示膽識，似有不甘，二願以盡力鼎成此事以酬 Mr Dinh 這一位絕無利益相侵，坦然蕩懷，相遇之交，不希望萬一掛失而令此智睿若愚之有識人士，被受他人指罵閱人不察之咎責，寧可人負我而我不負人的操行。於是，阿志穩穩實實地擬定出一間約五百檯機械，工人過千的之計劃書特意遞與 Mr Dinh 轉交，並相約好 Mr Xong 一同簽署已妥備的合作框架協議，以應承諾。

　　簽約當日，這位便服穿著的中校阿 Sir，攜同他亮麗的手提公事包來到阿志的辦事處，慢條斯理地打開，首先從裡面取出一支烏亮黑色，沉重的紅星牌曲尺手槍，輕輕的放在阿志寫字檯角上。然後仔細地從公文袋中抽出一式兩份已蓋公章的合同。攤開放在正坐的阿志面前，用英語說道：「Mr Lam, please.」阿志卻也氣定神閒，雙手拈起已打好的英文合同，小心翼翼地，專注目視著詳列的每一項條件，甚至每一個字，校對絕無差誤之後，緩緩地放下文件，平靜地說：「OK, no proplem, Mr Xong. Please sign it.」

　　中校先生在靠臂旋轉的座椅上，左右搖了兩下，接過阿志手中看完的合同，緩緩地攤開紙張在他早以蓋印的地方，側著頭對阿志微微翹嘴一笑，凝重地簽了名字後，推回紙張與阿志並說：「Mr Lam, now, that is your turn!」

　　阿志二不打話，迅速地在合同上規定的地方簽字並蓋上公司印鑑，接著語意慎重地說道：「一切手續都完成了，合作愉快！」站起身來大方地伸出右手。Mr Xong 也站了起來，伸手緊握著阿志的手搖了幾下，落落得意地說：「藍先生，你是我最好的拍擋伙伴，哈！哈！」於是他將合同紙張分為兩份，一份遞與阿志，之後連同手搶一起收回放進手提包內，辭別而去。

整個過程言語不多，阿志的越南籍女秘書，遙遙地坐在角落處，雙手交臂，目睹一切，雖不至顯出瞠目結舌，卻輕輕搖頭以示意外，不應如此！不應如此！

阿志依然很禮貌，送走了這位中校先生，走回自己的靠椅坐下，默不作聲，腦海中思潮起伏，波漪漣漣。遙想八十、九十年代，堆駐在離廣州市郊不遠的兩個山頭上，解放戰爭遺留下來的坦克，一夜之間調離不剩。這是阿志親眼見證的，經過二百五十多次外交照會警告越南擾攘邊境，名正言順出兵，勢如破竹，直抵越境涼山以內，直徑距離其首都河內，只是一百里之內。若乘勝追擊，直搗黃龍，指日可待。鑑於政治理由，不再施兵進入腹地……云云。犧牲了如斯多軍人生命，仍不能重重地教訓狡獪的敵人，阿志認為贏得不值、不爽、簡直是憋氣之戰！正沉思中，突然有人喊叫「Mr Lam」聲，原來是 Mr Dinh 徑直探訪來了，急不及待欲知簽約事進展如何？阿志心想他來的正是時候，於是將合同副本遞與他看，並囑咐他繼續跟進此事下去……

一如阿志心中所料，聯絡失靈，後來乾脆連手提電話也綴用了。半年後查悉該合約名義的公司招牌，真的豎起在軍營地上。乃軍方背景，佔地規模頗大的倉庫，經營進出口，都是市場最緊俏缺乏的原材料，如水泥、鋼筋、橡膠輪胎、鋁合金角鐵，鋼塑膠管、鐵蓬油布以及一些軍用秘密物資等……與工業製造全無關連的企業。如此情形，Mr Dinh 也說惹不起，奈之他何？阿志方面，氣是有的，反正亦沒有任何損失。日子一久，續漸淡忘，不了了之。

隨著形勢演變，越南籍公民允許買賣土地，阿志得知先機，繞避開記名的方法，伙同一名綽號金龍王的當地潮洲人富商，以四萬美元一公頃價值，掛錄他個人名義，而買入一幅工業發展用地，並以兩年攤還款期，從阿志交與他名下《金龍織造廠》之訂單付款中扣除。地價飆升，阿志也保守之極，在短時間內，連本帶利計算好即將主權交割清楚，退讓回持名人，算是賺取一些穩實溢利就滿足了，盡量規避那些不能持恆的，有奶便是娘，見利忘義交往之頑劣根性。不必責詬，他國小民族夾在大國縫隙中，深曉妥循滑變之道是不足為怪的。

剛剛要慶幸能在越南穩插雙足，安定下來之時，兀然，家中噩耗一聲傳來，是因女兒惹來了惡運，招致家裡被人毀壞。迫不得已，阿志必須折返加拿大一趟。人生真是難以預測，禍不單行，屋漏更遭連夜雨，船遲又遇頂頭風。阿志看到家中凌亂慘象，目不忍睹，真是欲哭無淚，欲訴無從。自從阿志回歸重新創業，可憐一對兒女，獨自雙雙，姐弟互相照顧，有爺生，無娘養的，父親遠在萬里之外，無能照料是必然的。而母親近在五小時車程之多倫多市，即使晚晚加班，賺得除稅，所剩幾何，絕對不會足數幫補家庭，總不如身近子女，親躬照護，即使等量薪酬之七成，如能惜加樽節，就算不足所差亦不遠。然年屆三十六、七，俗稱狼虎年華，精力與慾念正盛之時，一味諸多籍口，能夠心橫拋離親生，足見狠戾確甚。

阿志原想瘋裝賣傻，只要她回來照顧兒女就好像有眼看不見似的，委曲因循下去，自己專心一意賺錢，待兒女長大成人，再作處理了結。看來阿志苦心退讓的孤詣是白費了。真正的問題，已不是表面「錢」這一個字的原因了。此次女兒引發之災禍，她倒也未盡良心泯滅，先比阿志回來看個究竟，圖個圓場。阿志詳細詢問了女兒情形衍生的細節，當著女兒們面前正要發作咆哮叱罵此變心婆娘時，她反應真的乖巧敏捷，扯著阿志衣袖，急忙地走出廚房外之露台上，對阿志細聲地言道：「你要說的，只可衝著我來，不要在兒女面前數責我們大人的事，也不應此時此地，令他們兩人一時間轟然接受不了……」

「妳既然懂得，為何不對孩子們說個清楚，離棄這個家庭的緣由，好與歹，時間總會顯露出來，亦不是妳小聰明一點就能遮掩一切，事實上，子女兩人感觸極強，只是苦忍不語，免至家醜外揚。否則，上次我走後，妳利用我的好朋友憐愛情懷，關心我們現今困境而伸以援手，駕車與妳一起回來，以為神不知鬼不覺地移船就磡，將子女外扯搬走，斷去藍家根脈。我不敢說妳是『毒』，但『狠』字是必然的。走上妳娘親老路，不如己意，就擘腿過檔，以致如今，連妳自己也不知親生父親何處？與妳同胞非同姓之親弟亦不曉親生父親是何人？動輒便諸多指責男人冷漠，不懂體恤，甚至了無人性。遇到逆境，以為自己有幾分姿色，如是便身體倒靠他人為美艷尤物，引至祖孫三代，家人分崩離析，長期飽含精神困苦而不能自解。結果呢？妳的親生女兒斷言拒絕，跟隨妳與姘居相棲在外的男人一起他往生活，即使藍家窮困倒絕也安然。而妳依然死心不息，對兒女們諸多言語煽動，隙挑不止。俗語說，馬前傾盤，覆水難收！更有一點，我要清晰說與妳知道。此間房子，刻下正處艱困月供之始，未來也遙遙期長，何時盡頭，實在不曉端末，妳今番離去藍家，即使辦正手續，手中也拿不到什麼好處。」

「嘻嘻！傾什麼？覆什麼？誰希罕你什麼家財。屋子，我男朋友有啫！你為我擔心什麼？」她頗得意並拉高聲線說。

「那好！餘不多言」既然妳說白了，我亦不打算再勸喻，你們這些自以為是，胡亂歪曲解釋民主、自由、平等之義。罔顧中國倫理道德，以及孤雛淚流滿面，嗷嗷喚盼的兒女們。兀自縱慾，發洩淋漓而不悔改之所謂前衛婦解份子。若是包拯年代，你等奸夫淫婦必被棄市示眾，或按鄉村俗例，捆綁沉放豬籠在河水裡。」阿志氣呼呼的，邊說便轉身大步從陽台踏過透明光亮的廚房玻璃門走房中去。

翌日醒時，已日午三竿。子女送回學校應不在話下，妻子也已銷聲匿跡，想是奔回多倫多的姘頭處。昨夜阿志睡得特別香濃，也許是積屈已久的一肚子污氣，一股腦兒全都對著那個不守婦道婦人吐發了出去，整個人頓感精神爽朗。雖說自己驟然漏失口德，將此事關係以外之他人德養也抖擻了出來，很有歉意，但絕不後悔。除了切膚之痛外，更感覺到，家庭教養十分重要，確有必要引導兒女們其德智、朝向思維，向著健康道路上走，不再漫爛誤導了「自由」兩字，形成不正之歪風，恣虐社會不息。為了懲前瑟後，防微杜漸，得先查察案發來由經過，找出一個貼切而令人信服的道理，教育兒女們，不再往彎道，拐岔出去。事已發生，單靠叱罵已經是功用不臻的了。

阿志靜下心，到處巡察屋內，看看到底損失了什麼？最痛心的是，女兒練習用的鋼琴所有琴鍵，紛飛亂散。阿志心愛的兩張中國名畫家油畫，慘被截破撕裂，毀壞不堪。連那張大型開合之花梨中式餐檯面，其中一只檯面腳也被砸斷折離。至於阿志送給妻子那件名貴的明克大衣，亦不翼而飛。還有當年高檔的相機連 zoom 鏡、自動攝影機，兩個一盎司金幣以及一些古董錢幣等。於是臚列了各項錢財物件的損失；粗略計算一下，價值也可說是不菲。於是阿志將各種物品轉繹為英文名稱，詳細表列後，翌日即前往警署找他們的經手辦理案件的警員及負責人去了。

當值警員問明了阿志的事件來意後，即帶他走向警署負責人房間走去。並向一位擁有單人辦公室之警官簡略地報告一下便出去了。這位衣著看配有中校銜頭的負責人，頗顯客氣的招呼問道：「藍先生，你剛從外國回來不久？請問我們能可以在那方面為你服務的呢？」

「哦，是這樣的，今番前來，只欲查詢一下幾個月前在我家中發生之失竊及物件毀壞案件，其中的詳細經過。」

「阿！是 Sherine Lam 那一宗？」

「是的，警官先生，Sir (Commissaire)。」

「好！你等一等，待我去拿那個檔案來看看。」說完之後，不徐不疾地走出了他的房間。沒有多久，手中拿著一疊卷宗，走回自己的椅子坐下，翻動著資料，仔細地看了一遍，然後抬起頭來，用手指頂高了一下眼鏡框，緩慢地對阿志說「藍先生，這是一宗青少年 teenagers 在你家中開 party 集會，是由你女兒邀請主催舉行，事後由你女兒及她的一位要好同學一起前來投訴立案的。」

「那對損毀及掠走的財物，另外受害人所遭遇的滋擾和驚嚇，你們怎樣去跟進處理？警官先生……」

「至於你 claiming 的財產損失，你可按正當程序連同我們記錄在案的證據，向保險公司要求索償。」

「對於那些與案有關犯罪人物，你們怎樣起訴他們而將其繩之於法？」

「你女兒及其好友同學供認事發當時十分驚恐，兩人一起躲鑽在房內，待人去靜寂時才出來，而且幾日過後始來報案，簽供證不認識該批陌生而未滿十六歲之青少年，故我們沒有依據去檢控任何疑犯。嘷！這張是你女兒及其同學簽認口供，藍先生，你可拿回去仔細詳鑑一下。」說完立即拈起檔案中一份副本遞與阿志，並客氣地繼續說道：「Our final jugement is just only teenages vandalisme.」阿志聽到此處，如醍醐灌頂，一下子全腦袋醒覺，什麼都明白過來……是自己女兒為了躲避責任，恐怕老爹回來，嚴詞詰問及呵責，巧將咎罪卸開他處而寫下的大謊言。而警方則半推半就地維護本地學生之乖妄行為，而犧牲的只是阿志這位揹負些許家檔而來之無辜新移民。惹人忿恨的是，就算你有真憑實據將這批青少年控以入罪，鑑於沒有涉及生命攸關，法庭最終是不了了之，開釋地處理如是，徒奈之何。

阿志細慮再三，客觀事實既成，即使兇狠呵斥女兒，於事亦毫無補益，循俗語所言破財擋災自我安慰便是了。畢竟女兒年紀尚輕，涉世閱歷不深，在家庭中又欠缺母護父愛於身旁的情形下，胡亂招群惹伴，楚憐怨感是應可理解及被接受的，回歸前致丈母娘信中曾言憂慮母女二人全變成事實，夫復何言，只好跺腳怨恨天宮何必偏偏選中我，時也！命也！運也！由於在越南開啟的事業算是漸上軌道，依然是百事纏身，實在是不能抽暇再有時間蹭磨下去。故阿志親自選揀了一位實不相熟的律師打點一切，委託代為女兒將毀壞損失的財物價值向保險公司追討。更諄諄叮囑女兒，將被毀損的鋼琴修理好後繼續完成至十級（美加）課程為止，不可懶怠，切記，切要。然後匆匆飛回工作崗位去了。

隨著柬埔寨及老撾雙雙效仿開放經濟改革，身處鄰近越南的阿志，自然不會放過這個良好機會。於是搭好天地線脈，過界踩訪一下。其時拉烈皇子（西哈努克）初返故國，調停敵對各方休戰，以便重新建設國家日後昌盛繁榮，當然這與中國 1979 年教訓越南後，著力施壓要求它退出柬埔寨及老撾宗旨攸關。地緣戰局初靜，越南與柬埔寨實無民航往返通行，唯是兩國人民依然通過邊境口岸往來。

為達成心願，阿志甘願冒險手持越南發出的邊境通行證，坐上了一位擁有上校軍銜的潮洲籍莊姓華人，經常私自駕駛族新入口小房車，由金邊取道邊境走私前往越南胡志明市販賣。從越南邊境西寧 (Teining) 經莫牌 (Mobai) 關口一條公路直接前往金邊 (Phnonpeng)。路上正慶幸暢順無阻之際，忽見斜坡路頂一架軍用坦克車，炮口對著迎面而來的車輛，炮下露出機關槍觜，橫斜偏向停泊在路中間。坦克旁有幾個軍裝穿著不大整齊，其中一位腳穿殘舊涼鞋的士兵，搖著手中一面小三角形紅旗，著令迎面而來之所有車輛排停在路側，接受檢查。阿志心中正在狐疑，座側自稱上校軍銜的司機莊先生，示意阿志稍安無躁，然後緩緩地將小房車靠近坦克車沿上前，對一位軍階較高的士兵一邊手中高舉搖著自己的證件，一邊靠近耳旁咕嚕了好一陣子，然後從口袋中拈出一個信封交與那位士兵，而該位士兵接過後只瞧了一眼，也沒有開拆便舉手示意放行速過。阿志那位上校司機朋友嘴上微笑如一，返回車內，發動引擎，稍繞過坦克，便絕塵揚長直奔金邊而去！

阿志初到金邊，一條大路直通西邊邊陲軍港甘磅湛，只見幾座九層以下，不大高聳的酒店外，其餘都是二、三層建築。這條大道在朗諾時代，由美國財力資助建成。除東邊橫貫金邊市內及附近縣郊外，其餘西向軍港最長的一段，由於赤柬波爾布特 (Polpot) 前政權埋放在路上及邊沿的成千上萬顆地雷尚未清理，故沒有正式開放通行。除軍用及有武裝護衛的政府人員車輛，以及老手司機們諳熟趨避埋雷暗險，故可依然可以串通各地市鎮之小量物資往返交流。金邊大都市區仍然控制在親越之韓森政府軍隊手裡。市面一條大路 Monrimon 兩旁，市塵林立，熙攘一如胡志明市，堂而皇之消閒耗費的夜總會倒有好幾間，大張旗鼓地經營，聲色自便。是時，聯合國已派出廿多名官員進駐金邊，調停各派，協商共存。雖然巴黎停火協議已簽署，而西哈努克親皇尚未返國，三朝一代，各方依然衝突不止。阿志下榻於聯合國官員駐腳棲息之酒店，也算是莊先生為阿志安全的最好安排！

與莊先生度過上半夜的窩心抱懷踡腳消費後，阿志回到酒店，與隔壁房間的聯合國官員，閒聊了一陣子，疲累的回房睡去。正半熟睡中，一輪輪槍聲卜卜不絕地傳進了耳朵，阿志警覺立即起身，扒開房門向外窺察，看到一眾聯合國官員匆忙地離開酒店，阿志自覺知道，必然有大事發生，急忙穿好衣物，外出看個究竟。正踏出房門，碰到隔壁的聯合國駐柬官員整裝待發。言詢之下，得悉動亂再起，必須外出調停處理，邊說邊攀上正等待著他的四輪驅車，絕塵而去。

阿志好生無奈。也不懼怕，兩腳不由自主地隨著喧嘩的人流，湧到大街道邊欲看個究竟。好不容易，用力擠身而出在人群前排，位置在大堆軍警排列之後面。舉眼遙望軍警前面一段距離外，黑壓壓一大片，數以百計青少年及集結的民眾，正囂嚷叫喊，個中手持竹木桿棍揮舞，叫陣揚威似的，更有青少年們奔跑遁走，也有朝向軍警丟擲手中石塊的，以示勇敢。這邊廂，軍警排排數百手持盾牌，揹負卡賓、衝鋒、AK47 不一而論，緩步踏實向前，槍口斜斜朝向天空砰砰連發，聲響震耳。那邊廂，亂民（鎮壓者口稱）聽聞槍聲一響，喧嘩向後或橫衝串竄。須臾槍聲暫停，則再回頭攏聚，怒顏相向，頗顯陣勢浩壯。如是間尺進尺退，真的是氣勢萬千。

阿志腳不移動，也不跟人們尾隨軍警前進追看熱鬧。待軍警向前走遠了一點。阿志拖著緩慢腳步，徐徐地走回酒店。心中忖度著，在軍隊控制下，雖然周邊槍聲彼起此落，政局其實穩定。縱觀以越南為靠山之韓森部隊，剿滅紅高棉，實在是以共對共，俗云：爾走路徑，老子曉悉一清二楚，那家貓逐殺耗子的戲軌。又在大氣候教訓越南之後，中國迫使其退出已侵略之柬埔寨及老撾，此也乃圍魏救趙的韜略，標顯出地緣地域大阿哥誰屬。可憐那些起鬨好事參與如聯合國者，只能調停或撥出公款善後，救助並重新發展而已。合縱連橫，大中小國，軍事無論是片面或局部衝突中，都牽涉上政治及經濟的參與，特別是軍火供銷帳上。唉！懶理它，我只乃一介賈墨之徒，事不關己，高高掛起，還是睡自己的春秋大覺去吧！

第二天一早，姓莊的上校朋友急速頻拍房門，催促整頓行裝，因為昨夜動亂，為確保安全，盡速護送阿志返回胡志明市。阿志稍一思索，也不遲疑，立即穿衣，收拾行李，跟隨他跳上小汽車出發。在路上阿志著意端詳細看這位身穿軍裝的上校，頭戴軍帽，顯得威風颯颯的。心想這次回程，一定是將此小汽車推銷往越南了。漫長路上，總得花上好幾個小時車程。話匣子打開，拉東扯西的說及軍旅生涯，據他言，柬國近三、四十年來，三朝一代之中，出現了一千多個配銜將軍，若以一位將軍統領一萬士兵計算，擁有一千二百萬人口的柬埔寨，可言是全民皆兵了。是耶？非耶？天方夜譚或是可歌可泣者歟？

車子靠近越南「莫牌」關卡之前，這位上校仁兄將車子停在路邊，從車頭小貯物箱中拉出一把微型短小曲尺手槍，把它藏進穿在軍靴中的襪子裡面，然後整理一下衣衫，繼續驅車前往過關。這位老兄與關閘中人員頗為稔熟，到埗後即上前與各人以越南話交談，言笑晏晏的。當檢關人員看來是較為高級一點的，拿著阿志的加拿大 passport 及柬埔寨 visa 時，眼光炯炯，對著阿志上下遊目，上校老兄迅速從褲袋中取出一張美金二十元現鈔，在掌中揉細並塞進他的手裡，並貼面細語了幾句，登時那位檢查員面露微笑，交回護照並在那 visa 紙上蓋印，揮手示意放行。阿志也不驚異，心想自己並未作奸犯科，任何角度出事，上校老兄應予擺平的。猶記七十年代前往菲律賓馬尼拉時，阿志拿著沒有 visa 簽證之 stateless 香港證件，朋友請託朋友照顧而踏進菲律賓出入境大堂，迎接阿志的人，也是同樣手法，放下十個銀圓披索，取得蓋印便出入境矣！回到越南境後，阿志誠邀上校老兄同住盤桓數天，並待他將手中小房車脫手後餞行。日後相互稱交為可言之朋友了。

一段時間稍後，越南航空與金邊及萬象（Vincene 舊稱永珍）締結正式通航。阿志心儀前往老撾這個物稀人少，罩著神秘面紗的小國走訪一趙，看看有什麼生意可為？搭好了人際網絡天地線便束裝上路。同機隔座認識一位原戴中校軍銜之加拿大商人。閒聊中知悉他是軍火推銷商，同樣都是約見當時的商業部長。也是阿志最厭惡的行檔，言談中知道他的生意頗顯得心應手，因其乃軍旅中人故。不信者或謂是撐大肚子說空話。阿志就是不喜歡這類無良事業，故言者滔滔，聽者邈邈，可說兩者情懷，話不投機之類。阿志決定，絕不相互攀搭順風車了，隨緣而為，就感覺心安理得一些。部長派人接機並代為安排了酒店落腳，允約第二天接見洽談。了無瑣事，阿志當天租車往永珍城內逛走一轉，感覺真是百物蕭疏，百廢待興，應是一個好的黃金機會，予有恆心和有緣商人發展。

翌日一早，部長身邊人員引車陪同阿志到一所華麗，竹木構建，簷角雕飾崢嶸，頗為別緻的泰式大屋，座落樟槐大樹圍擁的園林中。兩層傳統式頗為宏偉而寬敞的土著屋子，下層離地中空，相信是用以避卻亞熱帶樹林的蛇蟲鼠蟻滋擾。椿腳都是紥實木柱，背頂上層乃起居住宅。正門橡下，堅實的五級厚木板台階，閃亮令人覺得氣勢威朗。隨員闡釋這是部長大人私邸，不是衙門。謀事環境正合阿志心懷，預測著辦事多可水到渠成。踏進大廳，迅速瀏覽環視一遍。眼見左右兩旁檯面架底下蹲放一些，象、鱷、獅、蛇等較為大型木刻，兩排曲架上綴飾一系列的珊瑚、瑪瑙、骨玉等，雕琢玲瓏亮麗，閃閃生光。貢檯面中央供奉著一尊泰國式八手觀音，兩旁平衡擺放著一對古老大象牙通雕，顯然是小承脈絡傳承。最高的小貢檯面上，那一尊不大用玻璃蓋罩，精亮發光之純白玉如來，甚是搶人眼球。中堂那盞華麗吊燈之下，擺設著一套寬闊，擦得亮晶晶的老滕梳化，落落樸實大方。唯是所有物品之中，一件名瓷古陶都欠奉，看慣了中式陳設的阿志，總覺得質與量雖豐，其視貌略欠文化深度。

踏進大廳，看見一名年約六旬，個子不高，面目黝黑，兩眼眼神炯亮的老者，從梳化中央站起身來，阿志連忙帶急搶步上前與其寒喧，順便遞上攜來兩瓶的 F.O.V 法國名酒，以示薄意。這位部長卻也大方受落，遣叫女傭帶攜入內堂，並對阿志用英語說道：「藍先生，怠慢了，聽我下屬說你有一個計劃，預算在這裡開工廠，是嗎？」

「確有此意，只是一間製衣廠而已！需要一些土地，密集勞工的，工人數量可能達至千員左右，專門生產褲子和男襯衫。今次是我首次到來，各方面情形可算陌生，全不了解，仰仗部長你多給予意見提示為望。」

「客氣，客氣！不敢，不敢……勞動力嘛，我這裡有的是，土地你也可以隨處選擇，我們盡量在各方面配合你，刻下，我們政策開放，能有你們這些投資者來為我們解決一部份勞工及收入的問題，絕對是無任歡迎，渴求之極。我僅代表國家向你們致謝。不過……我們國家地處貧瘠，物資也不大豐厚，財務拮据，故貴方面須得包容，自便籌措一切，此點我得聲言在先，免得日後糾紛，多方繁纏……哈……哈。」

「部長大人請放心，這一點，我們可算有備而來，生產線各節串聯都已規劃設計妥善。問題是貴方對我們的配合，未知能否適合我們的要求，例如電力供應，電訊系統，道路運輸網絡，工業供水系統等一系列設施，都是我們極度關注的事。可否引領安排我們去實地考察一下，然後坐來再作從詳計議？」

「哦！應該的。通常這些實際細節都不是我處理的。那樣吧！我安排明天，下面出入口部門有關人等，帶領你去實地視察一下，然後再有什麼必要的建議，提出來商量。藍先生。對啦，是時間我要開會去了。就安排你明天前往紡織品出入口部詳細了解一下。」邊說邊指著坐著旁側的秘書 Mr Charint。「呀！藍先生，你還有什麼其他計劃或生意之類，大可對 Mr Charint，我的秘書直說，我們會協助你的。」說完便即起身。

阿志見此情形，唯有迅速立離座，並說：「好的！部長大人，我會與 Mr Charint，詳細商討此事希望能達成一些成果為望。」於是欠身送這位部長下台階，便前往停泊在旁等候的一輛黑色小房車登車而去。

阿志問同坐的秘書：「Mr Charint，通常，你的部長都會在家中接見外來商客的嗎？」

「慣性常見！遇著有關外交，國統禮儀上官員的拜訪，都安排在正式場面上的，不一而論。」

「看來部長是頗持重謹慎處事的人！」

「可以這樣說吧！」

「呀！我有一個小問題，Mr Charint，沿路所見，整個東南亞地區國家對小型摩托車的需求很大，假如我欲代理一二種類中國產製的型號，在此間設立銷點，你看可行嗎？」

「對於你一個外國人而言，相信你會營運得很困難。進口稅制、貨稅時必要先付。不若雲南人用兩條腿走路，一以小量正式進口，二以大量由邊境偷運過來，三是以散件不同時間運至再安裝。藍先生，你原是中國人，我只舉一而你也懂返三的道理，是嗎？」

「多謝耳提面告，獲益非淺……」

「好了，我就送到門口為止，藍先生，明天將有紡織部出入口公司的人員與你接觸，商談一切，希望有個你滿意的結果而歸吧！再見。」

坐上部長指派迎送小房車上，阿正細味沉思著這位精練的部長……國家開放真的需要外來援助，一為神功，二為弟子。宅邸接待篩選後再發還對口單位周旋，持有傲氣而不亢不卑，揮灑自如，而進退有度，絕對算得是辦事之人。阿志今番雖然未有著益，仍覺其氣度可讚者。

開場白既完，下一步繼承亦得走下去。第二天的商談也正式擺在檯面。阿志將一份計劃書詳細列明，所需之人員，土地幅度，各方面實際環境及軟件支援等等，一一臚列清楚。讓雙方議論詳評各項之可能性。結論是：

一、各類原料及製成品往返皆須經由泰國曼谷出入，或經雲南關口出入。

二、目前電力供應不足，乃須客商自備發電機應付而自負一切。

三、目前電話及電訊網絡收費高昂，網絡經常失靈，維修失調頻頻發生。

四、工業水源不足，客商須自負澄濾污染效益。

五、由大路轉駁至工廠之路也得由客方開關以便工交車乘載工人上下班。

六、確保工人福利權益。

單看以上六題之第一項。阿志心中已經否決了成事的可能，費時失事的絕不是密集勞工行業。其他五條也是百劫難測，吃力不討好之事。遑論其他雜項涉及之事了。

阿志沒有當場直說，只是意言婉轉，自當帶回貴方提議，交與公司仔細斟酌再作定奪。

由萬象折返金邊，特意拜訪那位不畏辛勞。專為阿志駕車來回奔走胡志明市及金邊的莊上校老兄。恰巧碰上他正在家大辦喜事，大女兒十六、七歲之齡于歸，遠嫁澳洲華僑，擔心受怕國家再度戰亂。阿志二不打話，向他求取一個紅封填進了二百元美金現金，呈奉恭賀老兄新丈人之喜。老兄乃潮洲故籍人士，喜事自然不糊塗，連續三天讌請親朋，忙得不亦樂乎！阿志叨居上席，接過一對瑚璉璧玉敬遞之禮茶，笑飲恭祝喜得佳婿。座中認識了一位藍姓宗兄，乃本地華僑翹楚俊彥。地產業首屈一指，雄霸甘磅湛港口（後稱西哈努克港）。即時惹起阿志前往該處一看之欲念。宗兄亦開懷答允引路。

是時，適值台灣李登輝時代，國民黨黨營產業轉移，多以二代子弟名義迂迴營運，特別是東南亞各國，投資買地，建廠如雨後春筍。經營主管者人員如過江之鯽，穿梭不輟。更有甚者，夜夜笙歌，軟玉滿懷，休理他日何家帝王主宰。阿志時有參與酬酢，故知之頗詳。後至阿扁登位，也曾力欲追回混帳數目而不得要領，自己也墜入貪腐網罟，萬劫不復！此是後話。

凌晨一早發軔啟程，阿志與宗兄登車坐後，前左是司機，前右是手執衝鋒，胸掛 28mm 口徑火炮短槍，全副武裝的衛兵。宗兄徵得警察總局長同意，借得他這駕四驅軍警專用車，足見宗兄慎重隆遇之情。清晨時分，行人稀少，車子風馳電掣，疾滾衝前，好不寫意。行出金邊市區不遠，速度減緩下來。司機謹慎地操控著駕駛盤，小心翼翼地扭避沿路中的雞窩凹洞。路旁邊標豎起的小三角紅旗，示警地雷埋放點處，非得步步驚心不可。稍行不遠，又見竹橫交叉，幾面紅旗輕飄在路中心，兩三掃雷軍人匍匐在地，全神專注地輕挖慢掘，稍一不慎，難保手腳齊飛，身首異處。見者皆怵目驚心，為此，深捏一把汗。車子側輪滑落路旁，緩慢行駛而過。如此路程，段復一段，紅旗處處不知凡幾。宗兄笑語謔問阿志恐慌與否？阿志晏然粲曰：難得如此驚險絕倫之罕世見聞，況有宗兄陪行，何懼之有哉，吾輩彼此友儕，樂天達命，爾我兄弟，仰天縱笑可矣！哈哈……哈哈哈。

本來兩地行程兩小時多即可完成，現今必須延誤至四個小時以上。怪不得咱們趁天曦時即上路，早上清涼時段好走一點。幾經堵障，午飯時分始抵達目的地，匆匆在小酒家點了一些小河出海處盛產的海蝦、螃蟹、小魚、蛤蚧貝殼類鮮活海產，都是阿志饕餮至愛，大快朵頤！飽餐一頓後，繼續馬不停蹄，宗兄自駕新型民用吉普車，引領阿志圍繞海港行走一圈，不厭其煩地闡述解釋，港口將來發展之宏圖大計，必會創出一番新現象云云。阿志唔、哦，頷首以應。離港口不遠處有停泊著三艘灰藍色簇新的角型軍艦，較大的一艘是補給艦，其餘兩艘應是五、六千噸左右的驅逐艦。阿志用手指著該三船海軍船隻向宗兄發問：「這些是否聯合國派來的軍艦，物資補給和維護和平用的？」

「哦！不是，這是日本的軍艦。聯合國以前派來的維和軍事部隊，全都撤了回去，不再多花費用在柬埔寨各派內部爭奪之政局，畢竟是內部亂象，可謂斬不斷，理還亂。有理數不清的。新崛起的，刻下親近西歐的拉列大皇子，又有緊控軍權的韓森，隱顯越南殘餘勢力存在。更有由西方支持的工運福利黨派，帶頭捧著民主大招牌。事件起起落落，真真假假，層出不窮，沒完沒了。焉知日後以中國後台背景回朝的西哈努克親王，怎樣妥協擺平下去。故聯合國退卻是明智的。現今留下的維和人員，都不攜帶武器的。中國的維和支援隊及日本之海外維和人員，以及現存的聯合國文職人員等全都由日本人一位叫明先生（不知官職）統領。事實上維穩費用，日本人較為大方，支撐支付為最重最大。至於什麼原因，艦隻停在港口一段時間頗長，是否先聲奪人，確保威勢者，直至目前為止也沒有任何方面反對。如我猜測對的話，應若中國及越南開放時，日本資金首先積極如潮發放。協助大型項目，同時推銷產品，大張旗鼓，沸沸揚揚的，先機進取，佔領橋頭堡的舊轍套路吧！」

「有一件事令我百思不解的，前年我第一次抵達金邊時，眼見當晚騷亂，徹夜槍聲響個不停。軍警彈壓，槍口朝空發射，絲絲箭飛紅光，頗為莊觀。兼之四圍槍聲起落，日後據報，沒有什麼慘死傷亡數字，卻令聯合國官員，疲奔於道，是耶？真耶？」

「衝突是平常事，假如聯合國，按事濟恤，多加撥款，真假已不重要了！哈哈！」

閒談中，車子抵達一處農場，一塊長方形，二十公尺寬、五十公尺長的土地上，四角上都種有一棵葉子不太茂盛的樹木，以作識別為界。前方左角搭建一所竹木棚房，禾草蓋頂，四周皆以竹織笪子圍繞為牆，可遮擋風雨。簡陋茅竹寮中一老一嫩，面目黝黑的地道柬埔寨人，相信是父女關係吧。宗兄以高棉土話與哪位六十左右，瘦削的父親交談，阿志是絕對聽不懂的。據宗兄闡述這位老人家已經手印簽認將這幅土地轉讓與他了。稍後就交吉遷回金邊居住。老人二十三、四歲的女兒曉懂英語，在金邊覓得一份好職業。阿志稍微估量一下便用英語與她對話。此妹英語雖不流利，然仍溝通無礙，探悉她在 UNICEF 兒童基金屬下機構任職助理之類，職位不高。因父親近年老體弱，再不能負荷繁劇的體力勞動。偌好的一塊田土，變賣是十分可惜的，但母親去世多年，單靠父親一人苦撐下去，實在不是辦法，唯有忍痛割讓便是了！阿志聆聽至此，唯有心內唏噓不語，心想，這倒也好，一家願死，一家願葬，不涉及強權剝竊，各相心安……

辭別了老者下來，沿著隔壁另一片然用雜亂乾竹圈圍起來的土地，同樣是一公頃大小，宗兄手指向著土地中央說，這也是他已經買下的相連地一共兩幅，是兩公頃可以交割的農地。將來這裡整個區域都是發展工商業和度假地段，省政府已經規劃好，前途無可限量。「嗄！兄弟，我不是向你推銷，如你有興趣也可買取一兩幅，作為投資貯放，保證你必有所收獲。」宗兄興致勃勃地說道。

「嗯……宗兄叫價如何？」阿志遲疑了一下便問。

「一公頃一幅二萬美元，要多要少，皆有供應。我手頭還有，多的是！」

「那交割支付如何？」

「當然現金清繳，紙張與錢即時交換。」

「假如我選擇現眼看到這兩幅土地，總共是兩公頃合共四萬美元，宗兄願不願意割愛承讓？」

「不成問題。」

「宗兄，由於我個人銀根調動問題，如分作兩樁交易，三個月內清繳，瓜葛兩訖，可以嗎？」

「哈哈！爾我有緣，落落大方，五百年前是一家，就此成交，一言為定，牙齒當金使，絕不反悔。」宗兄說完就伸手緊握阿志右手晃搖良久不放。

回到當地他的家裡，也就是他的辦事處，二話不說，立即叫人起草一式兩份臨時合約同意書，簽押並壓指模以作實。當然阿志也同樣指押簽字為證。

阿志在此間再盤桓三數日，今天嫩炒蝛蝪肉，明日老燉黑狗熊掌，後天龍虎鳳（過山風毒蛇及正宗老虎肉，老野雌雞）附加補身藥材之慢火補湯。人生難得幾回，備受招待，暢懷恣食可矣！真的很戀棧這一短暫時刻。不別仍須別，翌日宗兄車送到甘磅湛一個細小機場，隔日兩班定期往返金邊。阿志長居大都市，生平第一次登上八人座位，兩個螺旋槳的小型飛機。坐在機師後面，在其窗旁仍可伸手，捕風捉雲的，舒感清涼。更可低空俯瞰，一覽眾山小，寫意之極。

限期中第二個月，阿志備好能兌現金的匯票，踐約土地交割事宜。宗兄堆著滿面笑容對阿志說：「兄弟恭喜你，你的土地長價百分之十有多，看勢苗依然看漲。不過政府手續，各方面都繁複，費時失時之極，目前外國人登錄擁有制尚未頒布推行，手續做與不做皆須轉入我名下。我倒有一提議。你考慮一下。我寧願提升百分之十五利潤清付給你，算是退回合約，而你也不用諸多顛撲往返，時間與金錢都因此事枉費。如何？」

阿志悠然一想，宗兄條陳循理屬實，若出歹心，先盡收納銀錢，然後慢慢出招煎磨也未遲，可見宗兄對己特別眷顧，或是同宗之故。「蒼蠅附臭，死於拍下」，這句話經常警惕著阿志。目下不費分文而實利既得，雖少，心願足矣！況人家已放下你我好走的下台階，何不順手推舟如西貢事故。於是阿志立即回說：「深叨宗兄關懷，小弟感謝不已，唯宗兄馬首是瞻所說的是。日後尚有好處，請多多提攜是幸！」

「爽快，哈哈！」宗兄朗聲笑道。

於是，阿志即時從公文袋中取出已簽臨時契約書遞與宗兄，而他也當場掏出腰包，點數六千元美金現鈔交與阿志，哈哈一笑，便將兩張正副合約，當面撕毀，以示公允。

經此一役，阿志通過他的關係，認識了一位國家出入口公司的總經理 Sam Sam Ba，往後好一段日子，阿志多與他往來買取出口證明書，以規避歐洲紡織品配額限制。直至商業部長收回他的發放權而告終。

頻頻經年往返柬埔寨途中，阿志抽暇特意遊觀了吳哥窟兩次，是時聯合國已頒布了協助修復該座名聞世界的宏偉建築群，遊後有感賦以排律一首以誌。

《吳哥石窟》
神槌鬼斧施工鑿，　曠野峨巍佛窟供。
苔蘚攀緣仍藹藹，　圍濠乾竭尚淙淙。
鼠蛇竄跳荒叢裡，　根樹盤纏綻石縫。
麗刻肢離殘礫掩，　斑雕剝落積塵封。
憫捐再塑原來貌，　敕募重修復舊容。
病婦描妝尤脫粉，　三分故樣鬧春濃。

（註：吳哥窟，世界十大奇境之一。筆者曾於 1992 年及 1997 年先後兩次覽巡，憐其刻鏤精雕幾盡崩壞，樹根裂牆插隙，蘚苔綴附斑然。更有叢草亂石交橫，蛇鼠竄沒其間，徑路斷爛不平，興致往往厄然而止於感慨之中。今番重臨柬埔寨，據聞已由外援修葺臻畢，咸信難復舊觀，適值私務繁纏，近門而不顧，良機失諸交臂，僅憑記憶淺詠故舊所見之樣貌而已！）

顛移簸遷，我若苦多

1996 年初，盛傳美國通過法案正式給予越南特惠國待遇，年齡半百出頭的阿志，細想這將會是僅存的一兩次大機會在外發展。於是伙同香港友儕，合股開設一工廠，為自己奔走的路段上作最後衝刺。徵得稔熟的金龍王，騰出一層廠房約一萬平方米之地，先交三年租金，並裝修實行於秋季上線生產。由於律例未改，外國人依然不能註冊公司產業擁有權，故一切進出口手續須由金龍王的工廠代簽代發，主動權不在自己手裡，障礙重重，唯有委曲而為。越南朋輩中有人遞紙謔引李後主詞：

林花謝了春紅，太匆匆，無奈朝來寒雨晚來風，胭脂淚，留人醉，幾時重，自是人生長恨水長東。

李煜詞意長留書史，悵感之餘妄和以五言句遣興並書。

騷客拋愁緒，攜壺醉市中。人生本無恨，何事歎蒼蒙。藍白青紅紫，時至自爭風。春花妍三晝，堪誇千日紅。
（註：丙子年四月西貢新工廠初立時有心人謔語，贈後主詞示警，交趾夷族賊性驃悍，必多滋事掠劫淨盡方為罷休，過程屬實應驗如斯。時至今日，尚能穩保產業，未感汗顏以對合伙人。1996 年五月詩和於西貢並補記於 1999 年冬。）

至這年年底，越南輸往歐洲成衣配額，炒賣火熱。整個越南各方各線、各直附屬部委，甚至軍部也插手，分羹攤饗。如中國一樣，擁有配額，就等於國家撥劃部份資產注入，故其內部爭奪也極為激烈。各單位為達目的，無所不用其極，運用諸方面影響力以求逞欲。一個商業部屬小小的配額調撥組（正局級），既要允諾各大國營製衣工廠所需，亦要應付公公婆婆，上級哥嫂們需索，添之以本位辦事人員，準迎機會上下其手，殮財飽填私囊。先來申請（賄賂）先派發，弄至調控極度失常。即使局長（官位不高）清廉執政，也被抬著走，只能眼睜睜坐在轎上看醜劇演出而已，奈何不得。

阿志運行蹇蹶，產品已經於十一月中裝船付運，遲遲未能獲取出口證（配額用），眼看著二十天船運期抵達歐洲，若無證件提供，則聖誕貨品脫期，堪受賠償苦果。雖然暴跳如雷，唯有諸方極力追索，催促結果，終於到手了一份越南中部蜆港簽發的（舊美海軍駐地金蘭灣）出口證。心中雖存懷疑，為濟燃眉之急，還是死人當作活人醫的將其寄付歐洲入口客商，希冀搪塞脫責。果然客方覆言不能使用，證件須由河內直接正式發出方才有效。阿志深知被騙，配額錢被詐還算是小事，若貨品滯留歐聯海關不能提出來，則大禍臨頭之矣！狗急跳牆，阿志也顧忌不了許多，直斥合同出口商欺詐蒙混，必須承受一切損失及責任。出乎意料之外，出口商竟言責任已完，若阿志挑起釁端，則拒絕日後代為清理原材料進出海關手續予合同銷約云云……真的豈有此理，這些由山林跳出來執掌江山徒眾們，自己理虧而不咎責，反而怙惡不悛，要夢吞利猶若無道之強盜，顯表劣根性而不感羞恥？真的怨怪鄧參謀總長，當初為何不直接揮軍打進河內去教訓教訓這幫懂得歌唱「二郎山」、「五星紅旗迎風飄揚」、「東方紅」等革命歌曲的馬列主義兄弟們。

日子一天一天地消逝，阿志心急如焚，堪似渡日如年，但又苦無對策，人家橫蠻惡煞之氣已露，深曉「等待」二字，絕不會弄出什麼好結果來。即使彷徨也得絞盡腦汁，苦思出一個法子去善後。

於是攜備薄禮，逕直趨訪一位頗為眷護阿志，剛剛榮休退下，前胡志明市國營 (HCM) 出入口公司總裁 Mr GAN，他在職時，諸多調撥公司獲派持有的配額與阿志應用。他以前的上司，武文傑也剛被委選為國家總理，上調河內履職。阿志抵其私邸，說明來意，希冀他能或代為籌謀一個妥善辦法，以俾可以渡此難關，免失多年經營信用。這位老一輩越共翹楚，聽完阿志陳述之後，沉吟了半晌，然後緩聲說道：「Ong Lam（藍先生）這樣吧！總理大人絕不會因芝麻瑣碎事被受驚擾，今年配額搶奪的確是個亂局，我只能為你寫一封信，你親自攜帶上河內商業部，找一個應該是對口的 Mr Dau，負責分撥配額之 Director（局長）。我臆測，只有他或可能為你擺平一下，時勢緊迫，事不宜遲，你回去準備機票起行，明天下午再來一趟，嘩！我今天晚上為你執筆書寫一封信便是。」

「一定，一定，五內萬分銘感 Ong Gan！歷年來對我關懷眷護，難以回報，日後自當登門鞠身言謝老先生。」說完，阿志即恭謙辭別而出。

由於這偶然突發岔子，在無可選擇的環境下，第一次因公事飛抵河內。思慮再三，僅以私人名義前往他的辦公室拜會 Mr Dau，簡單闡述來由並呈遞一份由蜆港（芽莊）商業部簽發之出口證明書，另一封口之 Mr Gan 親筆信。這位局長用手拈起那份出口證，約略飄視了幾眼後，徐徐地推回阿志面前。然後拆開了 Mr Gan 寫給他的那封信，頗為小心地閱讀一遍，面色看似甚為凝重地說道：「Mr Lam，你認識 Ong Gan 多久了？」

「都六、七年了，自從越南開放門戶之後，我們公司駐越的辦事處一直設在 Ong Gan 之 INEXIM 大廈樓上。」阿志謙謹地回答。

「怪不得他能為你寫信說項！今年大衣配額特別緊缺，嚴峻亂套，嗯！我看這樣吧！你明天下午去我商業部配額調撥組處找一位 Truong Vi 薔薇小姐，將你的現情反映如實，試看她能否為你解決此事？刻下我正開會，請恕不能奉陪。呀！回去胡志明市，代我向 Ong Gan，我那位老戰友致以問候。順代為轉告一聲，不久將來，我也退休於河內了！」Ong Dau 說完便起身轉入內房去了。

阿志好感無奈，目送這位局長先生背影消失後，悵然收起那份擺放在檯面的出口證書，出門叫了一輛出租車，打道回酒店去。一路上，思潮起伏，衡量他所說的每一句話及每一字眼，像也啟發不出什麼肯定的端倪？唉！總之，出門在外，多是人浮於事，他人設置一道不可傷及本體的防線，應被接受或可理解的。無論如何，明天仍須按照他之所說，跟進到底不能放棄。

次日下午，阿志直趨商業部見到那位 Truong Vi 薔薇小姐，將來意原委清清楚楚詳細告之，並張示了那份出口證書。Truong Vi 拿起約略看了一遍，跟著說道：「Mr Lam，這份是普通出口貨運證書，船運的皆可由河內／海防、蜆港／芽莊或西貢／HCM 批出，與配額毫無關連，所有城市的配額成品出口證，全由河內編印登錄核對才有效。你可以按正常法律途徑，控訴辦理證件之出口單位訛騙欺詐，唯起訴程序需時曠日。假如你們之間合同簽署有甚紕漏之處，官司勝敗真的難料……那麼，你還是回去按照規例，交涉或訟訴吧！」

「不，不，Truong Vi 小姐，我們絕無此意念和做法。今次特地來叨擾，懇誠希望能為我們指引一條路子方法去解開此棘手死結，事實上，我們的貨物，也不能長時間滯留在歐洲碼頭上。」阿志衷懇地望著薔薇小姐說。

「唔！……既然 Mr Dau 都為你說話了……今天十二月二十一日，即使總理到來，結果都是一樣。配額每件以一點五美元算，我為你重新發出一張本部有效的出口證應用，你自己考慮決定吧！」

「好！一言為定。但今次我起行倉促，沒帶這麼多現鈔來，明天一早返回西貢／HCM，鐵定於本月二十六日重臨此處，出口證與現金貨銀兩訖，絕不食言。」阿志說完隨即起身伸手與 Truong Vi 小姐緊緊握手作實。

「那麼，就恭候蒞臨不誤……為人民服務！」薔薇小姐開顏地笑著說。

除了賠錢送賊之外，進了衙門，還是要挨板子，這是什麼世道？那張新的出口證發出日期為十二月三十日，明顯得很，他們的安排，假如今年配額用盡就預用明年之數……也好，總算是一個結果，蹭磨不得，放下了一塊心頭大石。慶幸的是，驚濤駭浪之下，確保了恆運不移的聲譽。其實也堪可教訓自己，日後行事更須小心謹慎，如履薄冰了！

事情告一段落，歐洲方面提貨期當然是延誤頗久，客人未見責咎，反而稱讚阿志，脈絡縱橫，行事果斷，並言生意或可繼續往來如昔。

1996 丙子年底，由於工廠新設立，進展並不暢順。阿志迫不得已，逗留胡志明市，監督廠內一切事務，直至走上軌道為止。除夕晚上，一個人悶悶地乘車前往第一郡（區）年夜花市，溜躂，溜躂，人流熙攘，塞得水洩不通，阿志正噩噩然左觀右望，專注欣賞花色品類繁多，除平凡之玫瑰、海棠、芍藥及菊花等品種內，連富貴的牡丹都一併齊備，目不暇給。一種藤葉串吊，肥豬型財寶般的金黃色碩果，吸引著阿志眼球，有生以來從未在廣州、香港及亞熱帶地域見過，心想循源引進在中國培殖，致富發達亦未可料。

正凝凝怔怔間，彷彿一稔熟身影走過眼簾，抬頭一看，正是 Kiu An 這位越南第一屆小姐（花后），兩手穿繞著一位偉岸美貌青年的臂旁，面龐斜靠男士胸頸，親昵絲絲細語，正面對向而來。剎那時，阿志自然地微微一笑，輕輕地舉起右手，搖擺了幾下，以示招呼。而她，也只是嫣然一笑，雙雙擦身而過。阿志思潮微漾輕蕩了一下，謠傳此妮子已被富商包寵，貴為情婦，而今乃才子佳人儷行一雙。嘻嘿！可以推想引證，中國戲曲的愛情故事，源遠流長，可歌可泣者！

返回酒店，仰臥在床，正朦朧假寐之間，驟然砰砰霹靂，恭迎新歲之爆竹，響聲隆隆，連綿不斷。凌晨十二正開始，直至早上七時，胡志明市整個華人區域，第五、十、十一郡都一片煙霧彌漫，鞭炮聲響不停，何止是擾人清夢，簡直令人難以入睡。看來本地華裔，依照中國習俗，恣意慶祝，熱鬧非凡，比之中國各大城市及香港，過而盛極。

至農曆年過後（九七年丁丑春），阿志依然駐留於胡志明市，時值上元佳節，友朋邀侑，雖未酩酊，半醉必然，人生在外應酬，難說拘謹於聲色境況。臨近打烊時分，阿志兩位朋友之伺伴，一對年僅十八、二十，樣貌娟好的姐妹，面流淺淚，苦苦哀求，冀客攜返過夜，多賺一點皮肉錢，回家以奉呈姐、母云云。朋友都是有家室之人，加上酒精沾唇過多，雖未頹倒，卻已酡不自持，更恐家中惡妻獅吼嚴問，不敢造次。皆言推諉 Ong Lam 阿志，無家一身輕，兼且獨據酒店房室，正好受用者云。阿志凝視雙妹，淚眼漣漣，於心不忍。於是攜同一對姐妹花，登車返回駐腳酒店。抵達酒店大門，從後袋錢包中取出五十美金一張，交與年長姐姐手裡，叮嚀速速回去，免至家人掛慮，並雇用了一輛三輪車，目送她們姐妹倆及車影，消失在大道之上。

回到房間，頭腦依然半醒的，倒落床中，試圖鼾睡。唯輾轉反側，心緒不寧，從雪櫃倒了杯冰水，咕嚕咕嚕地喝進肚裡，外衣披肩，走到辦公桌旁坐下，抽紙提筆，觸景思情，實也感懷身世，糊亂的寫了一首長句《多麗》：

《多麗（上元月淡照孤燈）》

正攜擎。彩塗花獸蟲翎。薄紗黏，章謎細列，上元趁節春燈。夜彌寒，攘熙散盡，籟沉寂，幽火羸螢。躞步階台，茫然仰望，一輪濛月淡孤零。慢凝聽，偈言喝頌，叩佛靜研經。空思絕，離愁潵淚，枉賦心傾。最哀傷，鴛鴦患劫，愛憎陳數難清。恨薔薇，飄牆惹得，狂蜂摘，粉落淒凌。探蕊沾香，惜花顧意，贏來新惱怨佻輕。總憐是，蕾嬌苞俏，縈眷尚留情。情猶蕩，風搖微熠，未滅殘燈。

上元過後，忽忽抽空返回香港一趟，清明掃墓？如此賞心樂事，對阿志來講確是奢侈了一點。正揪心煩惱的是，今番馬失前蹄，導致虧損頗巨。雙倍配額支付之外，仍需擔心顧客日後追索耗時賠償。故不得不提早籌備一定財務，有備無患，可應急用。

如何在驟然之間，能夠籌措一匹較大數目的現金，真是頗費思量，盡絞腦汁的。不由然因循地走向自己依賴救急的新舊放存寶貝裡去。搬動好梯子爬上入門右側，特別安裝之小閣樓上，翻閱以前存放的古舊破爛，發覺一只康熙時代之小型紫砂茶壺不見了。這只小壺乃阿志特意地如捧著祖先骨灰盒似的，小心翼翼從加拿大攜帶回來的。再仔細檢視一下：一對百多年晚清名人楹聯及一幀名人扇面也不翼而飛，多幅現代名人中堂壓鏡名畫及條幅失竊。無獨有偶，所有這些，阿志都沒有攝影留下圖片記錄。阿志拉著母親走往一角落處，輕聲地問：「上面那個小閣放的東西，有沒有人移動過？」

「哦！有的，我看見你大姐有兩三次爬梯子上去，說是為你收拾整理亂放的東西，我也沒有理會她做什麼……嗯！有什麼不妥？」母親平靜地反問。

「哦！沒什麼，我見東西倒亂了，和我以前擺放不一樣，只是隨便問而已！」阿志淡淡地壓抑著情緒說完，若無其事的，下樓落街去了。

在餐室靠椅上，一邊啜飲著咖啡，一邊苦陷死寂沉思之中。所謂文物古董，每一件得來必有淵源，憶記猶新的，焉可或忘？以大姐一介婦孺，諸多貪婪，不勞而獲且必鍥而不捨，孔方唯大者。其學庠淺短，見識固然不豐，更不曉古舊行檔買賣，如何如何？若以賤價流入小不良之拍賣商手中，的確是冤哉枉也？二者，她若是手頭繃緊，也不應偷竊他人之物出售，以為神不知，鬼不覺，把眾人稱許的小弟阿志當做傻瓜。其三，物件被盜，應該由她這個屋主報警，絕不應由阿志越姐代庖，不合情理之至。況閉門失竊，始終是家門醜事，唉！可得想個善法，以防微杜漸。初步計算損失雖非至巨至大，超逾鼠耗而達狐偷矣！市值足可以當時在廣州市中心買入一層千尺樓宇。真的要將她繩之於法嗎？唉！罷！罷！無須驚嚇年邁母親矣！或許母親也看出端倪，不願多說而已。當作無事，以觀後效吧！

1997 年七月三十日晚，阿志逗留見證了香港回歸時刻的移交儀式。整個過程在視屏中看到國家江主席，喜躍鷹揚之升旗壯觀場面，同時畫面也感睇到那一位末代總督「彭定康」，下旗回國那種孤零凄傷之落寞情形。與前一世紀統治香港時，英國殖民主義者那種氣指頤使，絕不民主的傲態，簡直是亢與屈兩個模樣。阿志固然是一介草民，身叼自由小惠，唯對其離位之前，特意播種所謂西方三級議制，以民主對抗共產主義理念，若印度一樣，挑起俗群紛爭，分裂為宗旨之齷齪手段，甚為不恥。前往碼頭送行的孤臣孽子以及乘坐直通車之新貴，幾無蹤影，堪見由來只對新人笑，不理舊人哭那活生生殘酷現實情景。

有一天，恰趁家姐不在場時，母親輕聲對阿志說：「仔呀仔，今年我已經是八十開外，臨將就木的老人了，心中縈繞著一件未決的事，就是鄉下那一間重建的陋屋。在我歸老之前，是否留交與你，繼而惠及我唯一嫡孫，以了我殘願。」

「不！不！妳這樣的中國舊傳統做法，會激起姐姐極之反感。她是一個寸頭近利眼緊之人，自我移民去後，妳與她朝夕相處也有十多年，雖或意見相左，畢竟是母女相依之緣。況且現今世情與法律，遺產對兒子和女兒原則上都是平等均分的，我絕不願意見到隙釁家牆之內。再者，如妳所知，我乃一個永遠都是自強，不論爭爺田地的漢子。而且加拿大那邊屋子貸款也供滿完責，目前雖仍不甚寬裕，若真需要調撥時，還可變買一些字畫應用。」

「哪，你的意思是連你的妹妹在內，分作三份處理？」

「那也無不可？地是人民政府根據農業政策分割與妳名下，東西是妳的，妳有權獨自處理。」

「你那個半殘不廢妹妹方面，這幾十年來，我為她做了或付出了這麼多，她應滿足及感恩了啦！」

「媽，那妳認為怎做才好？」

「我總以為是傳交親子嫡孫才是，嗯……呀！我想起了……那一天我住在醫院，你二哥連同大哥來探問我時，約略提及此事。他勸說我乾脆把屋子賣掉，手中留得十餘萬人民幣頤享晚年，也不須記掛後裔如何如何，兒孫自有兒孫福者！」

「若照他提議去做，妳意見又如何？」

「我總覺得不怎樣對似的……你二哥他夫妻倆，千思萬慮，也將家產分配妥善與兩個兒子，並資助他們在一定財力上，供樓上車的，為何……偏偏特意對我提起這個做法，難道？……」

「當時大哥也在場？沒有插話表示意見吧！」

「沒有，只是吚哦唯唯，笑面迎人，像個西南二伯父般和善。我從小看著他長大，一世人都是鬼靈精，左煽右卸，見勢欺人，看風轉舵，哼！牆頭草。」

「唉！他們倆，無論誰說，都一樣，裝好獻殷勤，是衝著我來的。

媽！妳活到如此一把年紀，雖然不識一字，依然心明清澈，難得！我只是擔心我那位貪婪成性的姐姐，被利用而挑起糾紛。這是咱家內部事，用不著一時急於決定，留待我日後回來再說算吧！」

由於生產貨期緊催，阿志實在無暇顧及這些有理數不清的，煩纏難解之家庭瑣碎事。這一年農曆年底，阿志趁著手上訂單生產能夠提早完成付運，特意抽空返回香港這第二故鄉與姐母二人，謀聚一頓年夜飯，算是這一位遊子自移民去後首次的家庭盛事。當母親看著五十多歲的兒子，入神享用饕餮至愛的地道家鄉菜色，酸筍豆醬蒸大魚頭及柚子皮燴魚腸，她那滿佈皺紋，瘦削的面孔上露出絲絲笑意，是那麼祥和寫意。

「嗱！弟弟，這是你母親特地一早往街市購料籌備，親自下廚為你炮製最喜歡食的。可見對你這個有柄金茨菰仔是多麼矜貴。嘻！我也倒好，能叨多少光，吃到如此豐富佳餚，不錯。哼！」突然，一連串數白聲音發自姐姐嘴裡。

「妳說話不要那樣尖酸刻薄，如妳有需要，隨時說與我知，我也會為妳做啫！反正你姐弟倆都是我所出，手掌底面都是肉，針扎兩面都會痛！」母親平和地答。

「呵！那就好囉！」姐姐如是反駁。

當時阿志正津津啖食味帶酸鹹，火路適中蒸出鮮嫩腍滑的魚頭，聽到姐母二人的對話，頓然感覺美味全失。心想難得全都圍聚一起，好好溫馨地吃一頓年夜飯，擺在目前景象及阿志聽到的，心中覺得一場不大不小的風雨即將菠臨似的。慢慢將嘴中魚骨吐出，然後放下手中筷子，「嗯」了一聲，正想站起身離座。

「哎！你不要離去，今天你媽子有話對你說……」家姐來勢洶洶地說著。

「是嗎？是妳要對我說還是母親說呢？」阿志漠然回答。

「誰說都一樣！媽子，妳詳細說與他聽……」

「仔呀！是這樣的……上次重建鄉下那棟屋子，是我名字登記，全部租金都是我收取應用，自給自足。自從你移民走後，便搬回與你大姐同住。而今我年事已經高，不知能活多長時間滯留人世，故考慮將產業交回與你們，以便將來有個遮風擋雨之處，尤其是兒孫後裔們。若依慣例，你的兒子就是最大的受益人了。但你大姐極存異議，她⋯⋯」母親尚未說完。

「那最好是將它賣了變現，二哥也是這樣主張的！」姐姐依然狠霸霸地說著。

「妳二哥與我們，不是媽子同胎所出，似乎與此扯不上甚大關連，妳的意思打算怎麼樣？」阿志依然心平氣靜地問。

「我的意思，上蓋與地段一起賣斷，應可獲得現金十餘萬元存放在我這裡，以便她日後終老時打發一切。」

「哦！是這樣⋯⋯連地價估值都擬定好了！好⋯⋯好！」

「你呀！成世都是遊雲野鶴般，鬼影仙蹤的不知何處。假如她老人家有什麼三長兩短，如何與你聯絡。媽子在這裡，我自當應付一切。況且，以前十幾年來，每月一百港元，從沒間斷，寄匯家用回鄉供養，我認為我的要求是理所當然的。」

「好啦！姐姐，別說得那麼嚴重。目前我雖在東南亞走動，家庭依然全都在加拿大，電話地址都詳細不缺，所謂走了和尚也走不了廟，別拿瑣碎判因由。的確，我最初允諾，奉養母親每人各半，由妳先付，我日後奉還，也感銘妳亦從未追責於我。妳確認需要，那過幾天我必如數奉回便是！」

「那也無此必要⋯⋯」姐姐稍微語氣降消一點答道。

良久圍檯面三人都默不作聲，死寂一片。還是阿志啟語：「媽，廣州地段開放後，引頭發展蓬勃，日後前途無可限量，不要短視於一時，賤價估售產業而後悔莫及。這樣吧！媽，妳回鄉間一趟，詳細諮詢一下妳那身當二十一、二級公社幹部的誼子，若將舊屋拆卸重建，所需款項若干幾許，回來告知我再推敲推敲，好嗎？」

「上次回去時，我已經對比過同村他人建屋價碼。也詢問過他的意見，認為應該拆卸重建最為上策。假如新建九十多平方米，四、五層高新型村屋，不算地價大概花費總共三十四、五、六萬左右，不中不遠的了。誼子他答允我，可代統辦建築圖則及有關契約手續不誤。」

「妳應對妳誼子絕對信任吧？」

「在情在理，他應當鼎力圖報才是！」

「那好，就決定重建！假如大姐不參與的話，那就按她要求賣屋賣地金額半數支付便了結一事……」阿志斬釘截鐵地說道。

「不！不！我也參與重建，你我弟姐各半，但將來物業記名，用我的名字，契約由我掌管。」姐姐瘋急地搶說道。

「我……那我的土地不是錢嗎？就算事成，讓我多佔一份也不為過吧，穩保我有生之年衣食無缺，死後遺留後裔兒孫也心安……」母親氣憤不平地辯說著。

姐姐聽到母親這番氣話，頓然聲低氣和堆著面笑著說：「嘻嘻，媽子呀！我不是與你們爭什麼，他，你的兒子，行蹤飄忽不定，倘若驟然有事商量，難能接觸於萬一。況且我孑然獨身，雖說暫代保管，死後所有一切也帶不去那裡，還不是留交他的兒子，妳的謫孫，我的唯一侄兒受領！即使屋子建好後出租，收入不豐，一家人仍可同窩，有粥食粥，有飯吃飯的，是嗎？」

阿志耳聽至此，清楚姐姐心態意欲，已經赤裸裸表白無遺，雖不認同其鬼心邪念，真的想去直斥其非。唯一念到這畢竟是圍牆內部矛盾，雖然五月蒼蠅，嗡嗡刺耳，討厭得很，但總得想個法子撲滅聲源才是。於是沉思了一會兒便道：

「嗱！過幾天，我便要返回越南去，真的沒有時間參與此事磋磨。我的意思是鐵定重建，妳們選擇只是 Yes or No 二字。姐姐妳可好好考慮一下，過兩天再答覆也未遲。若『是』的話，我將先存匯十萬元人民幣入妳銀行戶頭，再由母親帶回鄉下，準備打點一切事宜。」阿志說完，起身慢慢地開門走了出去。事實上等於沒有 No 那個答案，已保住了各方的利益。

半年之後，阿志再回香港，詳細地詢問了母親，得悉材料全都籌措十之八九了，地基及屋架已露雛形，目前正灌注碎石水泥漿，逐步向上層進展，如果順利的話，十二個月內應可竣工完成。

「妳有回去督視施工進行？」阿志靄切地問。

「扶頭助尾是有的。一切都由誼子韋程策劃負責，信人不疑！那土地契約，因你人不在香港，你大姐搶著轉記去了她的名下。女兒是我生的，我極是擔心，不知她日後心軌如何？」

「那只是大不了的結果，目前要做的事還是要做，多慮已無裨益，將來由誰多佔機遇偏分，讓它自然發展好了，無論怎樣，她始終是我胞姐，掌背兩邊都是妳的肉，是嗎？」

「唉！既然你也這麼說，唯有目視其行吧！」母親有點傷感地道。「呀！還有，我們正在建屋，隔壁你同學那幅地，比我們的更廣闊，有一百四、五十平方米左右，且有廣州市長葉劍英公章簽署之屋地契證，可以公開買賣，不像公社農民的宅基地證那般諸多限制。他們家中四姐弟妹四分五裂，都沒有人承擔重建，著意將地段賣斷分享了結。仔呀，你看如何？」

「俗言，千金難買相連地，這是一個極佳機會投放資金下去。妳再回去探敲一下，他們示價若干，趁我人在香港，也容易作一個決定。妳也可以與姐姐商量一下，看看她有沒有心態一同參與？」

「你尚有經濟能力分割開來這單買賣嗎？仔呀！你得仔細想一想，除了地價支付之外，還須拆卸重建費用的。再者，我真的不欲親身勸說故舊街坊鄰里變賣家業，似有乘人之危的感覺……此事我也曾向你大姐約略提過，但她支吾答說她自己孤身一人，死後，不知誰是得益者？對啦！相信過不了多久，你大姐必將向你索取第二次建屋費用的了！」母親頗顯關切而不安地叨說著。

「媽！這是先一而後二的兩碼子事！過兩天我將再撥港幣十萬元過戶予大姐，現價港幣稍高一點一五倍算，就是十一萬五千元人民幣了。連同首次先付十萬總共是二十一萬五千元左右，已經超越我個人允諾的一半費用，應該是綽綽有餘，妳就放心吧！至於妳不願向鄰居勸說，我很理解，這是舊有的道德操守。刻下但妳可嘗試叫妳的誼子韋程前往說項，我想這個方法是行得通的。」

「嗯！只好如此試一試吧！」

「呀！妳誼子為我們諸方奔跑，花卻時間不在話下，不多不少還要打點應酬，以便行事，小量方便錢花費都是必要的。現今世情，錢眼圓充，人心不古，往往事態驟變而不明所以。俗語言朝廷不用餓兵，莫因鄙吝誤大成。緊謹叮囑我那位視財如命的姐姐，預留一二萬元以謝奔勞之人為合理。」阿志不厭其詳地對母親說道。

工廠運行日漸正常，阿志更須頻繁往返香港越南兩地：安排訂單、付運材料、督促生產、出口船載……等諸多業務，巡迴重覆又重覆，羈纏而分身不下，實在無暇參與重建故居一事。只從母親口中得悉工程進展「緩慢」兩個字。又，隔壁同學那塊屋地，已被他人買去，並以極快速度，分兩座地段起建新廈云云。

聖誕節過後農曆年之前，工廠通常都有一小段時間淡靜下來。閒談中問及建屋進度如何？母親呀哦回答：差不多了，依然是「緩慢」兩個字。由開始迄今，幾乎兩年時間，尚未竣工，阿志事覺蹊蹺，毅然決定返祖家視察一趟。於是連同母親回鄉，目睹自家屋宇四層半，基本上已完成，局部正在善後裝修。而隔鄰同學舊地中，兩棟嶄新五層樓宇，也正粉刷即將竣工，獨立分明。當自頂樓拾級而下巡視時，發覺三、四兩層樓房中，都零散紊亂地舖置了四、五張簡陋易拆的睡床敷連被服……阿志不期然直覺地問母親：「我們這座簡易建築的幾層樓宇，需要雇請這麼多工人嗎?」

「這……」母親欲言而又止時，站在她身旁那位曾經為她督收租項之族嫂揚聲插話道：「這……這……還這什麼？有兩張床是建築包頭佔用，其餘皆是臨時，不同工種工人長期使用備用的。連同隔壁兩棟，一共三棟樓，都是這批工人建造，你母親不出聲，故沒人夠膽驅趕他們離去。」族嫂越說越顯得氣憤！阿志聽罷沒說什麼，只輕輕的「哦」了一聲，並用厲眼掃視了母親一下。

　　回到香港，嚴詞詰問之下，母親迫不得已，才將事情演變真相和盤托出。隔鄰地皮，實由誼子之胞弟購去。因非農戶屋地，可以重建兩座分契沽售，賺更多錢。整個過程，看似與母親的誼子毫無關連。唯村婦也能看得透的，借力兼借道剽竊，更明目張膽，瞞親欺寡，肆無忌憚地調動他人資源，急爭朝夕以遂私欲。若國家重用此等罔顧倫理道德，文革洗禮下成長的一代，積染打砸搶陋習之蔡梲樗材為棟樑者，吾則不欲觀之矣！

　　「媽，事態已明，妳誼子可算是精靈狡黠之人，機存歪心，還膽敢巧取於近親。其實妳也心知肚明，有沒有想過正面直斥其非，以證對錯？」阿志依然很和氣地問。

　　「唉！時以至此，的確很激氣！事實上，其心可誅。乃念兩代交往年久，你姐弟倆不在我身旁時，他也曾為我奔跑辦過很多事情，莫因一咎斷情誼……今次其貪念雖可殺，但，咱們也沒損失什麼？只失去一個大賺錢機會和時間而已！得饒人處且饒人。況且，我為人宗旨，多是寧願人負我，我不負人的。」

　　「哈！妳與妳的女兒恰恰相反，只有她負人而人不可負她。妳母女倆，簡直就好像倒亂了骨頭似的。嗯！既然妳也這樣說，就當沒事發生過……馬照跑，誼親繼續，邪正相互包容……哈！哈！哈！」阿志縱聲地笑說。

　　三年在越南辦廠過程，競競業業，乏善足陳，畢生難忘。真如通曉中文的華僑所寫的譴詞一樣，「朝來寒雨晚來風」般苦澀，敵友交融。本來金龍廠自己專門是做針織品，與阿志這邊梳織品製造是風馬牛不相及的，唯是招請員工一節，雙方皆需要補充。無論新手老手抑或轉介指定的，都得先經針織方面試核，不錄取的也不發回梳織生產線上嘗試機會，若無其事似的。恰如縛紮大動脈血管，瘀塞不暢或凝固，這是工業廠家大忌。廠長前去交涉後，情況稍微好轉些許。以後若是指明是熟人推介，才發回原位，相安短暫一段日子，死灰又重燃，擾攘下去。阿志終於啞忍不下，將此事擺上金龍王檯面上，著他自己處理好，劃出一條下台的路，讓兩方面好走。暗地裡阿志允諾金龍廠總管子虛大叔，每月給予一百美元個人津貼。而事實上，引詞寫紙示警者，正是此人。

人的互動關係，越打越相識，接觸日久，金龍王逐漸深曉阿志算是學厚材多之商賈，眼看阿志經常與當地教授、名士、畫家、音樂家、報社總編輯等，都是有文采之人交往，真的與一般商人氣質大不一樣，日漸尊重有嘉。慢慢踏進了相知相交之道。偶有閒餘，邀侑朋友相知已者圍聚飲讌，阿志多有參與，談天論地，醉倒人生似的，間有俗語污言，脫口而出。興之到處，擊節高歌，引吭依哦，傾樽連連，放浪形骸。偷得浮生半日閒，懶理天上人間是何月日，舉杯飲勝、乾杯，大快痛哉。更有甚者，夫妻相相兩兩出席，酒酣耳熱之餘，相互掀臭揭短，駭爆故舊情史竟是坐中娟人，落落大方，而相向大笑。那又如何，食色性也，法裔遺風，夫子奈之何哉？

有兩趟阿志、金龍王夫婦聯袂趨訪泰國曼谷友人李先生，也是潮洲原籍殷商僑領。生意眾多廣茂，根深果碩，三位兒女學成回歸，各自統領枝業地盤。而老人家除必要應酬外，便隱退韜光，終日流连高爾夫球場，強筋健體，遊怡自適如地上神仙之所謂者。其夫人操持家中大小，生意與庶務，事事整整有條不紊。更善於社交應酬。婦女事務，脈連之皇室善舉盛事，都見有參與足跡。算得是能撑半邊天之女中豪傑，家雖富有，僕人從員眾多，依然事事親力打點，不矜不傲，不失禮數於敬客之道，貴罕於德修是也！李氏夫婦熱忱殷勤招待，阿志忝叨友情眷愛。感覺上李先生舉止磊落大方，雖富而說話謙厚得體。

日後阿志偶爾過境停留，攜酒邀杯與李先生，大小兩老，小酌放飲於曼谷街頭，或跟隨前往高爾夫球場小駐，瀟灑一樂競技，逍遙極甚。及至言及其大公子掌管貨櫃新事業時細語詢問阿志，能或可否提攜後輩，介紹商客，指點教路云云……

阿志細想，人家兢兢基業現成，自己何德何能，敢誇指點二字。況上下兩代思想概念不同，交往不易，不如順水推舟，檢抄幾張中國大船務公司之舊咭片，投桃報李，以塞諾責。真不知道刻下人事面貌如何，因中國公司在位人員變動頻速，不似私人企業那般恆常。若其公子日後深曉順藤摸瓜之道，事業必發揚光大，是金子總會發光的！

　　1999 年工廠三載期限屆滿，美國仍未開放紡織品市場給與越南。阿志等人希望漸滅，單靠以加工維持工廠生產，實在難以收支平衡，全年都在虧蝕環境中。加上平時廠務營運依然存在阻礙，時生時滅，看來本非老闆旨意，若再續約亦是挨打局面的持續。於是阿志與緬甸仰光一位有土地廠房姓吳的商人合作，將所有機器移遷過去，冀以轉換環境發展，主意既定，徵得合伙人同意後，便與金龍王商討遷離事宜。

　　「興哥（金龍王太太對他乳名暱稱），我的公司決定遷離越南，轉往緬甸發展，所有機器將放入貨櫃包裝付運。」阿志將實情衷誠相告。

　　「哈哈！難得，老藍果真乃長袖善舞之人，竟能與世界名人拉上關係，佩服，佩服！有一點不明之處，何不將機器在本地賣斷，價錢平一點，然後輕身回國，豈不化算得多？」

　　「呀！此點我並未想及。董事會意見既決，我也只是代為執行。我們這批殘舊傢伙，雖然功能尚好，完整無缺，不知有誰會垂青見愛？」

　　「有的只要價格不高，我也想優先做第一個候選人，你看如何？」

　　阿志聽後遲疑一下，暗忖；商賈貪念，十分自然，不應驚詫。若然答允有斟酌餘地的話，必當拖纏連綿，商討反覆，不可終斷，非為大事之舉。於是心平氣靜道：「興哥，公司會議討論三番五次，決定而寫入記錄執行，絕非我個人可以左右，即使我個人與你有相同意見，削繁避苦，也不願犯顏抗辯於末微。」

　　「唔！唯是⋯⋯你的機器，原不是由我進口的，我要冒險為你簽署文件，這⋯⋯恐怕⋯⋯有所不妥。」

　　「興哥，你我相交七、八年之久，以信字行頭，吐一沫如吐一釘，大事化小，小事化無，相互體諒的。在你屋簷下，自然受你庇護，雖有小爭執，然一向循規蹈矩，將就偏成於你，更遑論建廠之初，我極力勸說公司以三年租值現金，鼎力助你速建廠房，利人便己好走路。如今我等撤離，也正是你取回地方重新擴大生產力之好時機，不應推磨，陷我錚錚誠信於不義！況且……」阿志聲線越提越高，正要繼續說下去。

「好了！好了，不要說下去了！大哥，我簽我簽，我簽發所有出口手續就是了！」金龍王高舉雙手頻搖地阻止阿志說下去。

「對不起，王老闆剛才我聲調是粗獷了一點。」阿志致歉地說道。

「不，不，可見真正性情中人……你我好兄弟，不因些微小事牽亂大謀，我們永遠是好兄弟，融和為貴！哈哈！」

「那我就銘感多謝了。」

「哪裡，哪裡！哈哈。」王老闆寬容地笑語。

一場暴發風波就戛然平止下來，阿志以搶白式的厚黑道義打壓，僥倖得手，實也捏了一把汗。稍後工廠提前兩個月在租約滿前停產，按部就班遣散員工，並重新整理收拾封存好所有機器，一切就緒，等待付運諸如計劃。

一天，阿志巡視存放機器空靜的廠房時，發覺人影蹲地閃動，像是尋找什麼似的，正趨前查究時，該名越南人也招搖大擺地走回樓下去。阿志詰問子虛大叔，是何人膽敢公然出入活動？子虛悄聲細語說是樓下針織製品部的一名機修熟練技工，老闆允許的。阿志正要發吼去找老闆理論，但冷靜細心一想，並推敲有三：一者，該名技工研究特別機種或尋找什麼零件，偷去市場變賣自肥，機會有兩個月那樣長的時間，即使被解職也值得。二者，老闆明令暗中搞破壞。三是總管串謀監守自盜，煽風點火挑釁，說是非者，便是是非人，這成語更是常見的真理。苦無真憑實證，阿志不應聽信宵小，三兩言語而將辛苦賺來的平局，因自己一時衝動而自踢崩圍。況且發難也會引至對方全面反攻，擾亂而不可收拾。知己知彼，百戰不殆。於是定下心情，笑笑對王老闆輕語，發覺閒雜人進入工廠，動機未悉，請代為明令禁止便是。

狼來之說，是非黑白逞欲攪局者，要來終必會來，極是難防。或謂人生有些際遇，亦可說是在社會上難得珍貴之歷練。日後結果證明，抵達緬甸有百分之三十之特種機械因缺失重要零件而開不動，此乃後事。阿志特將此節描述在他的詩上句著腳，以證自己完璧歸趙於合作伙伴。

　　阿志揹負偌大的責任，算是穩保不失之生財工具，移師戰場，在另一陌生地域，重起爐灶，再戰江湖馳拚，心力俱疲。偶然想起曹孟德名句「去日苦多」，憐生同感，只不過是國事與私人事業大小之分而已！

　　幾經波折，阿志將該批生產應用的機械，於 2000 年初，如數移交到至羅星漢妹倩吳先生手上。安排了訂單及技術人員，協助這位擁有土地而對行業陌生，而極欲發展之初手，實行上線生產，倒也進展順利，助他成熟地開展了業務。半年之後，如期追討三年分六期付款一事，卻遭婉拒，推說部份機械零件不齊，刻下正加緊修理投入生產云云……阿志聽到此語的確有點氣從心中升起，真想當面直斥其非。細想當今現世，國事、政治、軍事、經濟及文化之大者，處處暗藏著詭秘疑雲及殺機。何況以利標頭的商業？紛擾頻頻，多以私慾為依據，寸地爭相拉扯而不讓。於是沉下心，堆面笑語：「若機械欠缺零件，我們可從香港購置，其他修復不來的退回交我們便是！」

　　仔細分析下來，阿志決定，完成了此間工廠所有手上訂單後，不再添加，以免一籃子雞蛋投進做法，會拖累自己公司財政，泥足深陷而不拔。好不容易又半年時間過去。第二期付款日子也超越了。工廠依然推說機器仍未修好，未能全線生產云云。阿志不得要領，心知拖延是必定的了。於是正式發信，要求工廠將全部機器退回完結了事。來信回覆工廠的辦事處，已搬遷至羅星漢兒子家裡，何循正當途徑前往交涉一切云云。阿志看到回信，當即頭上火升三千丈。明明交往過程與羅家絕無牽連及無交往，為何偏要兜圈子推往別處，太放肆了！難道緬甸真的是羅家可以隻手遮天，目無皇法不成？

　　既然事情發展至此，阿志心中清楚，能捅破此馬蜂窩而不被蜇，的確極之有難度，於是走訪請教幾朋友，圖攀援手以解決此棘手問題。先是整理各項文件與單據，謙詢一位與阿志在上屆大使之社交場合中，相識而不相熟，一位當地極有名望的華人大律師。當他看完了條情與證據後，「唉！」嘆了一口氣，將原件推還阿志手裡，語重心長地說：「藍先生，法律上整個過程，你贏足了百分之一千，但這個案子我不會接，不是錢的問題。雖然你指控對象絕對不是羅主席，他喜歡人們這樣稱呼他的，星漢老先生更不會因你這些許數目，而去稍動腦筋參與其榮譽相差太遠的事。自盥手以來，這位老人家除了在家鄉撣邦臘戍，開辦大小十多間中、小學校之外，近年更篤信佛理，樂善好施，冀望晚年福德雙修。我跟他們都算相熟，有些私人事務，部份也有我手跡存留。況且，緬甸這個國家，保留著大英殖民地法律，對某層面人士來說，有法與無法都相去不遠，權與勢的比重依然較大。你是從外地到此立腳營生，難能可貴。據我知你人緣與心地都不錯，故我亦由衷地對你說出此番肺腑之言，請能鑒諒！庶或他人假借羅先生之名，胡作非為，以填私慾也未定。相信藍先生你這個有能量的人，聰明亮達，總會找出一個妥善辦法的。」

「能聽到大律師此番良言教益，銘感五內，回去後我必會深想妥善辦法應付。假若再有機緣，懇請不吝賜教是望……」阿志說完辭別了出來，心內有如大暑之時，啜飲了冰凍冷水似的，涼透心底。

外匯市場上，不穩定之風越吹越烈。美元兌 Kyats（緬幣）早晚起跌波動極大。除緬甸政府銀行之外，七間華人銀行已經壟斷了整個經濟工業區域，幾乎都是華人業主雄霸天下。土地稍一增漲，本地物價隨即上飆，緬幣驟然貶值，打破一直以來相較穩定的市場局面。人們對貨幣失去信心，爭相擠兌提取現金，特別最大競相爭取客戶存款的那兩間華資銀行，各處分行人龍長排，弄至社會人心惶惶，一片風聲鶴唳景象。由於貯存現金大都投放在土地貯備上，剎時間，各銀行手頭現金緊缺，難以應付突然其來之擠提場面。政府也看到危機顯現，只得打開庫房，將已回籠蓋印，準備廢銷之現鈔，也推出市場應急。把局面穩定下來，之後飭令七大華資銀行不可再經營外匯兌換，並頒令停業，即使賤價也要出售土地，攤還現金與各存戶。更勒令七大銀行首腦，交出護照，每週一次集中報到學習，一場風波就這樣平息，換來的是，將華人壟斷格局改為重新分配之政治結果。

幸運的是，這次華人資金也預先如水銀般地分瀉出去，如新加坡、香港、盤谷、澳門以及廣州、昆明、上海都有蹤跡。不若五十年代反華時，全被套死。阿志與兩位最大銀行頭頭總裁都甚稔熟，一位姓潘，緬甸出生之香港華僑，另一位姓李，尤其是這位雲南華裔，年紀與阿志相若，私交甚篤。唯是，兩位銀行巨頭都在阿志面前指責對方競爭之手法是無所用其極，不留餘地。本來就是墨家手法，有理數不清的。

阿志曾將羅家妹倩纏擾之事，諮詢銀行家李先生，能否有擺平之可能性？答云：「目前羅家仍是緬北雲南幫首領，但絕非太富有，我輩尚嫩，亦不欲多與交往，也不願被他牽著走，更不會惹攖其鋒。現今其多矜重顏譽以持盈保泰，這一點該是弱點，試試看吧！」於是，阿志多番熟慮推敲，權勢、顏面、聲譽這三個名詞，似有矛塞頓開之感，更激發起「攀騎鼉項折犀角」之勇氣，於是立定心頭，繼續試行自己推斷擬就的策略。

回顧昔日頻頻往返金邊時，曾應諾一位黨營事業的台灣朋友所託，若有機會途徑仰光，代為探索金礦開採事業之可能性？恰巧 1993 年間，公司急須開拓成衣配額來源，阿志第一次踏足緬甸。首先，為自己來之目的作了一個詳細調查。發覺政府新宣佈的兩個工業開發區，目前只停留在賣地與本地公民階段，大部份都為華僑富商據有。遠眺依然是茫茫一大片剛收割完，尚留稻頭的農田，道路尚未鋪設，遑論水電供應架設如此關重的兩點要素。但，有幾幅土地，據香港朋友早前透露，是同行廠商們，與本地華僑合作投資設廠用的。假如自己公司資金充裕的話，東施效顰，按此套路做法，當是長期尚上之策！唯是阿志眼前財務狀況無能應付。環顧整個緬甸，唯一出口港「仰光」乃五、六十年代英國殖民時代遺留下來，紅磚牆瓦蓋式的倉庫碼頭原封不動。在仰光區域，只有幾家規模不大的針織成衣加工廠，都是華人老闆經營企業。看來，輕工業發展尚未成氣候，仍需政府硬件配套,電力與交通改善始能起步，阿志今次算是白來一趟了。

餘下來尚有一整天才是定期班機返航，要務已完，時間仍然有空，還可做些什麼呢？不期然想起以前允諾他人代尋金礦一事，心中細思盤算，此事不易為者！所有礦產資源都牢牢掌握在政府手裡。譬如玉石，眾所周知，礦場全由政府人員（軍隊）把守督核，完件礦石全被運回仰光公開拍賣。當然，部份爆炸破碎和細小的玉石，到處可見擺賣在雲南瑞麗攤檔上，那又是另外一個故事！無可否認的就是，各類礦產開發權及其批文，只控制在政府最高層的幾個人手中。阿志初來步到，尚未立足，往那裡去找這些尖哥兒們，況且，此類非凡事業好像也違背了自己的經營理念。不罷也罷！何必自討苦吃，特意為他人去做嫁衣裳呢？於是，安下心來，趁著早上天氣朗清，外出繞著縱橫佈局，五十年代號稱東南亞最大的唐人街去蹓一蹓。

漫無目的，一邊盲行，一邊認路，不知不覺走到了一條名叫 Latha 街附近，橫直好幾條街道都熙來攘往，中緬人種交集，街邊擺賣的小販叫賣聲，此起彼落，好不熱鬧。左轉右轉之下，頭雖未暈，唯東南西北已難分辨。遙見對面一座門庭廣闊，頗顯宏偉之觀音古廟，不由自主舉步走過去瞻仰一趟。腳剛跨入前門，只見煙霧瀰漫，刺眼嗆喉，分明是塊香火鼎盛之風水寶地。再進內堂，中位正乃觀音蓮座，左右側殿供奉著天后娘娘及如來佛祖，三組蒲團上都有長了年紀的婦人跪拜或求籤。再而旁側分佈的有十八羅漢、黃大仙、齊天大聖、巨靈神、城隍及閻王老爺等諸天神佛可供善信徒眾膜拜。阿志天生鍾馗命，素來不參神拜佛，即使年少在鄉間放牛時，經常夏日正午，栓繫好牛隻，讓牠們在樹蔭下避暑，自己也裸露上身，躺臥在純陽大仙座側光滑的地台上假寐乘涼，從不躬祈供香的。

阿志注目四壁楹聯，細心推敲每一字，句中其字義和蘊意。細鑒其下款注腳，知曉此廟乃道光年重建者，距今已有二百多年歷史了。正凝神間，「請問，」一把乾澀而清晰，略帶沙啞的聲音從身後傳來：「請問，先生，一定是路經此地的外來人士吧？」

阿志循聲響處回身抬頭仰望，眼前一位個子高高，體型瘦削，面帶金絲眼鏡，一套緬甸禮服（身穿純白，企領結耳鈕扣唐裝，腰結一襲寬闊的密紋棕色緬甸裙子），年約七旬的清癯老者。「哦！是的，第一次抵步貴境，剛才聽到磬聲頻鳴，故循而尋幽至此……看來，貴處將有一番祭祀典禮似的？」阿志虔誠地答並問。

「啊！是這樣，明天佛誕節日，地區官員及本地僑領都會到來湊興參賀，故今天更需要特別打點準備好。估計明日來的善信民眾擠擁，順便安排推動為本廟修繕重光之籌款募捐活動。」

「噢！那是好事、善事、雅事，好！好！」阿志一邊說著一邊從褲袋銀包中，抽出一張五十元美金現鈔，徑直走向神壇前檯面一角那個善款箱中放了進去。然後回趨向老者說道：「老人家，些微薄力，綿意而已！」說完正欲拱手辭別。

「喂！喂！這位先生，可否請留步！」

「願聆教益。」

「兄台今日所捐，數目不菲，相等於此間下層人士，低端工作者兩三月工資了，我當代表敝廟向善長，深深致謝。如不見外，請過這邊廂品茗用茶，請！」老者說著，欣誠地遞起雙手指向旁邊一間小房。

「豈敢！豈敢！恭敬不如從命……」阿志說完，也落落大方地跟了進去。

招呼坐下後，老者即揚聲叫道：「小岑，待客泡茶！」

「好哩！立刻到。」隔壁一位年輕人的聲音回答道。

不多久，一個年約二十餘歲，緬人穿著，其貌不揚，甚至可說是有點醜陋，唯雙眼炯炯有神，身材矮瘦的小伙子，用托盤盛載一個茶壺，兩隻小杯子，捧了進來，輕輕放下然後走了出去。老者彎腰向前，用手打開壺蓋，鼻子低向著壺內飄升之絲絲熱氣，左右遊移地嗅嗦了幾下：「唔！好，好香，好茶！」連連讚語口出。跟著緩緩站起，轉身從座椅後面木架中取下一本冊頁，擺放在茶几角上。再緩慢的坐下，提起壺子為阿志及自己的小小茶杯，斟個半滿，舉杯說道：「先生，請用茶。」並輕輕以唇淺啜，悠然自得。阿志不敢怠慢，連忙舉杯，一飲而盡。

老者再為阿志和自己添斟了茶並指著它說：「此乃武夷山中出產的上等名茶『烏龍』，是我前年回鄉祭祖時僑辦贈送。只有貴客蒞臨，才叫小岑泡沏奉上的。兄台，你以為茶味如何？」

「好！好極，『甘冽香純』四字都齊，此茶應算入大紅袍類……」其實阿志平時對茶品嚐都不甚了了，此情此景，能不讚賞乎？事實上，該茶亦可稱上品。繼續說道：「今日有幸叨飲美茶，難能可貴，請問老先生，是否武夷山市或附近鄉縣原屬籍貫？」

「啊！我是南平人士，少小離家老大回，長居於此，一甲子有多囉！」老者說完，頗顯唏噓之貌。

「難怪！難怪，原來老先生也出自朱熹文化和盛產茶葉寶地。可算是鄉愁吧！」阿志真也堪賦同感。

「好啦！不說了。」於是老者翻開那本置放在茶几角上的冊頁，拿起一支筆，在上面寫了好幾行字，然後推到阿志面前，接著說：「善長仁兄，按照慣例，凡是較為大額的捐贈，全都登錄在這本子內，以示公正。就請兄台將芳名簽署記錄作實可以嗎？」

「呵呵！當然，一定一定，遵從教喻，主持長兄！」阿志說完，不加思索，提筆便在冊頁上飛快地簽了自己名字。

老者把冊頁拉回到眼前，凝重的看了幾眼，微笑地說：「藍先生，謝謝！我應解說清楚一點，此廟所有一切典慶，都是積德慈善事務。我不是這裡主持，我只是執行推動會務的理事長而已。」邊說邊從茶几上一個盒子內抽拈一張名片遞與阿志。

阿志接過名片細細一看，密密麻麻一大堆七、八個銜頭，什麼什麼致公黨的。最映入眼簾的兩行字：「朱波吟社社長，洪門青蓮堂和勝總公司正堂主席。」於是雙手一拱，提高聲調說道：「請恕拙不識荊，不曉老兄台位重之莽愚。天之美祿者，好酒也！幾時或可與鄭老先生，傾樽共醉，暢論詩詞，恣談家國瑣事，吾之所願所欲也！哈哈！哈哈！」

「好極！好極！能以雅語點破我鄭天祿名字者，更豪言論詩，必是飽學之人。機緣巧合，天外送來一位知音，真是欣喜莫名。這樣好嗎？藍先生。讓我明天將典禮法事完成，鐵定後天晚上，誠邀先生你為我之座上客，順便引介幾位本地翹楚與你認識，一同酩酊頹倒如何？」

「本應恭敬從命，唯是……明日中午，我必按期乘坐班機返回香港一趟，老先生隆情美意，只好留待下回再來叨領了！」阿志說完，便從口袋中拿出自己的卡片，恭誠地遞與鄭天祿先生。

「你今次如此匆忙往返，有什麼業務要事欲辦者？」

「哦！是第一次到來，看看你們國家開放後有什麼生意或機會可以經營？順便探索一些礦產資料的可能性。由於行程倉促，又無人際脈絡於此間，全無渠道接觸。意氣闌珊之餘，正信步閒遊，診察市肆民生脈搏，機緣巧遇兄台於此，頗是意外……哈哈！」

「哪也無不好嘛！是嗎？嘻！對啦，你需要搜求什麼礦產資料？說來聽聽，看看可不可以幫你一點忙？」

「那是在緬北開採金礦的各種資料及可能性？」

「啊！『採金』？覬覦國家資產，這真是個大題目……不容易呀，老弟！除了握有權力最高，少有的幾個人物之外，其餘欲分一杯羹的本地人，得須將身家性命投放在賭注上。沒有雄厚財力及穩固後台，這隻牌很難打！」

「明白！但此次目的，若能拿取一些資料回去，已經算是應允覆命了。」

「這樣嘛！你明天一定要走……唔，今天星期六，應該……應該例休在家的……」鄭老先生一邊沉吟，一邊用手指騷抓了幾下頭側，然後大聲叫喊：「小岑！小岑！過來一趟。」

沒多久，小岑來站在面前，躬身地問：「理事長，是你叫我嗎？」

「是的！你租一部車，帶領藍先生前往 Bogyoke Aung San Road 軍官宿舍 Mr Sein Tun Aung 家裡走一趟，你也認識他的。」

「對！對！…我以前去過好幾次，家中住有一位阿姨老太那處，我知道！好，現在就去。」小岑回答著。

「等等！」鄭先生從拍紙簿上撕下一頁白紙，匆忙的寫了幾行字，連同一張名片，交到小岑手中說：「現在去吧！」回頭對阿志叮嚀道：「現在引介一名即將退休上校與你認識，他是掌控統理國家鐵路交通事宜的，所有關於玉石，礦產，特有資源等調運細節，他知曉甚詳，試試看他能否幫到你什麼。」

小岑引領阿志，出了廟門不遠處，上前跟一部殘舊私家車的司機，咕嚕咕嚕不知說些什麼，然後招手示意上車絕塵而去。在車上跟小岑聊扯，得悉他是原籍廣東台山二代，在家中仍以廣府話對白的。政府頒發了很多 taxi 營業執照，經營者都是獨自走單幫，隨處議價的。車中既沒有計程表，車頂也沒有 taxi 燈號色別，全無監管的樣子。不過，這倒也好，開放初期，可算是大量安頓了一大批自雇人士。

一棟寬橫，八單位隔壁相連，三層高的舊建築樓宇。上邊兩層看來是宿舍，地貼大馬路的一層，門側豎有一塊偌大刻印之緬文招牌，應該是政府某某部門吧！小岑拾級而上其中一個號數的二樓，按鈴門開，跟一個看似女傭打扮的婦人，三言兩語後即輕力推門，閃身而入。阿志尾隨踏進，迅速以目環掃屋內大廳一下，眼見一位身材魁梧，陸軍裝短髮，身穿掛肩汗衣，腰繫一條小格子（東南亞人統稱紗籠）布裙，皮膚黝黑發亮，眼神炯朗，年紀六旬左右的大個子，正箕踞坐在梳化上，聚精會神地看著那三十四寸大螢光屏中之歐洲足球比賽，乃現場直播節目。阿志腦海中剎然感覺，當時私人能夠收看衛星電視的人，身份和地位必然特殊。普通平民百姓，絕對嚴禁安裝碟形衛星接收器的。

小岑引領阿志走向這位大個子，欠身半躬的用緬語跟他說明來意，並遞上了鄭先生字條，之後，用生硬半熟的英語向阿志介紹：「This is Mr Sein Tun Aung，是你要見的人，你們可以用英語直接交談。」

「謝謝！小岑。」阿志說完即將手中名片，雙手遞過去給大個子。

大個子左手接過卡片，右手正拿著字條細看。然後將雙腳緩緩的縮回放落地上，慢條斯理的。再看看左手上的名片，轉過頭來，兩眼上下遊量著阿志，聲量不高地問：「藍先生，你從香港來？爲什麼偏獨對我們的礦產有興趣？」

「哦！是這樣的，我今次來乃受人所託，探詢開採業務之可能性？以什麼方式進行？外資公司單獨投資或須與政府合作連同開發？大前提決定之後，我們才會籌措第二部工作或詳細計劃跟進。」

「我可以大致概括告訴你，這些國家資源，目前無論那種方式，都須在政府嚴格監控下開採，提成方面也有一定規例。另外一種較為大規模的是，劃出一大片區域包括離岸，在規定年期內，讓財團自己精准勘探礦物位置和蘊藏量。因涉及國土廣闊，通常只有國外的實力組合才會接觸的。」

「照先生所說，現時，政府的礦產開採批文，仍可以申請辦理？」

「原則上可以這樣說，不過……脈絡溝通，的確也很困難。」

「哪，我回去確認了機會的可能性後，再來與先生你，『阿 Sir』見面商討，可以嗎？」阿志說完站起身，舉起右手行了一個嚴肅的軍禮。

「好！好，好！可以可以！哈哈！」板著面孔的 Sein Tun Aung 終於笑了。接著說：「下次來仰光，可叫小岑帶你來這裡，他與我阿姨較為相熟。小岑！小岑！」叫了兩聲，左右環視身旁，看不到小岑的影子。「呀！他在那邊！」

循著他的手指向，阿志望到大廳遠處角落，小岑跪坐地上，雙手正合握著一位坐在靠椅上的老婦人左手，平放在她的大腿上。昂頭仰望，而老婦人則低頭俯視，情似兩婆孫般，敬愛與慈祥，更不知他倆細語喁言些什麼？阿志睜大眼睛遙看，老婦年約七、八十之間，一頭修捲銀灰短髮，面龐地閣略帶方圓，膚色比一般緬甸女人白皙，樣貌看上去有點像華裔，不知道她能否真的以一兩句簡單華語與小岑溝通也未定。

「噯！小岑，這裡的事已完，我們應可回去嘍！」阿志揚聲說道。

「哎！這麼快，就來，就來！」小岑回答後便站起來，面向老婦人躬身合十，雙手頻搖以示拜拜再見，緩緩轉身走向阿志這邊來。

辭別了 Mr Sein Tun Aung，連同小岑，下樓直趨仍然等待之小車，返回酒店去。回到房間，阿志拈起一張信箋，稍思片刻，寫下一對長長的楹聯，字句如下：「觀音駕前八極善信蒙蔭祐，大士座側諸方神靈耀聖光，仰光觀音古廟重光誌慶。」當下把紙張摺好，交與小岑，叮囑務必交到鄭天祿先生手上。再而取了小岑私人地址，以便將來容易聯絡，並塞以一張十元美金鈔票，感謝他今天諸多協助，還仰仗他幫忙扵日後。小岑躬身言謝再三，笑面開心地回家去了。

之後整整四年有多，阿志沒有踏足緬甸，大部份時間都專注經營和顛簸在香港、越南、泰國、柬埔寨之間。及至越南廠方租約臨近屆滿，衡量確定將所有機器搬移之前，1998 至 1999 年間，先後數次，悄悄地踏進仰光。每次都攜帶手信禮物，走訪鄭老先生，和 Mr Sein Tun Aung，還特別贈送一條稱是長白山抄參與他的老阿姨，以滋補身子。如此長情美意，頗獲大個子阿 Sir 稱心。更仗蒙鄭先生介紹朋友再轉推介朋友，認識了羅星漢妹倩，一位香港出生，台灣讀書長大，碩士銜頭，正因為婚姻關係，是最後一個被政府批准入籍緬甸的外國人（緬甸現時法例外國人與本地人構婚不可享有國人權利，故昂山素姬丈夫去世，也不敢赴英國奔喪，更不能出選總統）。無論怎樣，他算是名正言順的，可以擁有土地的人了！不似一些台灣商賈，美其名娶妻生子，屋宇土地，都是緬甸女人名下。偶一齟齬爭執，便人財兩空。吳先生他表示欲在此地，一顯所能，宏圖大展，雄心壯志的。再巡視觀看他的廠房，約一萬平方米左右，適合百多、二百檯面衣車生產格局，認為實際可靠，於是就與他簽締合約，答允 2000 年初將機器從越南遷移過來。一年後才知曉土地權及公司原來是他太太冠名擁有。

這倒也好，反而成了阿志的一個口實，三個半年期之擾攘，原本與羅家全無瓜葛的，現在變得有所牽連了。怙惡不悛的人，是應該被懲戒的，阿志也正期待這一天日子的來臨。

2001 新春過後，阿志懇請姓潘的那位銀行總裁朋友，讓留一輛他們公司在緬甸代理的日本 Sujuki 貨客兩用小車代步。由公司一位本地女秘書職員記名，享用政府石油補貼待遇。往後出入，交通，運輸都甚方便。除了據留己用外，公司其他大小要事，都可以調動使用。有了這部新小車，阿志之點、線、面活動範圍逐漸擴大。假期空暇時，隨同剛退休不久的 Sein Tun Aung 前往郊外高爾夫球場上消遣或競技，流連終日。恰恰他的一對兒女，由日本回流發展，一同住在新建的別墅內，尚未分開。

偶爾走訪他的家裡時，必然首先趨前向他阿姨打招呼及問候。和他的兒女交流，用日語比用英語還多，故交往氛圍頗為融洽。他的胞弟，權重可傾朝野，名號響徹東南亞及海外。阿志與這位大個子 Big Brother 相識多年，閒時語話，從未有一言半句涉問其族中兄弟內事。整個交往過程中，其實，他也一一看在眼內，跟其他人之攀附勢態絕不相同。或許，他也感納悶不明而嘖嘖稱奇亦未定。或有嗜謔者言，身處城隍廟旁而不求一枝好籤，蠢豬不如。堪嘆世人，十之八九，不曉不懂阿志者，幾經千辛萬苦，年紀漸長，尚須身寄異族簷下。善保友情，舖留一條走火通道，於願已足。何必身探險穴，與虎同謀富貴哉？哈哈……哈哈！

　　另一邊廂，阿志也順其自然，經常與鄭天祿這位僑領及龍頭大哥，進出酒肆，揀飲選餐的。因他是詩社頭人，往往圍攏著一班當地文人茶敘宴侑，交談詩詞時事，天南地北，絮語滔滔，各抒己見，毫無約束。中有好事之徒，存心欲試阿志文學根柢和寫作火候，邀約趁孔明燈節，集結「朱波吟社」各詩詞大匠專稿，交由林芳彥老師這位責任總編輯在《緬甸華報》刊登發表。阿志毫不思索，當庭應命答允。當夜，阿志攪動思維，譜寫了一首五言藏字打油詩如下；

朱紫同爐冶，　心波播遠洋，
文思吟繽敝，　墨客結社牆。
佳節迎秋賀，　明燈飄遠鄉，
圍檯共笑語，　宴酣醉詠觴。
——孔明燈節朱波吟社宴聚

　　經過一段時間棲身於此間，把按了族人脈搏，深曉此處老一輩有學識的華人，所寫詩詞普遍是較為短的，多是五七言中之絕詩或律絕等，填詞不多。既然開了葷，乾脆順手撿出自己舊有字數較多的詩詞；其中一闋《多麗》長詞一百三十九字。另外兩首長的詩歌，《偉人讚歌》七言三十二句，十六（單）韻，《風雲人物，仍數今朝》七言二十四句，十二（單）韻，連同一起交與林老師刊載出去，以顯面貌一新。往後，加上阿志的詩詞篇幅，經常刊載《緬甸華報》上，此乃緬甸南北三百五十萬華人唯一僅存可以睇讀到的，軍方特準之週報。故可說阿志詩名，很多人知曉而不識其人。此外，阿志除了與仰光福建和勝總公司正堂主席私交關係、又是緬北前雲南洪門掌門龍頭，詩友吳中庸老先生（由曼德里移居回仰光）之座上客，再添以仰光廣東洪順總堂關係，阿志雖非洪門中人，一位外地人士能夠穿走三道洪門而不分界限，行步至此，阿志儼然不是一個逐利之小商賈，恰似迴走了孫中山先生之交遊套路。

　　有一天，阿志前往酒家晚膳，碰到前任大使之秘書，連同新履任大使應酬宴會於此，便上前寒暄一番。「哎！藍先生，來得正好，來，我介紹新上任李進軍大使與你相識！藍先生，你是有文才之人，可否為我們新大使賦詠一首詩篇，以賀是望？」說著便站起來指著身旁正襟危坐的一位年紀四十開外，宇氣軒昂的一位年輕且甚有前途之官員，介紹與阿志。

　　阿志連忙欠身與這位年輕官員握手言道：「好，好，可以，可以，一定，一定，可否給我以兩天時間回去準備一下，以博一粲便是。」

　　「那就一言為定，我們準候佳音！哈！哈！」秘書開懷朗聲地說。

　　第三天傍晚，阿志挾帶著寫好的詩稿，如期走進酒家貴賓房裡，眼見坐滿一桌，十個人當中，赫然坐著一位世界指名通緝大毒梟羅星漢。在其身旁，正是新上任之大使鈞座，阿志遲疑了一下，昂然硬著頭皮，上前將擬寫好的藏字詩句遞交與孟秘書，以示覆命。孟秘書拿了詩稿，攤張開來，並說：「讓我看看藍先生寫的是什麼……」跟著朗聲誦讀：

《白梅・李進軍大使雅趣》
李梅爭白迸幽馨，飄進上林薰艷城。
萬叢軍簇皆色彩，牡丹托大亦慚形。
綻蕾報春使命在，枝橫傲雪忝雅名。
尚有紅梅淺湊趣，縱然脂淡也芳清。

《Cowboy》

——贈李進軍大使於仰光 2001 年六月十三日

　　讀完之後便大聲叫：「好！好！好！『落雁格』藏字詩意，完善無瑕。」並將詩稿轉遞與在坐賓客輪流觀看，大多點頭稱讚如是。

　　阿志暗暗舒了一口長氣並說道：「拙作如蒙不棄，週末便在報章刊載，以饗同好。」說完便辭別了出來，如釋重負。自這篇詩句刊出後，緬甸更多華人知曉阿志這個名字了。

作者 2004 年新春緬甸雲南會館團拜時與羅星漢（圖中立者）合攝

　　縱觀自己整個實際環境及客觀條件，阿志覺得，是出擊時候了！首先，差使司機將一本自己新刊的詩集送往羅星漢老先生家裡。更借著為籌地連同 Sein Tun Aung 一起，打完高爾夫球，乘坐他的黑窗新型四輪推動 Jeep 吉普車，直趨羅星漢妹倩工廠裡去。沿途十字路口的交通軍警都會向這輛車子舉手敬禮的。因為政府內部規定，只有少將級或以上才可配用黑窗簾轎車的待遇。見到吳先生，只簡略地介紹了他的名字，並用廣府語闡釋這位大個子乃總理胞兄，並要求引領視察破損生產工具的實際程況。吳先生邊陪同走著邊喃喃怨語：「藍先生，正常商業交往，用

226

不著如斯陣仗展示的！」「哦！沒什麼，我們剛打完高爾夫球，順道過來看看，吳先生，不要掛懷。」阿志漫不經心地回答。

在回程路上，Sein Tun Aung 一邊駕車並笑言道：「呵呵！藍先生，你我相交八、九年，今天才看到你打出第一槍 big shot，好啊！哈哈！」阿志連忙答道：「仰仗了！仰仗了！My big brother，哈哈！」兩者皆相視而笑。

之後，阿志每次回緬甸都接到羅星漢妹倩的電話，約談機器如何處理之問題，並堅持不完整的機器退回，完好的要求減價一些結斷，態度前傲後恭的，事已至此，阿志反而鬆懈不打緊了，心曉自己所取之曲線爭勝辦法可行。反而拖之拉之哉？豈不樂乎！預算待合約到期後，即採取民事訴訟，以喧揚於天下，以筆桿子搖動一切。臨近三年終限，阿志香港公司通知，這堆機器循客戶要求並接受部份酌量降價，以斷解延年之瓜葛。阿志知曉，公司緩退了半步，不欲此事沒完沒了地拖下去。至此，阿志也樂得不再纏繞利慾小人，而有此下台階退下！唯只覺得可惜了一點，就是此幕執導演繹戲軌，實已操控在自己手上，而臨門一腳，不將球射進去！一場比賽算是慘和而不勝！但也應感戴高人指點，及自己能立腳當地之能量。

隨著時局演變，緬甸軍隊之父昂山將軍之女兒昂山素姬再被軟禁，足不出戶。美國總統 Bill Clinton 給予緬甸最大希望之最惠國待遇，由新上台之布殊 Bush（共和黨）總統一手取消，並宣佈伊朗、北朝鮮、及緬甸三國為軸心邪國。一下子，阿志蓄謀已久專駐在緬甸發展的意圖被打得煙銷雲散……

突然之間，訂單疏落，即使歐洲各國與美國絕非沆瀣一氣，為了避免被指責利用邪惡軸心國廉價製造來源，也紛紛抽回訂單，以免踩進地雷區裡。阿志心知，將會是一段長時間冷風吹襲，進無可進的環境下，應該是退而求次的轉折時刻了。說是要退，熱飯總不能熱食，首先要將餘下來的半棄不用的舊機器脫手，再騰空兩層寄人名下的樓宇變賣後，才可瀟灑自我江湖行。為了處理此兩大要務，恰巧是年六月，香港爆發

「SARS 沙士」大瘟疫，阿志也顧不了回去看一趟，還是逗留了下來，盡速找機會，揮脫手上餘贅。另一邊，空餘是時間多了，大部份時日，都駐腳在報社內，好像變成了真正的文化中人，與商業節節脫離。

說來湊巧，報社主持人，本土出生，以前曾在香港居留，並於理工學院任講師授課，更與總理，軍方第三號人物，即阿志要好朋友 Sein Tun Aung 之胞弟 Hkang Nywan「欽紐」相熟，並特予內政部許可之特別記者證（特務證），可以發表緬甸文章而不須檢查，人面脈絡算是與阿志同源，有人謔笑為一丘之貉。加上阿志書寫中文文章之能力，故顯得投契同味。不知道是好運還是歹運，那功能不全之殘餘機器，終於割價出售於有心辦廠的本地人，了結了自己本來之職業生涯。兼之年歲漸長，日感疲倦，不欲再燃意圖馳騁於他鄉。人老步遲歸子側之意念油然而生，雖說政治氣候，日後變好，況且，自己又不是本地人，若待至齒落脫盡後才有生機，多待何益呢？思前想後，不大願意，也無可奈何地，將手上由本地人登錄的兩層樓宇，以原價多一點，轉售與相熟之友人，一位緬甸人稱首富的銀行家李松枝先生，求謀脫身，決意買棹，再次返航，全身引退，並將辦事處之電腦印影器材等，贈留報社應用。

固然，事業可以變身，加之立腳於此時久，財富名望與地位，稍叨現成，算是豐裕了一點。假若娶妻生子，入贅他鄉，劃地為牢，營役於小康者亦無不可。每每念及兒女遠處海外，尚未成家立室，身感重負尚未能卸肩。況且凡人癡慾，造孽無益，還是瀟灑回航唯尚！

2004 年，叨乘香港《文匯報》對海外擴大戰略伙伴關係，招攬結聚力量，阿志以報社編輯顧問身份與社長趙業華先生聯袂，赴奔北京，為《緬甸華報》當時獨一無二官方特許的中文報刊，簽署合作框架協議。專訪了正在為 2008 年籌備之中國奧委會，統戰部並拜會有關係統之國家領導人，再由統理文化之中宣部國家領導人特別招待，晚宴於大會堂西廳，算是肩負了三百五十萬緬甸華人的使命。中國奧委會副主席臨別一句叮囑：各位傳媒老總們，請為 2008 年北京奧林匹克運動會多點喝采與祝頌，拜託了！正因為這句話，作為黑髮黃裔之炎黃子孫的阿志，回到

酒店，按照參觀實情（鳥巢尚未正式定案拍板），馬上執筆抒寫了一首
二十六句長律，如下；

《2008 年北京奧運會祝頌》
光芒聖火沿途護，夾道迎賓轂域寬。
四面通衢圍紫禁，八行對路貫長安。
田徑藝雜環場競，搏技條紛別館看。
水立方池爭桂譽，球拼坪上奪金冠。
凱歌頻奏隆聲望，獎牌多添傲意歡。
央視高標催主播，穹盧璃影耀宏觀。
天安門側箏飛逸，大會堂中宴酌繁。
古柏天壇祈殿穆，婉伏長城外廓攔。
十三陵墓顯皇極，四合院籠蔭冑殘。
熙攘行人遊府井，峨巍矗廈立東單。
細賞頤和園美景，狼吞聚德鴨全餐。
緊繫官民齊協力，鴻圖設劃染青丹。

與中宣部長劉雲山於大會堂西廳宴會並簽字留念

劉延東政協副主席在統戰部接見時攝

奧委會副主席蔣效愚先生接待時攝

與許嘉璐副委員長晚宴合攝於成都

2005 年，開始參與了每兩年一次的華文傳媒論壇第三屆（武漢）。隨後第四屆（成都）、第五屆（上海）、第九屆（福洲）都有參與，此乃後話，不多補述。

拚搏多年，總算是回歸故鄉了。一甲子年歲之後返抵出生地，細意走覽村中每一角落，眼看宅基地村屋新建的高矮肥瘦不一，舊的有些還紋風未動，地下水道設施，一切欠奉，環境衛生，垃圾隨處堆積，坑渠斷塞，水井乾涸，孩童時游泳嬉戲之河道兩邊全被堆填，延伸霸佔，飄建屋宇重重，剩下一條狹窄，雖有潮汐漲退，而魚蝦絕跡，墨黑流水的臭渠，若不是純陽觀由道教總會佔用，繼而發揚光大，穩保美鄉嚮譽，否則，一切風水敗壞透盡。阿志站在漱珠崗頂，以前自己放牛的地方，多番怔怔回望祖居處，唉了一聲，中口喃喃唏噓語出：「富庶荒村環五風，凋零呂祖顯餘威，城中拆盡家何在，倦鳥飛還無處依。」於是，收拾童真之追溯情懷，望著踏實的花崗巖石台階，緩步下崗而去。

原本抱著落葉歸根之鄉閭心情，唯現實終教阿志清醒入靜。衡量再三，恰趁中國地產淡落平定之時，由緬甸帶回手上餘銀，在番禺市橋購置兩層千尺毛坯房，冀望日後增值，一可以積穀養老，二則留歸兒孫饗分，了卻平凡的一生俗願。這與歸鄉終老，一樣無分軒輊，平平淡淡的。此番倒轉再次回流香港，事事淡漠。由於歲月催磨，芒角已鈍不崚嶒，更無雄心再斬荊棘。故賦閒安居於家，再不願飆撲如昔。然生性懶散慣了，瑣無要事，依然像是流雲野鶴，四處竄遊探勝。小子雖無名望，憨戀抨袖執筆，為紀念自己甲子生涯，預寫了一篇墓誌銘如下：

狷介偏夫，大限將瘵宅歹者。自幼家貧，嘗肆業掌牛，扶犁於耕墾間。復乞殘羹於營門，滲飯糗以和咽。九年庠學，歷淺猶深。強覽群籍，特喜賦詠，譏諷而不重詞飾。日越夷言，瑯瑯于口，英法文句通順，德語亦稍有涉獵。華夏國粹，浸潤頗有心得。未敢誇稱智睿，實頗自傲聰敏。歷世見證乎龜縮台灣，紅旗插遍九洲。三幟蠹折，饑饉眚災，嗷嗷餓及鶬鶒。韓、越、援邊鏖戰，虛耗民積，復罹抱怨，足證史載示德難填貪夷慾壑。土改分田，整風反右，得失有同於富識拼白丁。文化革命，權爭至近親閫內。其終覺悟結誼於宿敵，敞拓開源之渠。撥亂反正，滅貧創富，盡返資蓄予私營，歸真於民望私慾。政經漸泯濛其疆界。熊熊然，功利緊趨世界大同。六四門生釁亂，民主波濤，湧襲朝廷宮闕，浪掀中外。

九一一轟廈雙雙毀墜，延伸宗教民族強弱侵凌之果因。中東石油庫盤控掠，嚣爭國利之必然。世事杳冥，或有突發轟然於未來者，孰可測料哉？

咊！狂妄小子，家世不顯，不學無術，上無點寸勳功於國，下無涓滴益於社會，何德宏耀，立碑銘以自託乎？非也，非也。陋識草民，壯年冒進，窮諳厚黑矛盾之術，嘩眾驅羊之謀，朋黨嚣趨聚成之道。老來淡漠，偈禪漸豐，又見名利二刃，多攫易傷。高台之上，頤指氣使，階下骨髏累累，非不能也，不欲為也。

冀或刻此警銘，勸勉子孫，循行真理正道，縱或不達，于心安然。故特自預擬吾墓誌銘，「其詞曰」：

其詞曰：

少服農役，務賤掌牛。扶犁把鍤，翻壟培溝。
耬泥碎土，圻畦間疇。耕耘節替，夏種秋收。
肩乘負重，悉力輕酬。年輕好學，倔進敏端，
瀏覽強記，砥礪鑽研。浸稽外語，文釋言詮。
中英法日，則範瞭然。昂頭展翼，奮翮孤騫。
遍翔四海，踏陸遊畋。詩詞歌賦，揮就連篇。
妄狂狷介，傲岸翩翩。殖民逆子，英朗睿明。
緣絕政治，旅拓商耕。孔方謀略，銳意經營。
齊家繕室，拮据難成。標名立業，竭盡精誠。
愴磨澀轉，毅志孤擎。爭逐奔竄，寸步擾驚。
循行詭軋，鶴戾凄鳴。磴嶒洪世，我若苦多。
折騰六十，尚剩幾何？餘生殘孽，續牽默馱。

元雷霹靂，殄泯心魔。三祥啟泰，五內平和。

善衍邪滅，偈味禪磋。清音柔拍，引唱高歌。

人生苦短，倏忽光陰過隙。縱或燦爛綺麗，抑或蹇蹙終遇，何勞稽辯詳評？傲以磊落身潔，趨死而無憾足矣！何慮痼疾罹纏，惶縈終日於推期死限哉？戁如醫者詭囑：安順天命。謹乃銘述吾生，留與後裔，冀或藏諸幽冥為記⋯⋯

甲申年秋九月。

繼而多寫了一些文章及詩詞，開始並斷斷續續發表刊載於據言是葉帥時代創刊之《中華名人》雜誌上面。更佔據一客席顧問（專注文學、學術方面）往後達六年之久。在如是者，耿諤地走進了第二生涯，「爬格子」如蟻附膻，趨味而不隱避。有心人掩嘴笑謔，小子安知何時，碎殁於巨足之下哉？清閒時間多了，甲子後餘生怎樣消遣，這是人生另一大課題？在老家廣州，老一輩相熟而且可聆聽其教益的良師益友，如黎雄才、關山月、商承祚、秦咢生、陳國楨等老人家，都先後離世去矣！幸運的是人面脈絡還在，不時趨訪談得攏之同輩舊雨，林墉、伍啟中和一些新知服務於報刊雜誌的編輯們（單柏欽和陳衍寧已移居國外），私下高談闊論，上至天文，下至地理，東西南北，扯及世界時事及國情，熱門話題或冷知識等，無規一格，無所不談⋯⋯。交知較深的人，都稱許阿志真的是鐵打出來的一介儒商。

伍啟中趣贈老子出關圖

2006年仲夏與伍啟中合攝於羊城家內

伍啟中同年贈畫雅念

歧途與宿命

　　2006 年初，阿志在腳踏回鄉路的同時，另一條腿亦伸向移民國土上面，細心地安排了六十五歲後之穩退歸宿，落腳於親生兒子身旁，頗有從子之心願，完全是中國儒家倫理懸念。於是乎的將整整十年，由香港銀行電匯與已離婚妻子及女兒戶頭的正副本（供屋貸款用），齊集帶往外國，妥放在家中平時貯存重要文件，避蠹的樟木櫃內。並知會律師代為贖回屋契等事項。2006 年底回去詢問兒子，有沒有收到律師寄來的房契或其他文件？答說未曾收到。2007 年秋再次追問，兒子回說尚未見有此事。適值香港來電言，年過九旬的老母親，病重入院，彌留將逝，急催回去處理事宜云云！阿志不敢逗留，翌日，便火速飛回香港了。

　　細小的靈堂上，兩壁分擺著各方戚友送來之弔輓花圈，牌、籃等。道士與堂倌都先後做了兩趟法事。阿志看看手錶，已經是晚上八時過後了。前後左右，環視兩遍，尚未見大哥、二哥兩位兄長到來。於是細意地瀏覽一趟兩邊花牌，有一上款寫著「繼母千古」，下款落了大哥、二哥兩人聯名致上，連「敬」字也欠奉。阿志當場惱火中燒，壓抑著心中滿腔怒憤，平靜地將這個花圈拉在停厝側旁，並將牌中兩傍輓條扯下，拋在牆角落裡。靈堂前來致祭的戚友席中，一個與阿志同年大月出生，年輕時經常暇日同與玩遊、學歷標緻的、職位由文康衛生見習督察升至今為助理署長，乃父親的唯一誼子，站起走近阿志身邊，細聲地詢問，為什麼將客人輓弔花牌扯下？

　　阿志指著地面的布條平靜的說道：「汝鏞兄，你不是外人，你我兩家家境都相互了解洞悉透徹。如此關重的一樁家中喪事，按中國人倫理禮節，兄弟三人，雖異母生，但同屬正統，兩邊兒孫滿堂，按制應詳列枝葉順序，不可一缺。假若你我位置互調，你說應怎樣辦？如你所見，簡單上款『繼母千古』，下無屬列，明表異端。平時暱叫母親，孫兒頻叫奶奶之親假樣貌蕩然無存。分明欺人太甚，你叫我裝作不見，啞忍求全，還要受辱跪叩還禮對嗎？」阿志越說聲越提高，胸口起伏不平。

「那真的是過份一點，假如眾人滯留在港的話，傍晚六時半前應該到靈堂才合規矩，時間到這麼晚了，我看他們是不會來致祭的了。」

「那也不是，稍遲一點，他兄弟二人必會出現，好看看我怎樣做，自以為必然達致賞心悅目。嘿！不好好多讀史籍，明理豁達，而使出此不登雅堂之雕蟲小伎倆。」

再過不久，二哥真的是孑然一身到達靈堂，正游目四顧張望。

阿志睨望了身旁那位誼兄一眼，輕輕一笑道：「你看到了吧！連妻子、兒、孫一個影子都未攜帶來。」說完便上前迎迓兄長，並招手示意大姐、阿志自己的兒女、妹夫婦及其女兒，一列排在靈前，對著母親靈位，與二哥並肩，向母親遺照及屏風後躺放遺體，致上三鞠躬，不還禮答謝以示平輩禮數看待。阿志這一舉動，固然引起在座戚友側目詫異，當然令二哥這位兄長也感愕然失措。急忙前往其妹、阿志大姐身旁，細聲咬語，之後，要求堂倌提供纏腰麻縖，以示兒子身份禮儀。在堂倌應諾即差使他人代為備辦。站在一旁目證此情此景的誼兄，迎前與二哥細語敘談片刻後，便引領他一同走出靈堂之外去。

二十分鐘之後，大哥也匆忙隻身抵達，氣急敗壞般，迅速刻意地來回掃視兩邊擺放輓弔花環、花籃、輓聯等，當看不到他支使他人送來的花圈後，氣呼呼的，連鞠躬致禮也不履行，掉頭便走了出去。

半個鐘頭左右，誼兄重新走了進來說要跟大哥、二哥一起回去，特意回頭辭行如是。

「那，你不稍等幾分鐘，待你契娘（乾媽）最後法事完成才走？」阿志氣定神閒地問。

「哦，不了，我約好兩位誼兄長，一齊回去，就此為先告辭了。」

「那也好！尊悉隨便。」一個很平靜的回答。眼看他的背影消失在靈堂之後，阿志長長地「唉」了一聲！腦海中浮現起一幕幕片段回憶，閃躍不止。猶記此位誼兄求學時期，十七歲，在「喇沙」，一間極有名望之教會書院，品學兼優，稱得上是學校尖子。當時阿志抵港不久，初入職場，賤付勞力以奠人生基礎，日間工作，夜晚上英文夜校，遵從老父嚴訓，心無雜念，半刻不敢懈怠。熟悉香港環境後不久，因二哥在交通部執勤之便，考取了駕駛摩托車牌照，更購進一部多次易主的老殘二手摩托車，方便上班代步。自詡為「有車階級」，天天馳騁在香港馬路上，風姿颯爽，好不威風。每逢週日休假，多會約同此位誼兄，兩小無忌的，並肩同遊。風馳電掣，上山下坡，遠至西貢白沙灘，近至港島賽馬場，好不逍遙暢心的。

誼兄乃續弦獨子，與阿志情形相若。其老父與阿志父親為世交，視力不佳，年紀老邁，行動遲鈍。因年老得子，其母溺寵縱容，不曉善法教導，年少時頗為頑劣。他父親深知阿志父親乃軍旅之人，治家嚴勵，故央懇並授權阿志父親代為管教如子，隨同起居生活，禁其生母干涉，打罵尊悉隨便。阿志父親諾重千金，苦心安排這位誼子進入沙田之教會小學入讀，因與該教會神父校長稔熟故，以便日後保送直屬教會系統之名校 La Salle College 繼續學程，冀或綻放異彩於日後。因此，誼兄在絕無選擇下接受洗禮，信奉天主教。事實上，香港天主教屬下教育系統擁有一流師資，名聞遐邇。煅打的鐵，多數是堅硬的，每天親自督導誼子揮筆，抄練幾版小楷或大楷不等。誼兄真的也吃苦不斷，結果也寫得一手柳體好字，比賽能獲獎的。此子也算自強不息，畢業於名校之後，投考獲得錄取入市政事務處為見習督察，晚間仍入讀當時剛新建立之理工學院，學歷是等同大學專系的。三年見習轉正為督察，已是政府鐵打衙門的高薪人員了。除了正式收入穩實外，當時香港貪腐風氣盛行，估計其權力之內，外快也必然豐潤，不在話下。英國政府那會不知道，池水愈濁越好渾的道理，正好利用這群自詡菁英，英文程度較高，國家觀念不厚的小嘍囉們（包括阿志二哥在內）為其骨幹，戀棧持續統治香港這隻可生金蛋之天鵝。事實上，他們也不曉悉 1997 年之後，局勢演變如何？

1969 年偶然在一應酬場合碰到誼兄，立即上前寒暄並祝職位轉正如願，步步高陞於將來。詢及近況，阿志坦言：「刻下正處自由身，欲開設一小型辦事處，尚未落實類別行業為哪一軌道。誼兄刻下視野廣增，庶或睿察認為那一種類行檔可小本經營者，我會嘗試跟進。」

「我，不，不，不！我不是營商之人，不善研鑽之術，目前位低勢弱，正慮持盈保泰穩策，不敢恣意妄為於萬一。況且權力有限，難保閃失呵護而愧對親友。你生性智睿，做那一行都可以，長袖善舞自處無虞的。」誼兄謙謹地對答著。

阿志聽到這深摸無底，後門閉刪的說話，也頗愕然。深覺似乎應不是由一位青少年時與自己並肩同遊的人說出。深想一層，香港這個十里洋場，集厚黑大全之功利大染缸，人貴自保亦無可厚非。自問並沒求益於這位前程似錦，相互熟識之人，僅希望他能予醒提善意而已！是否老父真的栽培看錯了人？父親死前曾經一而再，再而三叮囑，阿志有暇，多一點去看看他的年老父親，曜叫伯父輩的，竟畢是兩代相交緣份了。阿志也如父親所言，1984 年移民之後，每次回來香港都前往探訪誼兄老父，直至老人家死後，已盡允諾之義。今日眼見誼兄舉止，一陣陣難以形容的感觸，湧上心頭來！阿志很快兀自安慰地沉思，既然是道不合，多交往也顯無益者。懶理他是否青白眼，雖稔熟，既非同檯食飯，各自修行，順其自然也罷⋯⋯

2008 年中回到加拿大，第三次嚴言詢問兒子收到了房屋契約未有？兒子答說仍然未有。於是阿志忍耐不住，攜同兒子往律師樓質問其事。律師當面查詢記錄，指出文件已經於即年 (2006) 五月掛號郵寄至家中無誤，此處並無退回記錄。兒子在旁不言一語。回到家中，兒子卻不慌不忙地交出房屋清理契紅正本，並說：「文件上也有冠名媽咪的名字，我想你拿回也沒有甚大作用，所以沒有交還給你。」

「嘻！你也真是⋯⋯姑勿論我有沒有作用，你也應該知會我一聲！是做兒女的義務。你媽咪也鬼精靈，她很清楚，我不會放棄養育你姐弟倆的責任，故是半推半就讓我肩乘一切。而你父親我，亦願意給予你們有一個平穩過度的安樂窩，故緊咬牙齦，即使借貸也儘速提早完成供屋一事，免致各人擔心過甚。」

「其實，屋契理結一事，你亦不一定回來，就讓姐弟我倆處理，不就省事得多？姐姐也說你不怎樣相信別人……」

「最後一匹大數目，是我直接匯寄予按揭公司的，故 2001 年我特意回來處理，目的有兩個。第一，按揭公司需要當事人在文件上簽字。第二，我攜同你姐弟倆前往按揭公司，光明正大的，也是想清晰讓你們知道整個過程，免至日後你媽咪諸多擾攘不休，鑽空子。」阿志說著火氣也正冒升，真欲大聲叱責這個年近三十歲，依然不更事的兒子。回心一想，整個事件過程，他表現尚算沉穩，且曉保先機利己前提下，步迫不饒人，那本是墨家厚黑所為，若進至商賈之道，雖璞陋亦堪可雕琢也未可料，反正事出家內，尚未達致風火相侵地步。矛盾初現，日後仍可慢慢疏導，於是寬容地忍了下來，不再說話。

經此一事，阿志似被當頭棒打一樣，被敲醒了。細味聯想，前段祖居相連屋地，被剽竊轉移易手，後至字畫，多次閉門失竊。柵圍牆內，紅杏飄枝招搖向外，闈裡重要文件被盜，都是苦調難向別人彈，啞子吃黃蓮似的。仿若最近身邊的人，最為陰險難防，怎叫阿志不心寒？而阿志處理手法往往烙下了父親遺印。忍留半步，大事淡抹，小事若無。如此繼續下去，不做啞巴幾稀矣！想到此處，急忙翻箱檢視，真的連 2006 年帶回來置放的銀行匯款數據，也全部不翼而飛，質詢兒子亦矢口否認是他幹的，真的是到處鬼影幢幢，不由人不向天嘆曰：「何必又是選中我！」

錢財不可露眼這個道理阿志很懂，在外闖蕩一生，反而一針一線未被陌生人取去。人言亂世多乖妄，然現今盛世，真也是人慾橫流，不可不防。自己雖然行為低調，謹慎也招損，不知什麼是天道者焉？可證惡人千方百計，先獲眼前利益，日後如真的有天公遣罰雷劈再算……嘿，真是！俗謂慾壑難填，一不小心則貽害不淺。東西方社會，都是如此世道（穆斯林及其他教派系統別論）。先說肉慾之慾字，人與獸性本能一樣，需要體力發洩，故男女婚姻就是西方所說的 commitment，敦倫生活夫妻可相互發洩於合法的框架內。一直維持到年長力衰至終，那就是東方思想所謂琴瑟和諧的真諦，反之越軌之男女私事，可當作犯罪，論罰輕重或處以極刑。故道德範疇是一種無形的法律枷鎖，置於國民頭上。反觀現西方社會，例如女婿操岳母娘，老爺子暗通兒媳，均可自辯為體力發洩之需要，涉及人權自由，開放，甚至牽強地連引入民主範圍內而無罪開釋的案件日多，如此誤導曲解，引致發生更多家庭糾紛，婚姻破裂，財產分割，子女撫養權爭奪之事。人們大都以自我為中心，權益為追纏目的，而不尊重他人。學養不深也時常聲喧地祭出民主、自由、平等、人權等靈牌。只顧個人得失，完全不懂亦不再理會一扎筷子，團結就是力量這麼簡單的道理，特別是在家庭倫理圈內。中國這三十年能團結崛起這麼快的原因，他們不理解。可信「道德」兩個字，人們應必重新探討於將來。

　　漫天雪白的光線，透越玻璃窗子，射進了阿志眼眸子裡，緩緩地起床，呆呆站立在窗前，怔怔地望看片片鵝毛飄雪，疊落在屋前草地上，堆起一呎有多。光禿的樹芽也挺負四、五釐米高的積雪，屋外全是一片白茫茫的，而阿志腦中，也是茫茫的一片空白。昨晚一整夜暴風雪雖然停頓下來，而阿志腦子裡面，卻思潮起伏不已。眼睜睜的事實，發生在阿志身上，現今社會人生心態，與惡夢中所想的吻合無異。今後如何去面對，現實與親情的糾纏，真的頗難斷然決結，思前想後，將這堆內部矛盾，還是先擱至一旁，然後揀取較和衷的辦法處理，穩保大事化小，這套古老的中國儒家理念。如真的未能如願發展之時，迫得不已才採取西方式手法，訴諸仲裁。即使獲勝，正如凡塵俗說；贏得一軀臭肉身而已。或許是佛家偈語：放空一切，涅槃火化為上乘境界！然宇宙宏奇，天理何物？執著何為？就讓小人得逞也罷……唉！

　　話雖如此，阿志擔得起，但仍未放得下。一腔傲氣，滿身自尊，冀懷與希望，往往摧磨得人生筋疲力盡，精力交粹。盡管自己善忍若水，劈刺無痕的嘔心瀝血，處處對兒女們暗中呵護，更剖心示以慈愛，循循善誘以孝道。而聽者藐藐，未能獲得「感恩」二字回報，深感自己已算列入「養不教，父之過」失敗之類。唯入世浸融在此一非我族類的人間境域。單憑一己點豆黃螢般微弱的狷介直道的光亮，絕不能照透現今世道之險惑人心。雖然諸多警世箴言告誡，和爲貴者，然求和於歪邪，心惡痛絕。寬恕與爭勝心理依然縈繞在阿志心中，十分糾結。饒人不是癡漢，幾經反覆思慮，於是乎，無可奈何地立定主意，不顧一切，付諸庭訴：一不欲下堂妻再以子女挾纏，二是親自出手教訓逆子，予以當頭棒喝，拉他走回正道,固本修身，絕非財產傳承因由。三冀希望爭得一個迎合己意長遠的「正氣」結果。

訴訟之前，阿志特意寫了一封信給遠在美國的女兒，告諸其弟之所爲，膽敢憑恃房屋一半登錄母親名下而要求權益承傳（並未出示律師簽署授權文件）。自言骨氣不需父蔭，又無意向外遷獨立發展，又不欲成家立室，大大勃逆不孝之極。汝姐弟生母近三十年來，身居住址何處，爲父從未過問，實不知情。敦請孝女兒告知，以便遞寄律師信件，安排庭訊。若不便相告，務爲轉遞信件亦可？老父懇請速覆……2007 年冬。

去信多月，一如石沉大海。阿志不得要領，心知女兒不願跳進是非圈裡，轉爲直接詢問同住的兒子，兒子故說不知生母住址下落。媽的！豈有此理！事已演變至恕無可恕，不能容忍的地步，病貓不發威，鼠輩任妄爲。阿志心中清楚，若不導正妄顧親情之不肖，其對民主，自由，平等要旨只是曲解濫用，更不懂謙遜行事處世，甚至目中無人，如時下老華僑們所說的四不像的怪物。即使能獨立生活，也應自愛及尊敬父母之教養深恩，該曉「老吾老，以及人之老」的過程。絕不是全由國家福利關眷一切，任由老人浮沉而不顧。阿志更自明自知，此類官司結局，多是原告、被告各打五十板子。當局一不欲智者逞能，二是保護受其教化者繼續領恩繳稅，保有永恆之抽徵高稅對象。如賴昌星者，人可帶走結案，不可處以極刑，妻兒及財產留下。故此，比例移民政策繼續加額開放，較易確保低端職業有人陸續登場，咸信移民第三代才或可平等。此亦是另一種治民的平衡手法，只要麵粉、雞、豬、肉類等價格不亂飆升，民族紛爭不甚激烈，則國泰民安而依然盛世可期！

爲了完成起訴程序，不得不依賴律師，循正手續索求聯邦政府收入來源及依其申報地址將信寄出與離婚婦。法庭第一次過堂。通常都是押後，第二次過堂才是踏入案程。阿志以自辯形式，要求家事法庭批准，仳離近三十年在外和他人姘居的妻子，與原丈夫阿志聯名擁有之房屋權益無效。

法官：「受訴人為什麼離家外出達三十年之久？」

前妻：「在另一個城市謀生。」

法官：「房子是妳與前夫聯名登記，妳有否盡妳本份義務提供經濟供付款負責？」

前妻：「有，又沒有」

法官：「此話怎講？」

前妻：「由於兒女不欲並拒絕跟我與男朋友往另一城市一起起居生活，初期，前夫經濟寄匯不大足夠，故迫不得已，添補足數交由女兒每月供付房屋。」

法官：「妳的意思是妳曾經欲將兒女帶走往他處？即是妳的本意完全沒有安心留下與兒女一起生活？」

前妻：「這……唉！假如他們願意跟我走的話，就不會變成如此結局。」

法官：「這位女士，我問妳有否回來與兒女們在此地一同生活。」

前妻：「有，曾經有一段時間回來本市，一邊工作，與他們生活一起。」

法官：「逗留的時間有幾長？」

前妻：「斷斷續續的，約有兩三年左右。然後回到男朋友家處。」

法官：「妳愛的男朋友嗎？」

前妻：「呀……這……應……應該是……的，如不是就不能一起生活到如今啦！」

法官：「那妳為什麼不回來與兒女們一起長期生活？」

前妻：「他們都長大了，可以獨立……」

法官：「是嗎？根據記錄，妳離開他們的時候，小的只是十一、二歲，大的十三、四歲。」

前妻：「我⋯⋯這⋯⋯」

法官：「好了，我暫時不再問妳。喂！那位藍先生，我想知道，據案情展示，你好像是離開了這個城市一段頗長時間，可否將你的經歷說出來聽聽？」

阿志：「當然可以，公庭之上有問必要答。是這樣的，我本是投資移民，在前妻現住的城市 landed。五年內幾將帶來資金虧蝕淨盡，也曾想盡力停留不動，故勤奮地身兼兩份職業，每天工作超過十六小時，都是賺取最低工資待遇，筋疲力盡。幾乎連應酬房事的能力都不盡如意。妻子也算懂得體貼，外出工作補貼生計。對新事物開始有較多接觸。對華人婦女團體選舉事務，更顯積極。回家口中經常言及，權益、權利、民主、人權、民主自由、平等等時尚口號，大有拯溺時弊為己任似的。其實，以一個連英文也未學好的她，對這些字眼理解有多深？還是覺悟高了，我也沒法去評估。反之，我只是知道這些辭匯，都是飽學之人，領有博士、碩士銜頭之政客議員、律師或傳媒專業評論人士，站在講台上大聲疾呼說的。對於我們那些早出晚歸，營營役役謀生的人來說可算是奢侈品。可望不可即的事。也曾苦心屢勸她，避免參與站台啦啦隊而不果。她卻如蟻附蜜糖，繞之不離。更時有夜歸，由他人車送回來。」

「嘻嘻！藍先生，」法官微笑著說。「我們很有興趣聽一下你闡釋剛才所講的那一句話『幾乎連應酬房事的能力都不能如意』的真諦？」即時引起了一陣哄堂笑聲。

「這⋯⋯」阿志面有難色，遲疑了一下，接著說：「也好！這個小節也許是引因，不大不小都與案件有所牽連，可以這樣解讀：『Elle est vraiment passionnée.』」跟著惹來一陣哄堂大笑。「藍先生，哈哈！你說法文？你的發音不像 Quebecoi？」法官頗為調皮，捉弄地問。

「是的，最早是在 HK Alliance Francais 學的，算是有兩年底子吧！」

「通常人們法語交談你能全聽懂得？」

「絕對不是。因為我缺乏最基本，最重要的，如幼兒園和小學之課程訓練。人家說得快，變格動詞運用，響音相連字眼，甚至俚語對答，自己的耳朵很難跟得及。若人家說慢一點，且語句連及文法，就容易聽懂及清晰許多。對於日常看報，因認識詞彙較多，所以就明白無礙。」

「照藍先生分析看來，你的法文程度不算低了！哈，哈！好！回歸案情。藍先生，你又為什麼不留下與兒女們共度難關呢？」

「哦！是這樣的，以拙力撐恃，不為上策。遷移之前，妻子蟬過別枝的事尚未曝光。況且，妻子當時答允一同搬遷過來，由她照顧兒女，而我阿志回流拚搏，合力盡速將住屋貸款供滿卸肩完責。她也陪同一起來到此處簽署確認合同，檢驗並滿意屋子舊有陳設，然後回去。法官大人，你可當面詢問在堂的受訴人，我說的屬實如斯？」

法官轉過面瞧著阿志下堂妻，微笑輕聲地問：「是這樣嗎？」阿志前妻只點了一下頭，默不作聲。緊接著聽到堂上「哦！嘩！」嘆惜聲音不大，但頗刺耳。

「幾整一年，」阿志繼續說下去。「多番催促，總以手頭上功夫滿堆，尚未完成。或允諾他日，完責後始能成行，後來乾脆說趕工緊急，無暇抽身，諸多推宕而未見起行回家。自己雖然心存疑問，沒有證據，奈她之何？手頭上現錢花盡，乾澀如洗，只好最後使用限額的信用咭，買單程機票回港，以圖後算。」

良久，法官依然和顏悅色地用手指向阿志下堂婦，說道：「這位女士，尚有什麼要求或要說的，可以說出來澄清一下？」

「我也沒有什麼特別冀望，只是想將房屋我名下的一份權益，轉移到兒子手上。另外，用屋子抵押向銀行借貸三萬元，兒女們曾答允擔保代為攤還，這是以前我已經支付出的。」

「反對！」阿志大聲抗辯地說。

「肅靜。」法官也提高聲調，指著阿志言道：「盡量控制情緒，請繼續說吧！」

「常言道，虎狼不害兒，感戴她仍然關注兒子的將來，良心尚未泯沒淨盡。我人生只得兒女各一，遺囑已立明，死後財產兒女各半得益，不會帶進棺材裡面，這是藍家內部事，用不著外人代為籌謀。此婦人只是利用法律上一點灰色地帶，名義上示好意，直接給予兒子恩惠，實質是分化及永遠創傷藍家的一種醜惡伎倆。正如先放一把火，然後拍拍屁股，看你怎辦？笑著大搖大擺地離去的做法。不敢說是毒，歹得可以就是了。況且 1992 年她的離婚書上，標明兒女歸屬她，並未顯示有承擔供屋責任。大女兒已初屆成年，姐弟拒絕跟她離去，事已明確，故我阿志必須在十年之內，獨力忍負完成供屋責任。結果終於 2001 年五月，特意攜同兒女兩人一同前往 Quebec 保險公司總部，見證終結手續，並安心繼續完成學業，多讀書，多增值，為自己將來容易找尋好的出路，至此，總算是完成了人生最重要部份之責任。否則今天我也不敢循法律途徑要求法庭裁決此女人對財產擁有權為不合法。至於她那三萬元額外支付，照我所知，應該是部份兒女們需買汽車代步時所付交較大額的首期，或往來兩個城市她自己花費的，而我不在場，其他的事，我也難以武斷解說。至於要求以屋抵押而由銀行貸款的事，我當然擋拒於門外。一來幾經艱辛，才完成供屋大業，不欲新添借貸。二者更不願再給機會予此婦人鑽空子，名正言順合法操弄擾纏下去。涼台之瓜，何堪再摘，兒女願意代為攤供貸款，證明了平時我教育兒女的中國人孝道 filiation pieuse 依然存在而心中十分欣慰。」

「哈！藍先生又講法文了！好！好！今天時間差不多了。假如雙方都無陳述或再無供爭辯的話，下一次過庭就是結案了。」法官遞起兩手示意控辯雙方，見無人出聲，便宣佈退庭。

翌日，法語日報赫然見到阿志官司新聞登刊。本來如此雞毛蒜皮之家庭糾紛案件，不值得大驚小怪，社會多的是，幾乎無日無之。標異在幾個法文字眼，都是阿志庭上所說。

「Elle est vraiment passionnée」和「Filiation pieuse」：適值時下有關很多名人如電視節目製作人、電影導演、政要部長議員、甚至連總統貝金及特朗普都牽扯上性騷擾之類醜事。傳聞報導、燦爛沸騰於傳媒名嘴、電台評述、大小節目、諸多報章等都大篇幅渲染。故阿志事件，算是有幸沾光焉。緊接著華文報章追捕其後，闡述涉及當代道德倫理準繩，中西兩方尖銳分歧的看法與理評。事實上，阿志發起訴訟的目的，根本不是錢的問題，旨意是先希望將此曝光，顯擺正邪罡歪互據的道理，求一個良心判斷。真的不希望社會中妄惡橫行，公理埋沒。自己個人經歷上，很多不合理的事都曾發生，都涉連在身邊的親人身上。雖仍耿抱父親遺訓，予以儒家思想「恕道」去容讓，唯自己也達到了懷疑並失去信心的地步。

結案的日子終於到臨，法庭判下來與阿志預測幾無差異。下堂妻要求現金借貸不成立，房屋登記擁有權不改，唯可以庭下雙方私自解決，至此，紛爭暫告一段落。都是兩敗皆勝之局。那也好，由法庭劃出了上下限位。無論何人，包括子女，再無權置喙。

步出庭外，恰巧碰到已換便衣的主審法官用法語對阿志言曰：「恭喜你，藍先生！」

「恭喜我作甚，我不是已受判輸了官司嗎？」阿志故作詫異地問。

「啊！不，不……你是贏家，你贏得社會上的關注，不是你想要的嗎？哈！哈！祝你好運！」說完，徑自走向停放小房車那邊。這是阿志生平第一次現身法庭，應該也是人生最後的一次！

一位青年華文記者，採訪了阿志後並要求寫一篇有關移民和法語的文章，阿志答允了。眼見新移民陸續紛至沓來，絡繹不絕，於是寫了一篇文章勉勵他們，並賦詩以記如下：

「避險心魔確不疑，家財轉運把船移。活兒肩負一身責，苦辣酸甜我自知。搭檔夫妻齊上陣，為求糧貯再奔馳。中年學語如攀棘，立意攻堅忐化時。文法流利誠不易，尋求高職費心思。移民豈料源源至，帶女拖男挾巨資。我勸世人皆不醒，人人說我是狂癡。」

《Cowboy》

編後記

　　昔友儕謔語，子嘗奮筆勤書，多是詩文駁說，少有長言巨著，難稱廣識博學之人。若能譜寫一二浩瀚文章，顯以珠玉堆前，錦繡披後，豈不美哉？非不能也，不願為矣。畢生憨以崇推中國文字，言簡意賅，精警鍛淬詞義為尚美。

　　至若暮齡日漸，人身煉歷，幾經風雨，輾轉海外，去日苦多。感慨之餘，趁國朝重新力薦褒揚曩昔國學，振發歷時甲子時空之文化凋敝。故乃毅然湊興執筆，付梓唯一刊輯，洋灑彙集十餘萬字，定性為伶汀洋文體者。既沉澱不深，又難衝出汪洋大海，味含鹹淡，中西交雜融混之傳略章回，慰記曾踏足文壇之跡印。

　　　　　　七三老叟林子英，2018 年四月四日，於加拿大蒙特利爾

　　附注：作者生平，皆可真實溯尋於此小說中，不敘。另此書邀得周奕老兄鼎力協助策劃和校對，特此致謝。

出版後記

　　今次刊行乃小說形式，冀或能引提讀者的意趣和關注。在現世平易西方國際語言洶湧的衝擊洪流中，中華文化依然砥柱屹立不倒，更不致被侵蝕淨盡於將來。特別最重要的是由青少年中文教育基礎開始，讓這數千年傳流下來的國粹相傳下去並繼續發揚光大。

　　此外，刊行中綴附登載了各位長輩及好友的贈畫，以誌隆情高誼並致以我個人最深切的謝意。

林子英，2019 年七月，於加拿大蒙特利爾

作者簡介

　　林子英，編輯顧問，一介儒商，耿諤詩人。不近台閣之野鶴遊螭，時有踐幽搜勝之行，偶遇山川緻秀之處，抑或族域趣異之事，每多駐探輯錄詠評，景情備至，沛然自樂於筆墨之間，茫茫然似出入世中矣。

　　著作有《劈山雷語集》、《騎牛看世界》、《遊螭吐沫》、《Cowboy》及其他不定時、零零碎碎由法文翻譯之時事評論等。

　　作者聯絡電郵：zylam2018@yahoo.com

www.ingramcontent.com/pod-product-compliance
Lightning Source LLC
Chambersburg PA
CBHW071144180726
48291CB00007B/2334